DIMMI CHE SONO TUO

UN ROMANZO SUL
MILIARDARIO BRITANNICO

Libro Due

J. S. SCOTT

Dimmi Che Sono Tuo

Traduzione italiana: Martina Stefani 2021

ISBN: 979-8-489918-06-0 (Print)
ISBN: 978-1-951102-69-2 (E-Book)

SOMMARIO

PROLOGO

(Nel caso vi foste persi questa parte in Dimmi Che Sei Mia, Libro 1)

Kylie

"CHI CAZZO SEI, e perché sei qui? Non importa. Vattene e smettila di bussare alla mia porta."

Abbassai il pugno che stavo usando per bussare alla porta ora che Dylan Lancaster aveva finalmente aperto l'uscio di questa casa scioccante.

Avevo suonato il campanello per due minuti di seguito, e poi ero ricorsa a bussare per diversi minuti, prima che lui avesse finalmente infilato fuori la testa.

Non me ne sarei... andata.

Non nel futuro prossimo, comunque.

Lo superai ed entrai nell'atrio della villa di Beverly Hills, con una valigia a rotelle al seguito, e il mio beagle in miniatura, Jake, si accoccolò contro il mio corpo.

Feci un respiro profondo, mentre mi voltavo per affrontarlo. "Non devo proprio chiederti se sei Dylan Lancaster. Assomigli molto a Damian. Anche se devo dire che tuo fratello sembra molto... più sano."

Lo fissai, valutando i suoi occhi iniettati di sangue, l'abbigliamento trasandato e il suo malessere generale.

I suoi occhi erano dello stesso colore di quelli di Damian, ma quelli di Dylan non sembravano avere una sola scintilla di vita in quelle graziose iridi. Che peccato, perché avevo sempre pensato che gli occhi di Damian fossero una delle sue caratteristiche migliori.

Dylan sbatté la porta. "Te lo chiederò di nuovo. Chi cazzo sei? E cosa vuol dire che Damian sembra... più sano?"

Feci un sorrisetto, perché sapevo che avevo toccato un nervo scoperto. Ovviamente, non gli piaceva essere paragonato al suo gemello maggiore.

Jake si dimenò tra le mie braccia, così posai il beagle in miniatura sul pavimento. Era ben addestrato al vasino e non mordeva. "Voglio dire che sembri l'anti-gemello. I tuoi occhi sono iniettati di sangue, sei troppo magro, probabilmente perché preferisci bere i tuoi pasti invece di mangiarli, e il tuo senso generale dello stile con i tuoi vestiti è orribile. Per non parlare del fatto che hai bisogno di un taglio di capelli e forse di una doccia, perché posso sentire la tua puzza da lontano."

Okay, in realtà non potevo *sentirla*, ma preferivo stroncare la cosa della pulizia sul nascere. Non c'era assolutamente niente di peggio di un ragazzo che puzzava, e sarei dovuta stare con lui ogni singolo giorno.

"Non puzzo. Faccio la doccia tutti i giorni." La sua risposta fu arrogante e sembrava un po' offeso.

Dato che non mi sarei avvicinata abbastanza a lui da annusarlo, ignorai il suo commento. "Non hai assistenti qui?"

Avrei giurato che Nicole avesse menzionato una coppia che viveva qui e gestiva la tenuta.

Mi guardò di traverso. "Sono in vacanza da qualche parte nei Caraibi. Non credevo di tornare qui così presto. Ora dimmi chi sei e cosa vuoi, o butterò il tuo culo fuori di qui."

"Oh, sì. Dimenticavo. *Stavi* a Hollingsworth House finché tua madre non ha deciso che non era un comportamento appropriato per te scopare una donna sotto il suo tetto, mentre stava gestendo il suo gala. Per non parlare del fatto che hai spezzato il cuore di Nicole. È per questo che sei tornato qui come un codardo invece di dire a Nic che ti dispiaceva?" Mi stampai un'espressione innocente sul viso, mentre aspettavo la sua risposta.

Bastardo!

Non aveva idea di quanto volessi piantare un ginocchio sulle sue palle per aver fatto piangere la mia migliore amica.

"Ero in una camera da letto privata, cazzo. Non potevo sapere che sarebbe venuta a curiosare" replicò irritato.

Incrociai le braccia sul petto. "Ma a quanto pare non avresti avuto problemi, se avesse voluto unirsi a te e alla tua ragazza-giocattolo."

Mi lanciò un'occhiataccia. "Non era una ragazza. La *donna* aveva trent'anni, e quanto a Nicole, pensavo che più fossimo meglio era. Come potevo sapere che mio fratello era follemente innamorato di lei? Damian non si è mai innamorato di una delle donne con cui scopava."

Non farlo, Kylie. Non dare un pugno in faccia a quel bastardo così forte da non farlo più parlare.

Di solito ero più paziente, ma Nicole era la mia migliore amica, quindi mi faceva male sentire Dylan che si riferiva a lei come se fosse solo un'altra scopata per Damian.

Dal momento che se avessi preso a pugni Dylan non ci sarebbe stato un buon inizio, feci ricorso agli insulti. "Sul serio? Dubito che potresti gestire una donna nello stato in cui sei, figuriamoci due. E comunque, Nicole è la mia migliore amica, quindi se dici qualcosa di negativo su di lei, ti schiaccerò un ginocchio sulle palle finché non canterai da soprano. Capisci?"

La sua espressione si fece cupa. "Lo stato in cui mi trovo? Che diavolo significa? Ho trentatré anni. Sono perfettamente in grado di gestire un numero qualsiasi di donne in una notte."

Sbuffai. "Ho notato che non hai detto che potresti davvero *soddisfarle.* Probabilmente sei in grado di *scoparle*, ma niente di più."

L'immagine dell'intero scenario non era esattamente piacevole, quindi feci una smorfia e scacciai la visione di Dylan che accarezzava un harem di donne.

Emise un suono basso e gutturale, mentre si muoveva verso di me. "Non sai niente di me. Non penso nemmeno che mi importi più chi sei. Voglio solo che te ne vada. Non so nemmeno perché sto avendo questa spiacevole conversazione con te. Non me ne frega niente di quello che pensi. Vattene. E porta con te quella miserabile cosa che chiami cane."

Alzai il mento, quando si avvicinò un po' troppo. "Non andrò da nessuna parte."

Mi era quasi addosso, quindi feci un passo indietro, anche se non *volevo* arrendermi.

In realtà, non era *terribilmente* magro ed *era* estremamente alto. Io ero alta un metro e settanta, sopra l'altezza media di una femmina, ma Dylan torreggiava su di me. Non mi piaceva nemmeno la sua espressione minacciosa.

Con la schiena contro il muro, allungai il palmo per impedirgli di avvicinarsi. "Stai indietro."

Sorrise, mentre faceva un altro passo avanti. "Potrebbe essere che sei coraggiosa solo da lontano, Rossa?"

Dio, odiavo quando le persone prendevano in giro i miei capelli. "Va' a farti fottere, Lancaster."

"È un invito?" La sua voce divenne bassa e seducente.

Non avevo paura di Dylan Lancaster, ma ero più a disagio con questo nuovo, provocatorio Dylan di quanto non lo fossi stata con lo stronzo.

Sta cercando di spaventarmi. Il bastardo sta cercando di rendermi nervosa.

Incontrai il suo sguardo e mi rifiutai di distogliere gli occhi, anche quando appoggiò i palmi contro il muro, intrappolandomi tra le sue braccia.

"Non sembra proprio un invito" dissi. "Non ti fotterei se fossi l'ultimo uomo sulla Terra, e i miei ormoni stessero dilagando."

Col cavolo che mi sarei tirata indietro da qualcuno come lui. Era un puttaniere, un miliardario viziato e marcio che trattava le donne come se la loro unica funzione fosse il sesso, e per rimpolpare il suo ego già esagerato.

"È così, Rossa?" Il suo baritono profondo adesso era accattivante.

Presi fiato e lo rilasciai lentamente, decisa a non cedere di un centimetro. Sfortunatamente, mi resi conto che aveva ragione. Sicuramente non puzzava. Il suo profumo era muschiato, mascolino e trasudava qualcosa che mi ricordava il sesso, il peccato e le notti calde e sudate di piacere carnale.

Cazzo!

"Levati di dosso, Lancaster" insistetti, senza mai lasciare che il mio sguardo vacillasse.

"Non sono ancora su di te, Rossa" rispose con voce roca.

Mi sbagliavo sui suoi occhi!

Mi bloccai, quando notai che le sue iridi erano più scure e piene di qualcosa che sembrava... pura, pura lussuria.

Santo cielo!

"Ultimo avviso. Stai indietro, cazzo." Detestavo il fatto che la mia voce suonasse leggermente in preda al panico.

Ero abbastanza sincera con me stessa da ammettere che non era la paura a rendermi nervosa.

Erano gli occhi di Dylan, il suo accento britannico sexy e il modo in cui mi stava guardando in quel momento.

Potevo gestire lo stronzo.

Non ero così sicura della personalità britannica sexy.

Feci un altro respiro profondo, e poi trattenni un gemito, mentre ero sopraffatta dal suo profumo del tipo voglio-provocarti-orgasmi-multipli.

Abbassò la testa, finché non sentii il calore del suo respiro sulle mie labbra. Quegli sbuffi d'aria profumavano di menta e di fresco, facendomi venire voglia di prenderlo per i capelli e di tirargli giù la testa, finché non avessi sentito quel pizzico di menta piperita sulla mia lingua.

"Cosa farai se ti bacio, Rossa?"

"Non farlo" lo avvertii.

Per quanto il mio corpo chiedesse a gran voce il suo tocco, non avevo intenzione di lasciare che questo stronzo mi maltrattasse come aveva fatto con innumerevoli donne prima di me. Dylan Lancaster stava giocando con me. Ero semplicemente il suo... intrattenimento.

Sorrise, e l'azione gli illuminò tutto il viso. "Ora suona come una sfida" disse.

Spinsi contro il suo petto. "Non lo è" ribattei.

Tutto il mio corpo si irrigidì, quando la sua bocca si posò sulla mia e le sue labbra mi convinsero a rispondere.

Per un momento, non potei combattere l'attrazione e le aprii, permettendo l'esplorazione pigra ma approfondita di Dylan.

Le mie braccia serpeggiavano attorno al suo collo e rispondevo a ogni sfacciata carezza della sua lingua.

Stuzzicava.

Tentava.

Provocava.

E oh, mio Dio, l'uomo poteva provocare una reazione da un oggetto inanimato con un bacio peccaminoso come il suo.

Kylie! Che cazzo stai facendo? È un donnaiolo e lo sai!

Squittii, mentre cercavo di allontanarmi dalla tentazione girando la testa e spezzando il contatto con le labbra. "Lasciami andare."

Il suo corpo rimase esattamente dov'era e provò di nuovo a collegare le nostre bocche.

Se non si muove, sono fottuta. Mi sarei lasciata risucchiare di nuovo sotto il suo incantesimo.

Quindi, feci quello che avevo già pensato di fare prima.

Il mio ginocchio si sollevò con un rapido movimento di disperazione e si collegò direttamente con il mio obiettivo.

"*Fanculo!*" Emise un gemito, mentre mi lasciava andare. "Accidenti! Perché lo hai fatto?"

Mi allontanai dal muro e mi mossi, finché dietro di me non rimase altro che aria. Guardai Dylan, mentre si aggrappava ai gioielli di famiglia e succhiava aria dentro e fuori dai polmoni come se fosse il compito più difficile che avesse mai fatto.

"Ti avevo detto di lasciarmi andare." Onestamente, mi sentivo un po' in colpa. L'avevo portato avanti. Un po'. Non apposta, ma i miei ormoni erano passati da zero a sovraccarichi in meno di un secondo, quando mi aveva baciata.

Il mio cervello aveva impiegato un po' di più a mettersi al passo.

"Lo volevi tanto quanto me" accusò.

"Mi hai colta alla sprovvista" sostenni. "E poi mi sono ricordata che eri un puttaniere, e *sicuramente* non lo volevo. Non ti ho colpito *così* forte. Sarebbe potuta andare peggio. Sei ancora un baritono."

Il suo respiro si stabilizzò, ma la sua mano stava ancora trattenendo in modo protettivo i suoi gioielli. "Non me ne frega un cazzo di chi sei—lascia questa casa. Adesso."

Scossi la testa. "Non succederà, ragazzone. Non siamo ancora riusciti a presentarci, ma io sono Kylie Hart. La mia migliore amica sposerà tuo fratello tra circa sei settimane. Sono qui per assicurarmi che nulla vada storto e che non ci sia più stampa negativa, qui o nel Regno Unito, prima che ciò accada. Damian e Nicole meritano questo tempo senza stress per organizzare il loro matrimonio e trascorrere del tempo insieme senza dover spegnere gli incendi che *tu* appicchi."

"Non ho intenzione di rovinare la loro festa" borbottò.

Gli sorrisi. "Bene. Allora, andremo d'accordo."

Fece una smorfia, mentre si accarezzava l'inguine come se stesse cercando di decidere se avessi rotto o meno qualcosa di vitale, prima di dire: "Non ho bisogno di una dannata compagna."

"Oh, non ho intenzione di essere la tua compagna, Dylan." Mi abbassai per tirare su Jake. "Tra sei settimane, ti ripulirai e tornerai a Londra per il matrimonio. Dopodiché, non me ne fregherà niente di quello che farai, perché Damian e Nic saranno in luna di miele."

"Non andrò al matrimonio."

Oh sì, invece.

Piegai le dita attorno al manico della mia valigia. "Presumo che le camere da letto siano al piano di sopra?"

"Non andrai di sopra" ringhiò. "Vattene."

"Questa non è casa tua, quindi tecnicamente sei un occupante abusivo" lo informai. "Questo posto appartiene a Damian, perché gli hai affidato tutto. E dubito fortemente che *lui* mi caccerebbe fuori. Che tu ci creda o no, gli piaccio."

Sollevò un sopracciglio. "Ne dubito fortemente. Sei una donna assolutamente antipatica."

Risi. "Sarei del tutto simpatica, se non fossi così stronzo."

Potevo vedere il muscolo nella sua mascella contrarsi, e sapevo che stava perdendo la pazienza, se mai l'avesse avuta per cominciare, così dissi: "Andrò sopra da sola."

"Se pensi di poter tollerare sei settimane con me, rimarrai delusa" disse.

C'era qualcosa nella sua voce che mi impedì di restituire una risposta intelligente.

Qualcosa di disperato.

Qualcosa di vulnerabile.

Qualcosa di... tormentato.

Odiavo il fatto di non essere riuscita a indurire completamente il mio cuore, trattandosi di Dylan Lancaster. Non mi piaceva esattamente, ma *aveva* subito una perdita importante.

Mi diressi verso le scale con la mia valigia al seguito. "Possiamo farlo in modo facile e amichevole, oppure puoi renderlo difficile. La scelta è tua."

"Cosa sei, mia madre?" provocò.

"No, sono la tua nuova babysitter per le prossime sei settimane." Continuavo a dirigermi verso le scale senza voltarmi a guardarlo.

"Te ne andrai tra ventiquattro ore!" gridò alla mia figura in ritirata.

Il mio cuore soffriva, perché potevo sentire un po' di paura nel suo tono, come se tutti prima di me lo avessero abbandonato, quindi si aspettava che anche tutti gli altri lo avrebbero fatto.

Non andrò da nessuna parte, ragazzone.

Non ero qui solo per assicurarmi che rimanesse fuori dai guai, anche se quello era sicuramente uno dei miei obiettivi.

Nicole mi aveva dato una partnership in ACM, anche se non avevo i fondi per acquistare.

In cambio, volevo fare qualcosa per ringraziarla di essere più simile a una sorella che a un'amica. E per essersi fidata che mi occupassi degli affari di sua madre. Volevo davvero restituire a Damian suo fratello. Il *vero* Dylan Lancaster. Non lo stronzo che attualmente abitava il suo corpo.

Era l'unica cosa che avrebbe significato molto per Nicole e Damian.

Sorrisi, mentre salivo le scale.

Non riuscivo a pensare a un regalo di nozze migliore di quello.

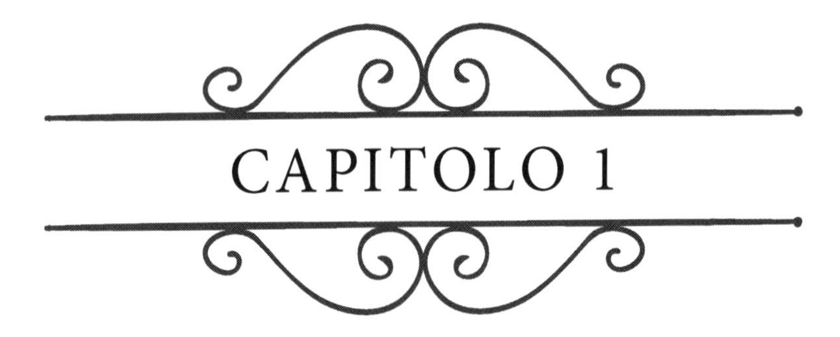

CAPITOLO 1

Kylie

"OKAY, QUESTA È perfetta" mormorai tra me e me, mentre disfacevo la valigia. "Ha persino un salotto con una scrivania che fungerà da ufficio."

Non volevo ammettere che la suite in cui mi stavo mettendo comoda al piano di sopra fosse… leggermente intimidatoria.

Sì, ero una nativa della California, ed ero abituata a vedere case incredibilmente costose, ma non ero mai *stata* in una di queste dimore.

L'enorme camera da letto, salone, e bagno privato erano più grandi dell'intero monolocale che avevo in affitto a Newport Beach.

Mi accigliai, mentre mi avvicinavo al letto per prendere qualche indumento intimo dalla mia valigia. "Non credo che dovresti accomodarti su *questo* letto, Jake."

Il mio cane aveva affrontato il trasferimento temporaneo senza battere ciglio. Aveva fatto molta strada dal cane randagio spaventato e abusato che era stato due anni addietro, quando l'avevo adottato. Jake aprì un occhio dal suo posto sulla morbida coperta, ma non si mosse.

Feci spallucce, mentre camminavo verso l'armadio e vi infilavo le mie mutandine e il reggiseno. Lasciavo che Jake dormisse sul mio letto a casa, e lo viziavo molto. L'ultima cosa che volevo era confonderlo. Già l'avevo portato in una strana casa di Beverly Hills per vivere con un ragazzo che ovviamente *non* era un amante dei cani.

Se Jake sporca la bella coperta, Dylan Lancaster potrà sicuramente permettersi il costo di una pulitura a secco.

Sospirai, mentre iniziavo ad appendere alcuni dei miei indumenti all'armadio. Non che non sapessi che questo impegno sarebbe stato difficile.

Dylan Lancaster era un miliardario egoista con problemi comportamentali, proprio come me lo aspettavo.

Solo che non ero preparata alla remota eventualità di esserne attratta.

Dio, perché avrei *mai* dovuto immaginare che lo sarei stata?

Era un tale coglione.

Era un puttaniere che indulgeva in orge e altri comportamenti edonistici.

Inoltre, non aveva buone qualità apparenti o evidenti. Era altamente possibile che non ne avesse affatto. Nemmeno quelle sepolte profondamente in quel corpo assolutamente sexy.

È solamente *una cosa fisica. Ha un buon odore. Ha un corpo che fa salivare, ed è stupendo. Quel setoso baritono con un sexy accento britannico si aggiunge al suo fascino.*

Sì. Stavo solo reagendo agli ormoni, ma ero completamente disgustata dalla sua personalità.

La mia migliore amica stava per sposare il gemello "buono", Damian Lancaster, un ragazzo davvero degno di rispetto.

Stranamente, potevo apprezzare il fatto che Damian fosse incredibilmente attraente, ma i miei ormoni femminili non erano mai impazziti.

A differenza del suo gemello identico, che aveva praticamente mandato alle stelle quegli ormoni nel secondo in cui avevo varcato la porta.

Detestavo il modo in cui avevo reagito a Dylan. Avevo qualche sorta di segreta predilezione per i ragazzacci di cui non ero a conoscenza?

Mi sentivo un'idiota perché, per qualche minuto, avevo letteralmente perso tutte le mie capacità di pensare o parlare.

Io! Una donna che si guadagnava da vivere come manager delle crisi nelle pubbliche relazioni. Avevo successo nel mio lavoro perché avevo la capacità di portare i miei clienti fuori dai guai, e non perdevo mai la ragione.

Che diavolo ho che non va? Perché sono sempre attratta dai coglioni?

I peli mi si rizzarono sulla nuca prima ancora che sentissi la voce di Dylan. "È stato Damian a mandarti qui?" chiese in tono piatto.

Mi voltai per vederlo appoggiato allo stipite della porta della camera da letto, la sua espressione arrabbiata, ma mentre lo guardavo, potei anche scorgere un senso di sconfitta in quelle splendide profondità verdi.

"No" risposi onestamente, senza distogliere lo sguardo. "Ho deciso *tutto* io. Nicole e Damian hanno passato l'inferno, e non voglio che il loro matrimonio venga rovinato, se decidi di dare il meglio di te come hai fatto quando sei stato immortalato dai giornalisti e dai fotografi durante un'orgia da ubriaco."

"È stata una trappola. Sono stato drogato" disse sulla difensiva.

"Avevi il sedere nudo" gli ricordai. "Per l'amor di Dio, sei uno degli uomini più ricchi del mondo, e il co-CEO di una delle multinazionali più grandi del pianeta. La gente come te non impara a chiudere le dannate porte per non avere a che fare con la stampa? O ti stava bene che tuo fratello più carino e simpatico si assumesse la colpa per ogni stronzata che facevi?" Feci un respiro profondo, mentre gli davo le spalle per continuare a disfare la valigia. "Hai ferito Damian, lo sai. Ha finto che ogni cosa ridicola tu facessi fosse un *suo* errore. È stato leale con te fino alla fine, e questo ha quasi compromesso la relazione con la donna che ama."

Per fortuna, quando Damian aveva dovuto scegliere tra il fratello che aveva protetto per due anni e l'amore della sua vita, aveva preso la decisione giusta.

"Damian avrebbe dovuto dirle che aveva un gemello identico" sbuffò. "Se l'avesse fatto, non ci sarebbe stato alcun fraintendimento. Non gli ho mai chiesto di fingere di essere me o di assumersi la colpa per le mie azioni."

Il mio sangue iniziò a ribollire. "L'ha fatto per te, per proteggerti, anche se non ho proprio idea del perché. Ovviamente non sei altrettanto leale nei suoi confronti. Accidenti, davvero non ti frega *niente* del tuo gemello?"

Sì, Dylan aveva subito una perdita, che ovviamente l'aveva fatto diventare un uomo diverso da quello che era prima. Ma questa non era una scusa per come si era comportato con la sua intera famiglia dopo quello che era successo.

Colsi la sua espressione furibonda con la coda dell'occhio. *Bene!* Mi piaceva che fosse incazzato. Decisamente meglio dell'espressione vuota che avevo visto nei suoi occhi quando era venuto alla porta.

Qualcosa o qualcuno doveva penetrare l'armatura di quest'uomo, e non mi importava se avessi dovuto irritarlo per spezzarla. Doveva esserci una parte del vecchio Dylan ancora rimasta dentro di lui, ed ero determinata a trovarla.

"Non mi ha mai detto che si stava spacciando per me ogni volta che commettevo... un errore di valutazione" ringhiò.

Feci cadere un paio di jeans sul letto e mi girai per guardarlo di nuovo. "Per piacere! Damian ti ha coperto per più di due anni. Non lo sapevi perché eri semplicemente troppo preso da te stesso per notarlo. Nel frattempo, stava rovinando una relazione per mantenere la sua promessa nei tuoi confronti lasciandoti scomparire dall'occhio pubblico per un po'. Beh, se era quello che volevi, perché diavolo hai continuato a riapparire nei tuoi giorni peggiori?"

"Ammetto di aver fatto delle cose senza senso—"

"Cose stupide" lo corressi, non avendo intenzione di fargliela passare liscia sulle sue scandalose azioni degli ultimi due anni. "Un comportamento che ha fatto notizia nelle colonne di gossip, cosa che non ha senso, visto che tutto quello che volevi era la tua dannata privacy, secondo Damian."

Incrociò le braccia sul petto ampio e muscoloso e mi lanciò un'occhiataccia che probabilmente avrebbe dovuto farmi scappare verso le colline, ma non lo feci.

Non mi arrendevo davanti agli idioti.

"Quegli eventi succedevano solo quando bevevo troppo" precisò.

"Cosa che apparentemente accadeva molto spesso" commentai seccamente.

Dylan rilasciò quello che sembrava un respiro esasperato, mentre entrava in camera e si sedeva alla fine del letto. Vide Jake che russava sulla coperta e disse: "Quel cane è davvero ridicolo."

Afferrai i jeans e li piegai, prima di infilarli in un cassetto. "Jake è un cane straordinario. Mi dispiace che ti infastidisca perché non è di razza pura, perfetto" dissi con tono aspro.

Ignorò il commento. "Mi importa di Damian, che è il motivo per cui non ho intenzione di mettermi nei casini o di partecipare al suo matrimonio" mi informò cupamente.

"E pensi che questo lo renderà felice?" scattai. "Anche se non lo meriti, ti vuole ancora bene. Credi davvero che voglia vivere uno dei giorni più felici della sua vita senza la presenza di suo fratello?"

"Ha reso perfettamente chiaro cosa provava per me dopo quel piccolo incidente al gala in Inghilterra" rispose duramente. "Non sento lui, mia madre, o mio fratello minore, Leo, da quella notte."

"Li biasimi davvero?" chiesi. "Ti sei proposto alla donna che amava. Hai chiesto a Nicole di unirsi alla tua orgia, mentre eri nella casa di campagna di tua madre. Durante un gala formale. E lei non aveva idea che tu esistessi. Nicole pensava che fossi Damian."

"Tecnicamente, sarebbe stato un ménage, non un'orgia" replicò con freddezza. "C'era solo una donna nel letto, e non è che fossimo nel ben mezzo di un rapporto sessuale. Eravamo ancora nella fase dei preliminari, quando Nicole ha fatto irruzione nella camera."

"Come vuoi" ribattei bruscamente. "Cosa ti ha spinto a chiedere a Nicole di unirsi a voi due?"

"La provocazione, immagino" rispose con nonchalance. "Dopo averle dato un'occhiata ho subito capito che non era il tipo."

"Certo che non lo è" sbuffai. "Nicole ha più classe nelle sue piccole dita di quanta ne possieda tu in tutto il corpo. Per non parlare del fatto che è follemente innamorata di tuo fratello. L'ha distrutta pensare che tu fossi Damian, e che la stessi già tradendo."

"Ovviamente non conosce bene il mio gemello" biascicò. "Sapevo che se un giorno si fosse innamorato davvero di una donna, si sarebbe innamorato perdutamente. A quanto pare, avevo ragione, e non è tipo da tradimenti. È assolutamente ossessionato da Nicole. Dubito che veda altre donne."

Chiusi la valigia vuota. "Come avrebbe dovuto saperlo? Non sapeva nemmeno che lui avesse un fratello gemello."

Fece spallucce, cosa che mi fece venir voglia di schiaffeggiarlo. "Se fa qualche differenza, mi sono odiato dopo aver capito cos'era successo."

"Non la fa" lo informai, mentre spingevo la valigia vuota nell'armadio. "Ti è mai passato per la testa che avresti fatto meglio a rigare dritto invece di seppellirti nell'odio verso te stesso? È molto più produttivo."

"Quell'idea mi è passata per la testa di recente" rispose con tono amareggiato. "Puoi andare a casa, Kylie. Non mi ubriaco più fino a perdere i sensi, e non ti voglio qui."

Misi la mano sul mio fianco e lo fissai, chiedendomi se potessi credere a quello che aveva appena detto. In verità, sembrava stare di merda, ma non avevo colto un singolo accenno di alcol su di lui, e Dio sapeva che l'avrei riconosciuto se ci fosse stato. "Non mi fido di te" dissi sinceramente. "Come posso farlo se negli ultimi due anni ti sei comportato come uno stronzo egoista?"

Mi rivolse un'occhiata infastidita. "Credimi quando dico che non mi sono goduto un solo momento di quella vita."

Stranamente, non ne dubitavo, e sebbene Dylan Lancaster fosse uno stronzo totale, c'era qualcosa del suo dolore che toccava una parte sepolta in profondità dentro di me.

Nessuno sembrava conoscere l'intera storia sulla perdita che aveva subito, che era stata ovviamente il catalizzatore per il suo prolungato atteggiamento vagabondo negli ultimi due anni. Secondo Damian, il suo gemello era stato un fantastico essere umano *prima* del suo improvviso cambiamento due anni addietro.

Niente orge.

Nessun episodio di ubriachezza.

Nessun atteggiamento antisociale. In realtà, Damian giurava che Dylan fosse un incantatore, e molto più a proprio agio con le persone rispetto a lui.

Non sapevo con esattezza cosa avesse passato. Persino Damian conosceva solo le basi, ma dovetti chiedermi che cosa la sua famiglia *non* sapesse sulla sofferenza di Dylan.

A parte il dolore e la tristezza, cosa diavolo era successo a Dylan Lancaster?

Scossi lentamente la testa. "Temo che tu sia bloccato con me per ora. Cerchiamo di trarre il meglio dalla situazione. Forse alla fine riuscirò a dimenticare che hai distrutto il cuore della mia migliore amica, visto che lei e Damian sono incredibilmente felici ora."

"E cosa mi dici di quel bacio, Rossa? Puoi dimenticare anche quello?" chiese con voce roca.

Il mio respiro si fermò, e cercai di scacciare la sensazione di essere consumata da Dylan Lancaster. "Sì. Assolutamente" risposi con tono indifferente. "Come ho detto, sono stata colta alla sprovvista. Non è stato niente."

Ci credevo davvero? *No.*

Avrei finto che era vero? *Sì.*

Se avessi dato un dito a un uomo come lui, si sarebbe preso tutto il braccio, e anche di più.

Fece un sorrisetto, come se sapesse che stavo mentendo. "Come vuoi" disse alzandosi dal letto. "Ma non aspettarti che io ti intrattenga, a meno che tu non voglia che io lo faccia mentre siamo entrambi nudi."

Feci un respiro profondo, e lo lasciai uscire, cercando di fare una mini-meditazione per calmarmi.

Non funzionò.

"Se mi prendi in giro un'altra volta per il mio colore di capelli, ti darò un'altra ginocchiata all'inguine" lo avvisai. "Ho dovuto affrontare quelle stronzate per tutta la vita, e ora che sono adulta, non tollero i bulli. Inoltre, come regola non vado a letto con un ragazzo che ha fatto sesso con metà delle donne sul pianeta. Quindi, chiariamo le cose. Non sarò mai tanto disperata da infilarmi nel letto con un uomo come te, Dylan Lancaster. Ricordalo, e credo che ci sopporteremo a vicenda piuttosto bene."

Mi voltai e mi diressi verso la porta.

"Sembri stare sulla difensiva, Kylie" disse, non sembrando minimamente scoraggiato. "Dove stai andando?"

"Sto morendo di fame" gridai da dietro la spalla. "Sono sicura che questo posto abbia una cucina. Intendo trovarla."

"Probabilmente non è una buona idea" replicò con voce di avvertimento, mentre mi seguiva giù per le scale.

"Trovare la cucina come prima cosa in una nuova casa è sempre una buona idea."

Feci una smorfia. "Mi piace mangiare. Il mio corpo non funziona bene senza il carburante."

La mia missione era trovare la cucina, e l'avrei fatto.

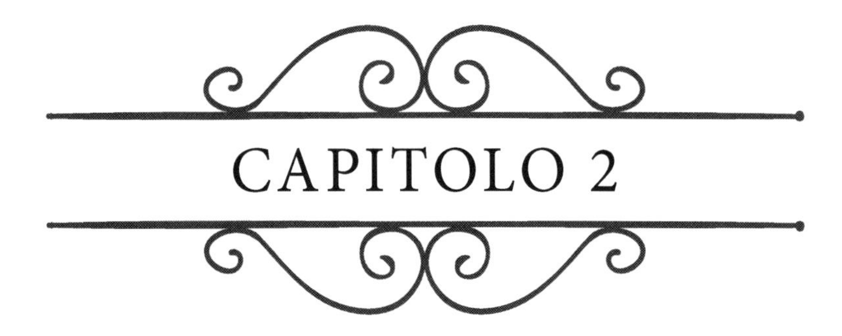

CAPITOLO 2

Dylan

"OH, MIO DIO. Cos'è successo a questa cucina?" disse Kylie, mentre studiava quella che un tempo era stata una cucina da chef immacolata.

Non che non avessi lanciato segnali di avvertimento *prima* che venisse qui. Se aveva scelto di non ascoltare, era stata colpa *sua*.

"Ti avevo avvisata" dissi sulla difensiva. "Clarence e Anita erano andati via, prima che tornassi a casa. Saranno via per altre sei settimane, dato che non avevano idea che sarei tornato molto prima del previsto. Avevo programmato di trascorrere qualche mese in Inghilterra."

"Il che ti dà il permesso di essere un totale maiale?" chiese. "Di sicuro, anche un miliardario sa come pulire."

Feci spallucce. "Non che aspettassi ospiti. L'avrei fatto a un certo punto."

Resistetti all'impulso di chiamarla di nuovo *Rossa*, e non ero sicuro del perché dato che la mia missione era farla andare via. Ovviamente la irritava, ma per qualche ragione che non comprendevo completamente, non volevo… ferirla.

Kylie alzò gli occhi al cielo. "Quando sarebbe successo? Quando non avresti più potuto vedere i tavoli della cucina?" Tirò su con cautela una delle padelle nel lavandino. "Stavi provando a cucinare?"

"All'inizio, sì" ammisi con riluttanza. "Poi, mi sono arreso e ho ordinato."

La guardai, mentre iniziava a immergere le pentole nel lavandino pieno di acqua.

"Le lascerò a mollo" spiegò. "Penso di poter eliminare il cibo bruciato dal fondo. Questi sono utensili da cucina di alta qualità. Avrei desiderato ardentemente un set del genere."

Avrei preferito di gran lunga che avesse desiderato *me.*

Era piuttosto deludente che trovasse quelle sporche pentole e padelle più desiderabili che baciarmi di nuovo.

Importa davvero cosa pensa?

Non che mi fosse davvero importato delle opinioni di qualcuno negli ultimi due anni. Non aveva proprio senso iniziare a lasciare che le idee di qualcuno importassero a questo punto.

"Lascia perdere" dissi, mentre iniziavo a buttare via la spazzatura che era sui tavoli. "Comprerò nuove pentole e padelle."

Si girò verso di me, con gli occhi sgranati. "Sei pazzo? Non si buttano così utensili del genere."

Feci spallucce. "Io lo farei."

Mi accigliai, quando uno strofinaccio umido colpì la mia testa, mentre Kylie richiedeva: "Ti dispiacerebbe ripulire la salsa della pizza dal granito sull'isola?"

Non era proprio una richiesta, anche se tecnicamente mi aveva *chiesto* di farlo.

Anziché discutere, iniziai a pulire l'isola.

Dovetti ammettere che la cucina *era* un disastro.

Era triste che ci fosse voluta una femmina prepotente per farmelo notare, ma pulire non era una priorità per me.

Mi misi a cavalcioni su uno degli sgabelli dell'isola una volta finito di pulire. "Se questo non ti dimostra che sono un brav'uomo di casa, non so cosa potrebbe farlo" borbottai. Faresti meglio a rifare la valigia se vuoi mangiare. Non c'è molto cibo in casa."

Guardai mentre apriva tutti gli armadietti, e poi rovistava nel frigorifero e nel congelatore.

"Bel tentativo" rispose con voce troppo allegra. "C'è cibo a sufficienza qui, e ci sono negozi di alimentari ovunque per le altre cose di cui ho bisogno. Non andrò da nessuna parte, Dylan, quindi faresti bene a smetterla di cercare di farmi andare via. Nicole è come una sorella per me, e sono una socia in ACM, la società di pubbliche relazioni di gestione delle crisi dove lavoravo da anni anche se non potevo permettermi di acquistare la mia parte del business anticipatamente. Inoltre, mi piace tuo fratello gemello. Quindi, mi assicurerò che i due abbiamo un matrimonio favoloso senza guai."

Emisi un sospiro di sconfitta, non sapendo bene se fossi terrorizzato o sollevato che lei non si lasciasse intimidire facilmente.

Mi stavo comportando come un coglione da un po', ma *restavo* pur sempre Dylan Lancaster. Era un cognome che suscitava rispetto in quasi tutti—ad eccezione della mia famiglia.

Beh, il cognome Lancaster suscitava ammirazione in tutti tranne *lei*, a quanto pareva.

Non ero sicuro se mi piacesse il fatto che non sembrava impressionata o se mi infastidisse da morire.

Di sicuro non la volevo qui, ma forse *sarebbe stato* più facile ignorarla.

Avevo davvero bisogno di lasciarmi infastidire da una persona che non conoscevo nemmeno?

Semmai, *potevo* utilizzarla per ottenere informazioni e soddisfare la mia curiosità. "Allora, come si sono conosciuti Damian e la tua amica? Suppongo che non abbiano esattamente amici in comune nella loro cerchia di amici."

Si voltò e mi guardò storto. "Perché? Perché la tua famiglia è molto più benestante e più collegata di quella di Nicole?"

Santo cielo! La donna doveva difendere anche il minimo sgarbo, quando si trattava di Nicole? "Lei è americana. Damian è britannico. Sembra altamente improbabile che si siano incrociati in qualche incontro. Il mio gemello non è esattamente un frequentatore di eventi sociali."

La sua espressione fiera si addolcì. "Tua madre non te l'ha mai detto?"

"Non parliamo spesso, e nessuno aveva mai menzionato Nicole pima di quel gala. Ultimamente non parliamo affatto" dissi rigidamente.

Per la prima volta nella mia vita, persino mia madre era così arrabbiata con me che non mi aveva più chiamato.

"Hai provato a telefonarle tu?" chiese Kylie con tono più dolce.

"No" risposi duramente. "Si tiene sempre in contatto con me. Ovviamente, non le importa di chiacchierare. Credo che tutta la famiglia abbia finito di parlare con me."

Aprì la bocca per dire qualcosa, poi la richiuse, come se avesse cambiato idea su quello che aveva avuto intenzione di dirmi. Dopo un momento di esitazione, spiegò: "Si sono conosciuti mentre Damian stava volando su un volo commerciale della Transatlantic Airlines. Nicole stava tornando negli Stati Uniti dopo aver completamente fallito una presentazione con la Lancaster International. Notizie dell'orgia, complete di foto, sono esplose proprio prima della sua presentazione. Tutti all'incontro erano troppo preoccupati per lo scandalo per rivolgere molta attenzione a lei, che era turbata per aver fallito. Damian si è seduto accanto a lei e l'ha tirata su di morale. Nicole non l'ha riconosciuto e non ha realizzato chi fosse fino alla fine del volo."

"Lo fa ancora?" chiesi, non particolarmente sorpreso che Damian scegliesse voli commerciali sulla nostra compagnia aerea invece di usare il suo jet privato. Aveva sempre sentito di dover volare con la Transatlantic occasionalmente come passeggero per assicurarsi che gli standard fossero rispettati.

Lei annuì, si sedette su uno sgabello vicino all'isola, e continuò a spiegare come Damian avesse cercato Nicole più tardi per scusarsi. E come l'avesse poi assunta per cercare di mettere a tacere il gossip riguardo alle foto dell'orgia che erano state scattate mentre io ero drogato.

"Quindi, l'intera relazione era una farsa?" chiesi quando Kylie mi ebbe dato tutti i dettagli. "Ho visto le foto online di loro due a diversi eventi a Londra. Eventi di beneficenza, gala, e altri affari ad alta esposizione a cui Damian normalmente non avrebbe partecipato. Sembravano... felici."

"Anche allora, non credo che stessero fingendo" disse Kylie con voce più dolce. "Penso che fossero già pazzi l'uno dell'altra, sebbene quelle apparizioni fossero state programmate come una tattica per distogliere l'attenzione."

Mi passai con frustrazione una mano tra i capelli. "Ancora non capisco perché non le abbia detto la verità. Che aveva un gemello identico, e che nessuna di quelle azioni era sua."

"Aveva intenzione di confessarlo subito dopo il gala di vostra madre" mi informò. "Purtroppo, la ragazza ti ha scoperto a letto con una donna diversa da lei prima che lui ne avesse la possibilità. In un letto che Damian aveva usato per l'inizio del loro soggiorno a Londra, quindi era ovvio per lei supporre che tu fossi Damian."

La mia mente tornò a quel momento esatto, e cercai di scacciare l'espressione tradita e inorridita che avevo visto sul volto di Nicole.

Ricordavo anche cos'era successo mesi dopo, quando Damian non mi aveva guardato con altro che disgusto. In quel secondo mi ero reso conto che il mio gemello identico mi disprezzava per quello che avevo e che avrei sempre fatto.

Avevo esagerato, e lo capii quella notte.

"Non posso cambiare quello che è successo" dissi a denti stretti.

"Lo avresti fatto, se avessi potuto?" domandò.

"Santo cielo! Certo che lo avrei fatto. Credi davvero che *volessi* ferire mio fratello o Nicole?"

"Allora, forse dovresti chiamare tutta la tua famiglia e scusarti" suggerì.

"Penso che sia piuttosto tardi per quello" replicai irritato.

"Non è mai troppo tardi. Ti vogliono bene, Dylan. Semplicemente non amano il tuo comportamento" disse a bassa voce. "Puoi biasimarli per quello?"

Sbattei una mano sul granito. "No! Credi davvero che mi piaccia il fatto di aver costretto mio fratello a scegliere tra Nicole e me? Secondo me, ha preso la decisione giusta quando ha deciso che Nicole era più importante del suo gemello."

"Era arrabbiato, e giustamente" disse con un sospiro. "Ma questo non significa che non lo supererà. Erano solo parole, dopotutto. Non è che hai aggredito Nicole. Le hai spezzato il cuore, ma Damian l'ha riparato."

Facile per lei dirlo. Kylie non aveva visto l'espressione di disprezzo e repulsione negli occhi di Damian quella sera.

Io l'*avevo* vista, e l'avevo odiata.

Avrei preferito che Damian mi schiaffeggiasse invece di guardarmi come se fossi un perfetto sconosciuto che aborriva.

"Non conosci Damian" dissi bruscamente. "E sicuramente non conosci me. Non ho bisogno di consigli da qualcuno che probabilmente non ha mai avuto un momento infelice da quando è nato."

Era troppo ottimista.

Troppo ingenua.

Troppo idealista.

Cosa diavolo poteva capire di un bastardo cinico come me?

Aggiunsi: "Tieniti le tue opinioni per te. Non sai niente di me, Kylie, o del perché sono un tale coglione. Non voglio parlare con la mia famiglia, né con nessun altro. Voglio solo che tutti mi lascino in pace."

Ignorai lo sguardo di delusione nei suoi bellissimi occhi color nocciola, mentre mi giravo per lasciare la cucina.

"Potrei capire più di quanto immagini" gridò dietro di me.

Continuai a camminare fino a raggiungere le scale.

Era impossibile che comprendesse le mie azioni, quando io stesso a malapena sapevo cosa stavo facendo la maggior parte del tempo.

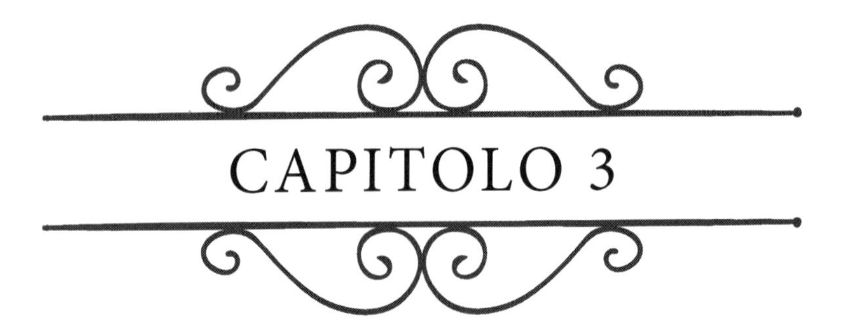

CAPITOLO 3

Kylie

PER I GIORNI successivi, vidi molto poco Dylan, ma la sua routine era sempre la stessa.

Si alzava presto, utilizzava la palestra in casa, e poi lasciava la dimora fino a quando tornava nel pomeriggio.

All'inizio, ero stata tentata di seguirlo per assicurarmi che non stesse facendo niente di oltraggioso, ma tornava sempre a casa completamente sobrio ogni giorno. Dato che non c'erano state notizie sconvolgenti sulle sue avventure, qualcosa mi aveva suggerito di lasciargli spazio.

Nel pomeriggio, scompariva nel suo ufficio di casa e non riemergeva fino a sera.

Di solito ordinava qualcosa per cena, e a volte si dirigeva verso la sua camera dopo aver letto nel pomeriggio o aver nuotato in piscina.

Non era difficile evitarci a vicenda, dato che c'era tantissimo spazio nell'enorme dimora per frapporre una certa distanza tra noi.

Mi svegliavo presto ogni mattina per un po' di yoga e meditazione. C'era un terrazzo fuori dalla sala della piscina che era uno spazio perfetto per la mia solita routine.

Poi, trascorrevo la maggior parte della mia giornata a lavorare nell'ufficio che avevo creato per me nella mia suite.

Le mie serate erano uguali a quelle di Newport Beach.

Facevo la spesa alimentare, quindi mi preparavo qualcosa per cena, portavo Jake fuori per una lunga passeggiata, e leggevo un libro o guardavo la televisione in una delle tante zone di intrattenimento della casa.

Dovevo ammettere che il mio soggiorno a Beverly Hills non era esattamente come me lo aspettavo.

Nessuna orgia da bloccare.

Nessun comportamento selvaggio.

Coesistevamo nello stesso spazio ampio con la minima interazione.

Sono passati cinque giorni, e non sembra che Dylan sia propenso a invitare un harem in casa sua.

Mescolai la salsa alla marinara che stavo preparando per cena e misi un po' d'acqua a bollire per gli spaghetti.

Era possibile che *non* ci fosse davvero bisogno di stare qui, e che Dylan avesse detto la verità sull'aver cambiato i suoi modi?

Era improbabile, vero?

Perché all'improvviso avrebbe dovuto smettere di comportarsi come un idiota?

E cosa faceva quando usciva per la maggior parte della giornata?

Piuttosto che infastidirmi, sostanzialmente cercava di ignorare la mia esistenza. Niente più proposte o commenti maleducati.

Le poche interazioni tra di noi erano state brevi, brusche e concrete.

Una parte di me era sollevata, ma ero anche... incuriosita.

Non avevo idea di cosa spronasse Dylan Lancaster o del perché sembrasse più rigido e serio di quanto mi aspettassi.

Immagino di aver pensato che avrebbe passato le sue giornate dormendo e trascorrendo le sue notti a festeggiare e a indulgere in ogni modo immaginabile.

Ma non lo faceva.

Il che mi incuriosiva su come trascorreva il suo tempo.

Non avevo dubbi che stesse lavorando nel suo ufficio a casa. Le poche volte che avevo colto una conversazione mentre passavo davanti alla porta del suo ufficio, sembrava che stesse discutendo di affari.

Damian aveva detto che Dylan era totalmente estraneo alla Lancaster International, ma ora non sembrava essere così.

Rimasi sorpresa, quando l'oggetto dei miei pensieri apparve improvvisamente in cucina.

Lo guardai dal mio posto ai fornelli, mentre iniziava a cercare qualcosa nei cassetti.

Era vestito casual con un paio di jeans scuri e una maglietta color giada che abbracciava il suo corpo muscoloso e si abbinava ai suoi occhi ipnotizzanti.

Dovetti soffocare un sospiro, mentre i miei occhi vagavano su di lui.

Era sexy e, anche se non mi piaceva, era difficile non notare un ragazzo perfetto fisicamente.

I suoi lineamenti erano ancora tirati e un po' duri, ma quel lato leggermente spigoloso non guastava minimamente il suo fascino.

"Hai bisogno d'aiuto?" chiesi educatamente.

"No" rispose burbero. "Cercavo un menu, ma posso cercare qualcosa online."

Quando si voltò per andarsene, quella avrebbe dovuto essere la fine della nostra discussione.

Lascia perdere, Kylie. Non farlo. Tutto è andato bene senza alcuna discussione tra voi due.

"È la serata degli spaghetti" gli dissi. "Se non vuoi ordinare, ne ho in abbondanza se vuoi unirti a me."

Dannazione! Volevo prendermi a calci per aver aperto la bocca. Ora, perché mi ero sentita obbligata a *offrirglielo*?

Feci un respiro profondo, mentre si fermava di colpo vicino all'ingresso della cucina.

Oh diavolo, sapevo perché l'avevo fatto.

C'era qualcosa in lui che attirava la mia empatia, che la volessi provare o meno.

Forse era l'occasionale disperazione o solitudine che potevo percepire ogni volta che era vicino.

Sì, *era* un idiota, ma non potevo fare a meno di pensare che Dylan fosse qualcosa di più del suo aspetto difensivo.

"Ha un buon profumo" disse mentre si voltava. "Sei sicura che non ti dispiaccia?"

"Niente affatto" risposi, prendendo gli spaghetti dalla credenza. "Ti piace il pane all'aglio con la pasta? Ho già preparato dell'insalata e ho del tiramisù per dessert. Non fatto in casa, però. Viene dal panificio."

Ok, Kylie. Stai divagando un po' troppo.

Non avevo idea del perché fossi così nervosa, ma avere a che fare con Dylan mi sembrava un po' come cercare di azzuffarmi con un orso irascibile.

"Mi sta bene qualsiasi cosa tu abbia" replicò. "Dato che non cucino, difficilmente riesco a essere schizzinoso, e mi piace qualsiasi tipo di pane con la pasta. Posso aiutare?"

Okay, quell'offerta era una sorpresa. "No. È tutto a posto. Non c'è davvero nient'altro da fare."

"Allora, immagino di essermi presentato al momento giusto" disse seccamente. "In tempo per mangiare senza più nulla da fare. È piuttosto brillante."

Risi. "Sono sicura che non l'hai fatto apposta."

“È vero” rispose. “Ma sembra tipico di me.”

Una volta pronti gli spaghetti, preparai un piatto per entrambi e misi l’insalata sul tavolo della cucina.

Dylan portò per entrambi una bottiglia d’acqua e si sedette di fronte a me.

“Com’è stata la tua giornata?» chiesi, mentre iniziavamo a mangiare, sperando che potesse dirmi cosa faceva quando non era a casa.

“È stata uno schifo. La tua?” replicò educatamente.

Decisi di non insistere. “Essere socia è molto diverso dall’essere una direttrice. Forse Nicole non ne sapeva molto del business delle pubbliche relazioni, ma dal momento che era un avvocato aziendale, alcune di queste cose di affari erano un gioco da ragazzi per lei. Ma non voglio davvero disturbarla in questo momento. Sto... facendo un po’ di fatica.”

Avevo esitato ad ammettere le mie debolezze con Dylan perché in futuro avrebbero potuto essere usate contro di me.

Potevo essere disposta a condividere il mio cibo con lui, ma ancora non mi fidavo.

Rimase in silenzio, mentre beveva qualche sorso d’acqua. Mentre posava la bottiglia, disse: “Ho qualche esperienza imprenditoriale. Probabilmente potrei aiutarti.”

Quasi soffocai su un sorso della mia acqua.

Qualche esperienza imprenditoriale?

“Penso che le tue parcelle di consulenza sarebbero un po’ troppo care per me” dissi con leggerezza.

“Niente affatto” rispose. “In questo momento, lavorerò per il cibo che prepari dato che mi sto annoiando con gli stessi posti da asporto ogni sera.”

Lo guardai per cercare di capire se stesse giocando con me. Sì, avrei fatto sicuramente di tutto per leggergli nel pensiero, ma non avevo idea se fosse sincero o meno.

Era uno dei migliori uomini d'affari del mondo, quindi era difficile credere che fosse serio. Dopotutto, non gli piacevo e non mi voleva qui. Allora, perché si era offerto di aiutarmi?

"Ottengo punti se i dolci vengono dal panificio? Non sono esattamente Betty Crocker" dissi cautamente, cercando di capire quale fosse il suo gioco in quel momento.

Scrollò le spalle. "Ti farò sapere non appena mi farai provare quel tiramisù."

Dannazione! La sua espressione era così guardinga che ancora non riuscivo a capirlo.

Cedetti e chiesi. "Mi stai prendendo in giro, Dylan, o sei davvero disposto a rispondere ad alcune domande di lavoro per me?"

Alzò lo sguardo, e ci guardammo.

L'espressione spenta in quei bellissimi occhi verdi era sparita, ma quel vecchio detto sugli occhi che sono lo specchio dell'anima non si applicava a Dylan Lancaster.

Quello specchio era decisamente chiuso con i chiodi nel suo caso, ma non vi scorgevo alcuna animosità.

"Sono d'accordo, se lo sei tu" disse con voce roca. "E stavo scherzando sul tiramisù. Mi fermerò nel tuo ufficio domani quando torno a casa. Oppure verrò su quando abbiamo finito di mangiare, se è urgente."

Scossi al testa. "Non è niente che debba essere fatto in questo momento. Domani va bene."

"Perfetto" rispose. "Ora dimmi cosa c'è nel menu per il resto della settimana. Non credo di aver mangiato così bene da molto tempo."

Guardai il suo piatto e notai che lo aveva già svuotato.

A giudicare dal modo in cui aveva divorato il cibo, non pensavo che mi stesse prendendo in giro sul fatto che gli era piaciuta la cena.

"Qualcosa in padella? Quiche? Pollo ai funghi e riso? Non ho idea di cosa ti piaccia" gli dissi.

Dovevo credere che fosse serio, ma stavo ancora gestendo la situazione con una certa cautela.

"Sembra tutto buono" rispose. "Non mi aspetto che cucini di tutto. Qualunque cosa tu faccia normalmente per te stessa va bene."

"Ci sono altri spaghetti se li vuoi" offrii.

"Sì, grazie" disse mentre prendeva il piatto. "Finisci il tuo cibo."

Presi la forchetta e iniziai a mangiare, chiedendomi se Dylan e io fossimo appena giunti a una sorta di tregua.

O se fosse solo l'inizio di una specie di gioco contorto per lui.

Quando iniziai a mangiare, immaginai che avrei scoperto esattamente quali fossero le sue vere intenzioni abbastanza presto.

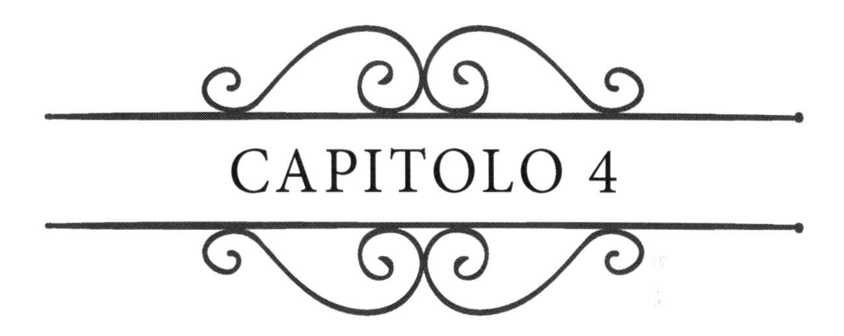

CAPITOLO 4

Dylan

"QUESTE SONO SOLO alcune delle cose che vedo potrebbero incrementare i tuoi profitti. Ho pensato di riferirle, anche se non hai chiesto la mia consulenza su questo" dissi a Kylie il pomeriggio successivo.

Girò la sedia dell'ufficio per guardarmi in faccia. "Grazie. Onestamente non volevo occupare così tanto del tuo tempo. Volevo solo chiederti alcune cose su profitti e perdite, ma apprezzo il consiglio. Posso mettere in pratica così tante delle cose che mi hai suggerito a cui non avevo mai pensato prima."

"Sono contento di poterti aiutare" risposi, rendendomi conto che ero davvero sincero riguardo a quel commento. "Sapevi già cosa stavi facendo. Penso che tutto ciò di cui avevi bisogno fosse una seconda opinione."

Kylie in realtà aveva una mente esperta negli affari e assorbiva le informazioni come una spugna. Tutto ciò di cui aveva veramente bisogno erano delle linee guida.

Sorrise, e tutto il suo viso si illuminò.

Fanculo! Era passato molto tempo dall'ultima volta in cui qualcuno mi aveva guardato come se davvero... gli piacessi.

E non ero abbastanza sicuro di come comportarmi.

È grata, il che è completamente diverso dal fatto che lei mi voglia davvero bene.

Non mi sembrava il caso di iniziare a pensare che non le dispiacesse la mia compagnia.

Il problema era che mi stavo davvero abituando alla *sua* presenza.

Certo, non parlavamo spesso, ma solo sentire un'altra persona che si muoveva per casa era meglio del silenzio totale.

Non avrei detto che mi *piacesse* il suo patetico cane, ma non mi *dispiaceva* quando mi cercava e decideva che mi avrebbe onorato della sua presenza.

Jake era abbastanza discreto una volta superato il fatto che a volte tendeva a russare piuttosto rumorosamente.

"Bene, allora" dissi. "Se è tutto ciò di cui hai bisogno, farò un salto nel mio ufficio."

Non c'era bisogno di rimuginare sul fatto che Kylie potesse tollerare o meno di stare ancora in mia presenza.

"Dylan?" disse in tono interrogativo.

Non mi alzai dalla sedia quando risposi: "Avevi bisogno di qualcos'altro?"

Scosse la testa. "No. Volevo solo chiederti perché mi stai aiutando. Non mi vuoi qui, eppure hai passato un paio d'ore del tuo tempo a lavorare con me sui miei affari. Pensavo che mi odiassi."

Come avrei dovuto rispondere? A malapena sapevo perché lo stavo facendo io stesso. "Non ti odio, Kylie."

Beh, almeno *questo* era vero. Mi odiavo molto più di quanto non mi piacesse lei.

Onestamente, non mi dispiaceva più per niente la sua presenza.

Certo, era fastidiosamente schietta e diretta, ma non era che tutto quello che aveva detto su di me *non* fosse vero.

Mi ero solo risentito del fatto che avesse sottolineato ogni mio difetto.

Sospirò. "Neanch'io ti odio, Dylan. Forse detesto alcune delle tue azioni, ma davvero non ti conosco."

Alzai le spalle. "C'è davvero una differenza tra queste due cose? È quasi impossibile voler bene a qualcuno quando si è comportato come un completo idiota."

"Dipende" rifletté. "A volte una persona può agire in modo diverso dal personaggio per molte ragioni diverse."

"Non ti conviene conoscermi. Credimi sulla parola. Significherebbe andare in un posto molto buio" la ammonii.

Inclinò la testa in un modo così adorabile che mi affascinò completamente, come se stesse cercando di capirmi e trovare una sorta di qualità redentrice nella mia personalità.

Probabilmente avrei dovuto farle sapere che stava cercando qualcosa di buono nel posto sbagliato.

"Sei davvero così spaventoso?" chiese. "In realtà, sono stata anch'io in un posto piuttosto buio, quindi non ne ho più paura."

Non aveva idea di quanto potesse essere terrificante la mia mente, e dubitavo fortemente che sapesse davvero che aspetto avesse il nero come la pece.

Kylie era tutta luce e felicità.

Ed io ero cupo e triste.

Queste due cose raramente stavano bene insieme.

"Sono completamente incasinato" confessai. "Penso che ormai dovresti saperlo. Credo che sia meglio se evitiamo di entrare nel personale l'uno con l'altra."

"Perché?" chiese.

"Perché cosa?" ringhiai, sperando di convincerla a smettere di fare domande.

"Perché sei incasinato? Non sei sempre stato così. Qualcosa l'ha causato, giusto?"

Incrociai le braccia sul petto e la guardai di traverso, ma lei continuò a guardarmi come se si aspettasse una risposta.

Gesù! Non c'era modo di intimidire questa donna fino al silenzio?

Stranamente, non potevo costringermi a dire qualcosa che potesse ferire i suoi sentimenti.

Avrei voluto, perché quella era la mia risposta normale quando volevo allontanare qualcuno.

"Perché è qualcosa che devi sapere?" chiesi in tono scontroso. "Abbiamo un accordo. Cibo in cambio di consulenza aziendale. Punto."

Scrollò le spalle. "Non ne ho idea. Forse voglio conoscerti. Forse voglio provare a capire."

"Non puoi" dissi brevemente.

Incrociò le braccia sul petto, rifiutandosi di battere in ritirata. "Mettimi alla prova" sfidò.

"Solo se sei disposta a spogliarti" risposi, sapendo che la irritava, quando prendevo quella strada.

Non che *non* volessi vederla nuda, ma l'unico motivo per cui avevo effettivamente espresso quel desiderio ad alta voce era farla smettere.

Alzò un sopracciglio. "Non funzionerà più. So che lo dici solo per cambiare argomento. Non lo pensi davvero."

Forse era così, ma di certo non avrei discusso se avesse cambiato idea e avesse deciso di voler continuare questa discussione senza i nostri vestiti addosso.

Ero stato attratto da lei dal momento in cui aveva varcato la mia porta, e il mio desiderio di scoparla fino a quando avrebbe chiesto pietà era implacabile.

Il mio commento avrebbe potuto essere un disperato tentativo di distrarla, ma l'urgenza di portarla nel mio letto era molto, molto reale.

"Mettimi alla prova" ripetei la sua sfida. "Sarei più che felice di mostrarti cosa intendo."

Roteò gli occhi. "Dio, perché devi essere così testardo? Sto solo cercando di conoscerti."

Mi sforzai cercando di non sorridere su *quell'*argomento dato che non avevo mai incontrato una donna più ostinata in tutta la mia vita. "Ti è mai venuto in mente che potrei non volere che tu mi conosca?"

Guardai, mentre un momento di incertezza attraversò il suo viso, e mi detestai subito per averla causata.

Dopo tutte le ragioni che le avevo dato per odiarmi, perché diavolo stava ancora cercando di conoscermi?

"Va bene. Lasciamo perdere" disse concisa. "Pensavo che avresti voluto qualcuno con cui parlare, ma ovviamente preferisci essere solo uno stronzo."

La sua delusione mi sconvolse le viscere e mi costrinse a parlare. "*Non* voglio essere così. Credi davvero che mi piaccia essere l'uomo che sono diventato? Hai ragione. Non sono sempre stato così, e voglio cambiare così dannatamente che trascorro ore in diversi tipi di terapia ogni giorno per cercare di riprendere la mia vita. Ho iniziato il giorno in cui sono tornato dall'Inghilterra. Mi sento un po' meglio? Sì. Mi sento come se potessi trovare l'uomo che ero? No. Ma continuerò a provare finché non avrò messo la testa a posto. Non so esattamente come sia, ma dev'essere molto meglio degli ultimi due anni."

Stavo respirando pesantemente quando ebbi finito, ancora stupito di aver spifferato tutto questo.

Kylie sembrava sorpresa, ma il suo tono era caloroso quando chiese: "Vuoi parlare della tua terapia?"

"No" grugnii.

"Vuoi parlare di quello che è successo due anni fa?" riprovò.

"Accidenti, no" risposi. "Passo abbastanza tempo a parlarne ogni giorno. Non sono bravo a riversare le mie emozioni interiori finché non sento di dover vomitare."

"Va bene" acconsentì prontamente. "Allora, ti racconterò cos'è successo a me e perché non ho più paura del buio, se vuoi sentirlo."

Dannazione, tutto era preferibile al dover parlare di me stesso, ed ero curioso. "Dimmi."

"La farò breve perché è stato molto tempo fa" iniziò. "Mi sono sposata quando avevo diciannove anni, e mio marito era un maniaco del controllo che criticava ogni singola cosa facessi o dicessi. Nella sua mente, niente di me era attraente. I miei capelli rossi erano brutti. Le mie lentiggini erano orribili. Mangiavo troppo per una femmina. Il mio seno era troppo piccolo. Il mio culo era troppo grande. La mia cucina era immangiabile. Ero stupida, ridicola e... beh, hai capito, no? Volevo lavorare, ma lui voleva che restassi a casa. Ho fatto di tutto per compiacerlo. Ho tinto i capelli. Ho provato tutte le creme per lentiggini sul mercato e ho coperto ciò che era rimasto con il trucco, ma non ero ancora abbastanza, non importava quanto ci provassi. Ma sono rimasta con lui per più di tre anni, finché non ho scoperto che si stava scopando qualcun'altra. Alla fine ho trovato il coraggio di chiedere il divorzio e, quando l'ha scoperto, mi ha picchiata così duramente che a malapena sono riuscita a rialzarmi."

Ero così sbalordito e furioso che un uomo avesse trattato Kylie in quel modo da poter sentire il cuore che mi batteva forte nelle orecchie.

"Gesù! Kylie—"

Alzò una mano. "Lasciami finire. Non parlo più di questa parte della mia vita, quindi voglio solo superarla. Kevin era un ufficiale di polizia, e quando è andato a lavorare dopo avermi lasciata sanguinante e contusa, è stato ucciso in un incidente legato a una gang. Era un eroe, e non c'era niente che potessi fare se non assistere ai funerali con un trucco pesante per nascondere i segni che mi aveva lasciato. Durante l'intera funzione, non sapevo se fossi in lutto o se lo odiassi, e quella confusione non è scomparsa, anche dopo che è stato sepolto. Tutto il mio matrimonio, la sua morte e la mia confusione mi hanno incasinato parecchio la testa. Quindi, ho bevuto molto per scappare, perché ho attraversato un periodo davvero brutto di ansia e depressione. Ho avuto attacchi di panico che non riuscivo a controllare. È stata una risalita difficile dopo essere caduta in un burrone. La mia mente ha vagato in un sacco di posti oscuri, ma è stato solo quando mi sono seduta nel mio appartamento una notte con una bottiglia di pillole, chiedendomi se dovessi semplicemente tirarmi fuori dalla miseria, che ho finalmente capito che avevo bisogno di aiuto. Che non potevo farcela da sola."

"Cos'è successo?" chiesi burbero, il mio cervello che stava ancora cercando di assorbire tutto ciò che era successo a una donna che sembrava nient'altro che luce e felicità.

"Anch'io ero incasinata, ma sono stata curata" disse con un sospiro. "E lentamente ho ricostruito la mia vita. L'ho detto a Nicole e Macy, e le mie amiche mi hanno sostenuta durante il trattamento. Quindi sì, so cosa si prova ad essere in un posto davvero brutto, motivo per cui probabilmente ho potuto percepire che avresti potuto aver bisogno di qualcuno con cui parlare in questo momento. Non sono sicura di cosa ti sia successo, Dylan, ma sono felice che tu stia ricevendo aiuto. Sappi solo che se mai avrai voglia di parlare, in un certo senso so cosa stai passando. Se non vuoi parlarne, forse potresti semplicemente trarre beneficio da qualcuno con cui uscire e divertirti. Probabilmente è qualcos'altro che potresti fare anche tu."

Strinsi i pugni e mi sentii fisicamente male per il fatto che un uomo avesse messo una mano su Kylie e l'avesse fatta sentire inadeguata per anni. "Se non fosse già morto, penso che sarei stato disposto a ucciderlo per te" dissi con voce stridula.

Mi rivolse un sorriso malinconico e si alzò dalla sedia. "Quella parte della mia vita è finita, grazie a Dio. So che forse non pensi che accadrà, ma ne uscirai anche tu, Dylan. Vado a preparare la nostra cena."

Tutto il mio corpo stava ronzando con così tante emozioni che era quasi doloroso. Dopo essere stato insensibile e distaccato per così tanto tempo, era difficile distinguerle tutte.

Volevo dirle *qualcosa*, qualsiasi cosa per farle sapere che apprezzavo la sua condivisione di una storia così dolorosa solo per aiutarmi.

"Kylie?"

Si voltò di nuovo verso di me, quando raggiunse la porta. "Sì?"

Lottai per provare a esprimere le cose che volevo dire, ma alla fine tutto quello che potei dire fu "Grazie."

Mi rivolse un sorriso incoraggiante e annuì dicendo: "Non fare tardi per la cena. È la serata del pollo ai funghi e riso."

Dopo che lasciò la stanza, rimasi seduto lì per qualche minuto, ancora pensando a tutto quello che aveva detto.

Gesù! Come aveva fatto una persona così giovane ad affrontare così tanta avversità e poi alla fine aver scelto di chiedere aiuto invece di prendere la via d'uscita più semplice?

Guardandola ora, nessuno avrebbe mai capito che non era sempre stata la donna audace e schietta che era oggi.

E anche il fatto che avesse ancora così tanto calore, compassione ed empatia era piuttosto notevole.

Alla fine mi alzai e scossi la testa. Mentre mi dirigevo verso il mio ufficio, dovetti ammettere a me stesso che non solo Kylie Hart era straordinariamente bella, ma era anche la donna più incredibile e determinata che avessi mai incontrato.

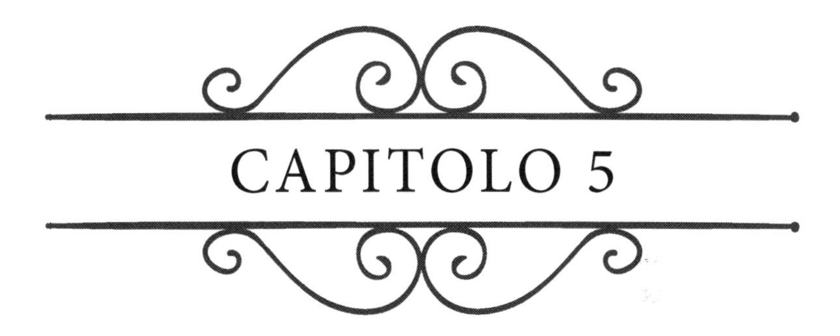

CAPITOLO 5

Kylie

"AVREI DOVUTO ESSERE in grado di vincere quella partita" borbottò Dylan una settimana dopo, mentre divorava la cena che avevo cucinato. "Credo di essere fuori allenamento."

Sbuffai dopo aver ingoiato un boccone del mio piatto saltato in padella. "Non essere un perdente lamentoso, Lancaster" presi in giro. "Ti è mai venuto in mente che potrei essere una tennista migliore di te?"

"Mai. Non fino a quando non ho perso" rispose. "Sono cresciuto giocando. Ho avuto lezioni private quando ero più giovane e raramente ho perso l'occasione di scendere in campo anche da adulto. Forse è per questo che mi ha sorpreso così tanto perdere la partita contro di te stasera. Non perdo molto spesso, ma ora sono disposto ad ammettere che sei una giocatrice straordinaria e che sei migliore di me. Dove diavolo hai imparato a giocare così?"

Sorrisi, mentre osservavo la sua espressione scontenta dal mio posto al tavolo della cucina di fronte a lui.

Non ero sicura se a Dylan non piacesse affatto perdere o se fosse particolarmente doloroso perché era una donna che lo aveva preso a calci nel culo.

La mia ipotesi era la prima. Dopo quasi due settimane di osservazione, avevo notato che non gli piaceva essere battuto in nulla. Punto. E non l'avevo mai sentito insinuare che una donna non potesse fare nulla bene come un uomo.

Era testardo, cosa che sembrava essere una caratteristica che condividevamo, ma almeno poteva ammettere di essere stato battuto, per quanto potesse essere difficile quell'ammissione.

A dire il vero, Dylan aveva sorpreso anche *me*, perché era un tennista decisamente migliore di quanto mi aspettassi. Mi aveva fatto sudare sette camicie per batterlo.

Alzai le spalle, mentre bevevo un sorso d'acqua e poi posavo di nuovo il bicchiere. "Gioco da quando ero piccola" spiegai. "A quindici anni avevo accumulato abbastanza punti per qualificarmi nei tornei Junior Grand Slam."

Mi guardò e inarcò un sopracciglio. "Allora, eri più che una buona giocatrice. Cos'è successo ai tornei?"

Sospirai e spinsi distrattamente il resto del cibo ai bordi nel piatto. "Mio padre non aveva i soldi per mandarmi, ma sono riuscita a raccogliere abbastanza denaro e ottenere sponsorizzazioni per gli Australian Open. Sfortunatamente, ho preso l'influenza il giorno prima di partire per l'Australia. Due settimane dopo, ho iniziato a manifestare alcuni strani sintomi dopo aver superato il virus dell'influenza. Per farla breve, sono stata messa fuori gioco per oltre un anno dalla sindrome di Guillain-Barre. Ho perso l'intero anno di gare e non sono mai più tornata ai livelli in cui ero prima che accadesse."

"Cos'è esattamente la sindrome di Guillain-Barre? Ne ho sentito parlare perché una volta mamma aveva un'amica che ne era affetta" ammise Dylan. "Semplicemente non ne so molto. Da quello che ho capito, è piuttosto rara, giusto?"

Spiegai che non si capiva abbastanza bene *perché* qualcuno sviluppasse la malattia, ma che di solito accadeva dopo un'infezione o un virus. E che si trattava di una malattia rara in cui il sistema immunitario iniziava ad attaccare i nervi.

"Ho trascorso due mesi in terapia intensiva e un totale di tre mesi in ospedale" gli dissi. "Dopodiché, ho passato mesi di terapia occupazionale e fisioterapia solo per tornare alla normalità. Ho perso tutta la mia condizione fisica e la mia forza vitale" conclusi con un tono più leggero.

"E il tuo sponsor, suppongo" rifletté.

Annuii. "Non ci sono seconde possibilità per una ragazza che non potrebbe davvero permettersi di giocare a tennis competitivo in primo luogo. Speravo in una borsa di studio per il tennis all'UCLA, ma avevo quasi diciassette anni quando ho potuto davvero giocare di nuovo, e non ero abbastanza brava. Inoltre, ero troppo vecchia per essere junior. All'epoca ero delusa per tutto, ma non mi lamento. Sono felice di essere socia di un'agenzia di pubbliche relazioni emergente ora. Amo quello che faccio e amo il team dell'ACM."

Ogni parola che pronunciavo era vera. Forse il mio cuore *era* stato spezzato per le opportunità perse da adolescente, ma ero davvero contenta di come aveva svoltato la mia vita ora.

"Davvero?" chiese in tono dubbioso. "Preferisci fare quello che stai facendo ora piuttosto che essere una ricca professionista di tennis?"

"Chi può dire che avrei avuto successo come professionista?" domandai. "Basta un infortunio per porre fine a una carriera. O qualche giorno storto durante alcuni grandi tornei. Niente era garantito. Quindi sì, preferisco essere dove sono piuttosto che una giocatrice professionista finita che non è riuscita a raggiungere lo status di élite. Ci vogliono molta abilità e un po' di fortuna per essere al top, ma solo perché non sono andata in quella direzione, ciò non significa che non ami ancora giocare. Davvero, ho il meglio di entrambi i mondi, no? Posso ancora godermi alcune partite e fare una carriera che amo allo stesso tempo."

Scosse la testa, mentre riprendeva a mangiare. "Dannazione, donna, sei sempre così terribilmente positiva? Deve essere completamente estenuante."

Dato che ero abituata al suo cinico sarcasmo, mi limitai a sorridere, mentre iniziavo a trangugiare il mio cibo. "Ora sono una persona che vede il bicchiere mezzo pieno, evidentemente. La vita è breve. Che senso ha lamentarsi di quello che avrebbe potuto essere se sono felice della mia vita?"

Dylan Lancaster era stato indurito dalle sue esperienze di vita, e non aveva accettato la mia offerta di parlare di quello che era successo due anni addietro, quindi c'erano ancora tantissime cose che non sapevo di lui.

Tuttavia, di tanto in tanto parlava del suo trattamento, e suonava piuttosto intenso, motivo per cui sembrava ogni giorno meno tormentato e leggermente più ottimista.

La maggior parte delle volte uscivamo insieme perché sembrava preferire la compagnia piuttosto che stare da solo.

Onestamente, non era un uomo difficile con cui andare d'accordo, una volta aver stroncato tutte le sue stronzate.

Sì, era stato uno stronzo in passato, ed era ancora derisorio. Ma c'era qualcosa dentro di me che poteva percepire il dolore che stava cercando di nascondere sotto quell'aspetto un po' logoro.

Non ero del tutto sicura di come raggiungere quel tormentato Dylan Lancaster che non voleva nessuno vedesse.

"Allora, cos'è successo dopo la distruzione delle tue speranze e dei tuoi sogni infranti di una borsa di studio e di una carriera nel tennis?" chiese.

"Ho trovato lavoro durante il mio ultimo anno di liceo come cameriera in un ristorante. Sono passata al tempo pieno dopo essermi diplomata e ho preso lezioni al college di notte. Mio padre si è trasferito in Florida quando avevo diciotto anni. Aveva incontrato qualcuno, e voleva trasferirsi, quindi ho dovuto mantenermi" condivisi, mentre spingevo da parte il mio piatto vuoto. "Sai cos'è successo dopo. Mi sono sposata troppo giovane, ho lasciato il mio lavoro e ho smesso di frequentare i corsi."

"Alla fine ce l'hai fatta a finire il college?"

"Più tardi" dissi. "Ho conseguito una laurea in marketing una volta venuta a lavorare per la mamma di Nicole in ACM. Mi ha assunta una volta che mi sono ripresa dopo la morte di Kevin e mi ha aiutata a conseguire la laurea. Nessun altro avrebbe adattato le mie ore al mio orario scolastico come ha fatto lei. Era una donna incredibile e Nicole le somiglia tanto."

Avevo già raccontato molto a Dylan di Nic, poiché sembrava curioso della donna che suo fratello gemello avrebbe sposato.

Mi alzai e iniziai a togliere i piatti.

Si sollevò e afferrò il proprio piatto e le posate sporche.

Da quando avevo iniziato a cucinare per lui, si era abituato ad aiutarmi a pulire ogni sera. Inoltre, passava ogni giorno per vedere se avessi bisogno di aiuto con la mia attività prima di andare nel suo ufficio.

In realtà, stavo approfittando alla grande dell'accordo di scambio che avevamo stretto.

Avevo Dylan Lancaster come consulente quando avevo bisogno di *lui*, e mi aiutava a ripulire la cucina.

Non avevo intenzione di dirgli che le sue capacità di negoziazione erano mancate in quel particolare accordo.

Mi seguì alla lavastoviglie, e presi il suo piatto.

Appoggiò il suo bel sedere al bancone della cucina proprio accanto a me e incrociò le braccia sul petto muscoloso, mentre aspettava che accendessi l'elettrodomestico.

Dio, era vicino, così vicino che potevo sentire quella fragranza maschile, terrosa, unica che si aggrappava a lui ovunque andasse.

Inspirai, annegando nel profumo allettante, anche se mi rimproveravo di essere così attratta da Dylan Lancaster.

Tutto quello che doveva fare era stare accanto a me, lasciarmi inspirare ed ero pronta a denudarlo.

*Cosa diavolo c'*è che non va in me? È ancora il ragazzo che ha ferito *la mia migliore amica e ha partecipato alle orge.*

Feci un lungo respiro. Il problema era che c'erano alcune qualità in Dylan che erano davvero... apprezzabili.

Non beveva più fino all'oblio, quindi non vedevo mai quel lato stronzo di lui. Cominciavo persino a credere che quelle foto dell'orgia fossero state una trappola.

Era molto intelligente e non lasciava più sprecare quella mente brillante. Era nel suo ufficio a casa ogni giorno, lavorando con il suo team di Los Angeles su alcuni progetti che lui e Damian avevano messo da parte perché c'erano troppe complicazioni coinvolte.

Sembrava odiare essere totalmente ozioso.

Dovetti anche ammettere che aveva un senso dell'umorismo buffo e ironico che mi divertiva la maggior parte delle volte.

Sarebbe stato impossibile negare che Dylan Lancaster fosse fisicamente il ragazzo più figo che avessi mai visto.

E Dio, aveva un buon profumo.

Come potevano i miei ormoni femminili non gioire ogni dannata volta che mi si avvicinava?

Se fosse rimasto un completo idiota, sarebbe stato facile ignorare quanto fosse attraente, ma in realtà *non* era un completo stronzo.

A volte era prepotente, ma c'erano cose premurose che faceva che gli impedivano di essere dispotico.

Andava fedelmente alla sua terapia ogni giorno, anche se sapevo che c'erano momenti in cui era emotivamente esausto.

Ci stava provando, anche se apparentemente detestava ogni momento di quelle sedute, e dovevo dargli credito per la sua tenacia.

Non potevo fare a meno di ridere ogni volta che mi diceva che aveva dovuto parlare delle sue emozioni fino ad essere nauseato e spossato.

Mi stavo lentamente abituando al suo gergo britannico, quindi non dovevo chiedere chiarimenti ogni volta che usava una parola che non avevo sentito prima.

Onestamente, il suo sexy accento britannico era solo un'altra cosa che rendeva l'uomo quasi irresistibile.

Dopo aver chiuso la lavastoviglie e averla avviata, mi voltai fino a trovarmi faccia a faccia con lui.

Non sapevo da dove provenisse, ma eccolo lì, quello sguardo crudo e tormentato nei suoi splendidi occhi che mi faceva male al cuore. Apparve e scomparve di punto in bianco e, indipendentemente da tutto ciò che aveva fatto in passato, mi colpì.

Dannazione! Non potevo farne a meno.

"Stai bene?" chiesi tranquillamente.

Era visibilmente sorpreso come se avesse avuto bisogno di uscire da alcuni pensieri profondi.

Annuì. "Sto bene. Mi stavo solo chiedendo perché sei ancora così dannatamente gentile con me dopo tutte le cose che ho fatto in passato. La mia famiglia non vuole nemmeno parlarmi."

Il mio cuore iniziò a battere forte e le mie dita si contrassero per il desiderio di accarezzare il palmo della mano sulla sua mascella stretta e leggermente barbuta.

Dovetti sforzarmi per non toccarlo, mentre dicevo: "Quasi tutti meritano una seconda possibilità, Dylan. Basta non rovinarla. Hai ferito la mia migliore amica, quindi un'altra possibilità non è nelle carte per noi due, anche se ora è estaticamente felice. Posso essere tua amica o la tua peggior nemica. La scelta è tua."

La mia voce era ferma, ma trattenni il respiro, mentre aspettavo la sua risposta.

Rimasi sorpresa da quanto volevo che Dylan guadagnasse la mia fiducia, e viceversa.

Le sue labbra carnose e deliziose si sollevarono appena agli angoli, mentre mormorava: "Sembra che non abbia altra scelta dopo il modo in cui mi hai preso a calci nel culo sul campo da tennis. Sei piuttosto temibile, a prescindere dalla tua bassa statura, quindi non oserei contraddirti."

Rilasciai il mio respiro. Sapevo che era l'osso più grosso che avrebbe potuto lanciarmi per ora, ma era abbastanza.

Gli sorrisi, mentre dicevo senza fiato: "Ottima scelta."

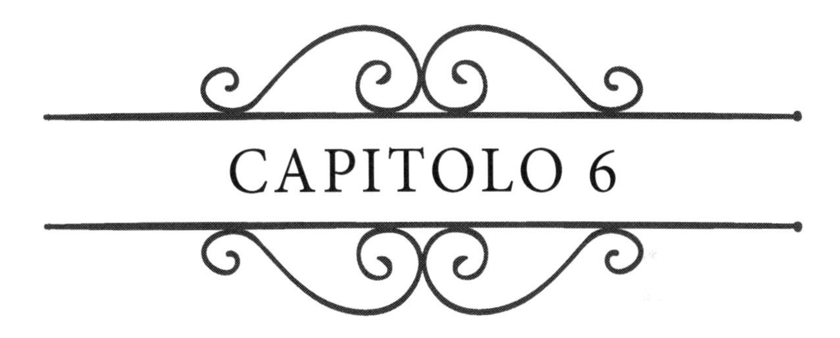

CAPITOLO 6

Kylie

"OH. MIO. DIO" bisbigliai subito dopo aver chiuso gli occhi e deglutito. "Penso di avere un orgasmo da cibo. Questa è una delle cose più deliziose che abbia mai mangiato."

Dylan ridacchiò un po' dall'altra parte del tavolo nel ristorante sciccoso. "Sentiti libera di continuare. Guardarti sarebbe altamente... divertente."

Aprii gli occhi e gli sorrisi dicendo: "Grazie per questo. Sono originaria della California del Sud, ma non ho mai mangiato qui. Tutto è stato fantastico."

Si era offerto di portarmi fuori a cena diverse volte nell'ultima settimana, per non farmi sentire come se dovessi sempre cucinare, ma l'avevo ignorato fino a quella sera.

Mi sentivo svuotata dopo aver passato l'intera giornata a cercare di spegnere un paio di incendi all'ACM, e cenare fuori mi era sembrata un'ottima idea.

Solo che non avevo programmato di finire in uno dei ristoranti con più stelle Michelin della zona di Los Angeles.

Avevo esitato perché era un po' troppo caro per le mie tasche, per non parlare del fatto che questo ristorante era sempre pieno ed era difficile mangiarci con breve preavviso.

Dylan aveva ignorato le mie argomentazioni, dicendomi che mangiava qui di tanto in tanto e che non avrebbe avuto problemi a prenotare. Aveva anche detto scherzosamente che pensava di poter gestire il conto.

Dopo aver ricordato a me stessa che era uno dei ragazzi più ricchi del mondo, non era stato difficile convincermi a mangiare qui.

Avrei sempre voluto farlo, ma non avevo mai avuto l'opportunità o il denaro di riserva quando vivevo a Los Angeles. Ora che probabilmente potevo permettermi il lusso occasionale di una cena costosa, non ci avevo pensato perché c'erano molti buoni ristoranti a Newport Beach.

Scrollò le spalle. "Cucini sempre. Non è che ti sto facendo un grosso favore."

Scossi la testa. "Non capisci. Questo è un grosso problema per me, Dylan. Sono una persona normale che non riesce a fare cose del genere molto spesso."

Fortunatamente, avevo il pratico *vestitino nero* che potevo accessoriare con della simpatica bigiotteria.

Il mio cuore aveva perso un battito quando Dylan aveva sceso le scale, abbastanza in forma da poter mangiare con indosso un paio di quelli che sembravano pantaloni personalizzati e una polo azzurra che si adattava perfettamente al suo corpo massiccio.

Naturalmente, avevo subito ricordato a me stessa che non avremmo avuto... un appuntamento.

Eravamo solo due amici che mangiavano insieme.

"Sembrava che stessi gustando il tuo polpo spagnolo" scherzò. "Sono davvero impressionato da quanto cibo riesci a mettere in un corpo così piccolo."

Arrossii un po'. *Avevo* mangiato molto e non ero nemmeno vicina a finire con la mia ricca crema e il dessert alla fragola che era di fronte a me. "Mi dispiace. Non sono mai stata una che fa attenzione a quanto cibo ingurgita. Sono una buongustaia."

"Non osare scusarti" replicò burbero. "È piacevole vedere una donna che non ha paura di mangiare. Ti farò portare tutto quel che c'è sul menu se lo vuoi. Mi piace e adoro il modo in cui ti godi il cibo."

Alzai un sopracciglio. "Allora, preparati a stupirti, mentre demolisco il resto di questo dolce."

Fui sollevata dal fatto che non sembrasse minimamente disgustato dal mio abbondante appetito. Il mio defunto marito era inorridito dal fatto che potessi effettivamente mangiare più della maggior parte degli uomini.

"Sono pronto per essere deliziato dal tuo orgasmo alimentare" scherzò. "Sarebbe l'azione più spinta che abbia visto da molto tempo."

Sbuffai prima di prendere un altro boccone, assaporarlo e poi deglutire. "Per favore. Parla l'uomo che si abbandona alle orge selvagge."

Non dovevo davvero badare alle mie parole poiché il patio recintato era vuoto, qualcosa che Dylan aveva probabilmente organizzato quando aveva effettuato la prenotazione, quindi avremmo avuto un po' di privacy.

Quasi mi pentii di averglielo detto, quando i suoi occhi si rabbuiarono, mentre diceva cupamente: "Te l'avevo detto che era una trappola. *Ero* drogato, Kylie, e sono certo di non essermi mai scopato nessuna di quelle donne. Sospetto che in realtà stessero cercando Damian, in modo da poter offuscare la sua immagine con un'azienda che si vanta di essere perfettamente pulita. C'erano molti concorrenti che volevano disperatamente l'accordo che alla fine ha stretto, nonostante quella debacle. Hanno preso me al posto di Damian perché ero abbastanza idiota da lasciare che accadesse."

"Forse sì" riflettei, prima di bere un sorso del mio caffè francese. "Ma per favore, non provare a dirmi che hai avuto un lungo periodo di astinenza. Non è passato molto tempo dall'incidente con Nicole."

In realtà, gli credevo riguardo alla situazione dell'orgia, ma non era un angelo.

Il suo sguardo tagliente come il laser si incastrò nel mio e il mio cuore fece una capriola nel petto. I suoi occhi erano cupi e seri, mentre chiedeva: "Vuoi la verità?"

Gesù! Volevo davvero sapere della vita sessuale promiscua di Dylan?

No. No, non volevo, ma fui costretta ad annuire lentamente perché il momento era così dannatamente intenso.

I suoi occhi non lasciarono mai i miei, mentre diceva: "La maggior parte delle volte ero troppo incazzato per preoccuparmi anche solo di una scopata. È difficile fare sesso quando non riesci a stare in piedi. La situazione dell'orgia era una trappola, e il mio comportamento al gala è stato un errore. Me ne sarei andato prima di togliere tutti i vestiti. Ero così debole che non sarei riuscito a raggiungere il traguardo." Alzò una mano prima che potessi parlare. "Non sto dicendo che sono sempre stato contrario al grande sesso, e sono sicuro di non essermi rifiutato tanto quanto Damian. Sto solo dicendo che non è successo negli ultimi due anni, nonostante le prove che ti farebbero pensare esattamente il contrario."

Dio, quello che diceva era... vero? Data la sua logica, era altamente possibile. Un ragazzo *non* poteva davvero avere una buona prestazione quando era ubriaco.

Qualcosa si era ribaltato nella mia pancia, mentre guardavo in un paio di occhi meravigliosi che sembravano voler disperatamente convincermi che era sincero.

Era la cosa più sincera e personale che avesse mai divulgato, e non avevo intenzione di scoraggiarlo. Così, cercai di alleggerire l'atmosfera. "Quindi, stai dicendo che eri tutto fumo e niente arrosto al gala?"

Sembrava sollevato mentre rispondeva: "Questo non significa che non sono in grado di soddisfare completamente in altre circostanze."

Oh, Signore. Sono molto sicura che puoi, Mr. Sexy.

Potevo giurare che Dylan Lancaster trasudava un'aura di sesso caldo, sudato e orgasmico multiplo con ogni singolo respiro che emetteva.

Quel leggero nervosismo che lo circondava emanava un accenno di pericolo, ma era il tipo di pericolo in cui una donna voleva cadere e crogiolarsi piuttosto che evitare.

La mia fronte era cosparsa di sudore solo pensando a lui nudo e che mi mostrava quanto potesse essere orgasmico un po' di rischio.

Interruppi il contatto visivo e diedi un altro morso al mio dessert, mentre stringevo le cosce prima di squittire alla fine: "Non ho dubbi che tu sia totalmente capace."

Questo è un eufemismo!

"Sono più che solo capace" replicò, suonando leggermente offeso. "E tu? C'è un ragazzo a Newport Beach a cui manchi nel suo letto?»

Quasi soffocai con la mia torta.

Aveva fatto quella domanda intima così casualmente che sembrava stesse parlando del tempo.

Bevvi un sorso d'acqua prima di essere costretta a tossire, e poi risposi: "Anche per me è stato un periodo un po' di magra" dissi vagamente, non volendo dire a Dylan che era passato troppo tempo per me.

Anche più dei suoi due anni di carestia.

Ero lontano dall'essere una puritana. Mi piaceva il buon sesso. Lo amavo. Solo che erano passati degli anni da quando avevo incontrato un ragazzo che mi ispirasse abbastanza lussuria da non poterne fare a meno.

Sorrise maliziosamente, un sorriso a tutti gli effetti e sexy che non avevo mai visto sul suo viso prima, e mi distrusse.

Mi sciolsi in una pozzanghera sul pavimento del patio di cemento, mentre diceva: "Allora, immagino che possiamo commiserarci. Anche se è molto difficile credere che tu non debba combattere contro uno o due coglioncelli ogni singolo giorno."

Sorrisi perché sembrava scontento all'idea che io dovessi presumibilmente avere a che fare con i ragazzi tutto il tempo. "Questa è la California del Sud, Dylan. Ci sono donne incredibilmente belle ovunque. Non è che gli uomini stiano ansimando per fare sesso con *me*. Mi hai vista senza trucco al mattino. Sono una donna dai capelli rossi e lentigginosa che è incredibilmente nella media rispetto a molte donne in questa parte del Paese." Ero in buona forma fisica, ma per il resto ero piuttosto noiosa. Anche il mio seno era mediocre.

"Non credi davvero a queste sciocchezze, vero?" chiese, sembrando leggermente confuso. "Trucco o non trucco, sei assolutamente incantevole, Kylie. Devi saperlo. Il colore dei tuoi capelli è sbalorditivo e le tue lentiggini, che si notano appena, sono assolutamente adorabili."

Sbuffai. "Le donne vogliono essere sexy, non adorabili."

Segretamente, adoravo il modo in cui stava protestando contro il mio commento sull'essere estremamente ordinaria, ma sapevo che probabilmente stava cercando di essere educato.

"Le tue lentiggini sono straordinariamente sexy" chiarì.

Risi, mentre spingevo via il mio piatto vuoto. "Ora so che sei pazzo. Non sono una ragazza femminile. Non lo sono mai stata. Sono stata presa in giro molto a scuola a causa dei miei capelli rosso vivo, delle mie lentiggini e della mia tendenza ad essere più atletica che ultrafemminile."

"Non so come a un uomo possa sfuggire il fatto che sei femmina" rispose con voce roca. "Di certo io non riesco a ignorarlo."

I miei occhi volarono al suo viso, solo per trovare nient'altro che sincerità nella sua espressione. E c'era qualcos'altro nei suoi occhi mentre mi travolgevano...

Qualcosa di caldo e immensamente sensuale.

Smettila, Kylie. Smettila subito!

Oh, Dio, non avevo bisogno di iniziare a credere che Dylan Lancaster *mi* trovasse davvero attraente.

Non quando sapevo che poteva essere circondato da uno stuolo di dee se avesse voluto.

Non ero brutta.

Non ero ipercritica riguardo al mio aspetto.

Tuttavia, ero realista e non ero il tipo di donna che un uomo come Dylan Lancaster avrebbe desiderato ardentemente.

Era un miliardario, altamente sofisticato e istruito, e la maggior parte degli uomini come lui finiva con una supermodella bionda e sexy nel letto.

Forse più di una.

Non con una normale donna della classe lavoratrice dai capelli rossi come me.

Alzai le spalle. "In realtà, ho fatto pace con chi sono ora" gli dissi onestamente.

Forse non ero stata la vincitrice del primo premio nella lotteria del pool genetico, ma mi piaceva la donna sotto il mio aspetto medio la maggior parte delle volte. Questo era più importante, e qualcosa che non avrei potuto affermare dieci anni addietro.

Oh, cavolo, forse non riuscivo *ancora* a prendere per il verso giusto un complimento.

Mi ci era voluto molto tempo per superare i colpi che la mia fiducia aveva subito durante il mio matrimonio, e non ero abituata a uomini astuti come Dylan quando si trattava di complimenti oltraggiosi.

"Grazie per aver detto cose così carine, però" aggiunsi, non volendo che pensasse che la sua gentilezza fosse passata inosservata.

"Kylie?" chiese.

"Sì?"

"Non ti ho detto che sei bella solo per essere educato. Intendevo ogni parola che ho detto."

Agitata, afferrai il mio caffè come una distrazione e cercai di cambiare argomento.

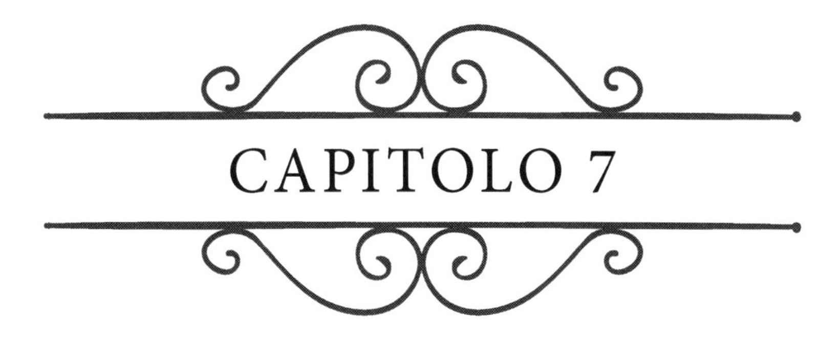

CAPITOLO 7

Dylan

VIDI KYLIE ESEGUIRE un tuffo aggraziato in piscina, chiedendomi ancora come anche una piccola parte di lei potesse credere ancora a ciò che il marito defunto aveva detto sul suo aspetto.

Ed era abbastanza ovvio che da qualche parte dentro di lei, *stava* ancora ascoltando le parole di quel bastardo, anche molto tempo dopo che era morto.

Era così giovane allora e così impressionabile che non poteva sorprendere il fatto che parte di ciò che lui aveva detto le fosse rimasto impresso nella mente, anche se quelle affermazioni erano assolutamente false.

Era così lontana dalla *media* che l'idea che non fosse bellissima era assurda.

Tutto in Kylie Hart era straordinario, eppure non sembrava riconoscere quanto fosse bella e unica, anche quando un uomo cercava di farle sapere la verità.

Sì, poteva essere fastidiosamente positiva, ma anche quell'attributo faceva parte del suo fascino. Persino un coglione come me alla fine avrebbe potuto essere influenzato dal suo entusiasmo per la vita. Nelle ultime tre settimane, avevo iniziato a trovare il suo comportamento ottimista sempre meno irritante e, alla fine, avevo iniziato a gravitare intorno al suo calore.

Dio, volevo *davvero* starle vicino adesso, anche se sapevo che il modo in cui mi sentivo era fottutamente pericoloso.

Era troppo dannatamente difficile essere depresso quando c'era lei, e avevo preso l'abitudine di essere demoralizzato quanto umanamente possibile.

Avevo capito che sarebbe stato un problema dal momento in cui aveva fatto irruzione nella mia porta tre settimane prima. Semplicemente non mi ero reso conto che non avrei più potuto fare a meno di quel problema.

Ogni volta che mi voltavo, se lei non c'era, avrei voluto che mi disturbasse con la sua presenza.

Non sapevo quando fosse successo esattamente, ma ad un certo punto nelle ultime tre settimane, aveva iniziato a piacermi stare con la donna dalla bocca intelligente, arguta e assolutamente meravigliosa.

All'inizio pensavo di essere solo stanco di stare da solo con i miei pensieri cupi, ma presto capii che non volevo solo compagnia.

Volevo *lei.*

Solo *lei.*

Qualsiasi altra donna probabilmente se ne sarebbe andata dopo un giorno o due passati a sopportare il mio comportamento scontroso.

Kylie Hart aveva preso tutto con calma, e mi aveva lentamente attirato a lei con il suo incrollabile ottimismo e il suo sorriso da farmi indurire l'uccello.

Era come un mistero che volevo risolvere, e la mia curiosità per questa donna aumentava ogni dannato giorno.

Non parlava molto della sua infanzia, ma ovviamente non aveva avuto una vita facile poiché non aveva ricordi di sua madre, che era morta quando Kylie era molto piccola. Non sembrava nemmeno che fosse molto legata a suo padre, o che lui le avesse dato molto sostegno.

I suoi sogni di diventare una tennista professionista erano stati completamente infranti.

Suo marito era stato un bastardo che aveva cercato di schiacciarla.

Allora, come diavolo era possibile che fosse ancora così dannatamente... felice?

Volevo capire questa donna complicata, ma semplicemente... non lo facevo.

Non avevo mai incontrato qualcuno che potesse praticare yoga e meditare per quasi un'ora al mattino per la pace e la serenità, e poi un po' più tardi uscire su un campo da tennis e gareggiare ferocemente come una campionessa.

Trovavo assolutamente accattivante che ci fossero così tanti lati di Kylie, e ancora così tanti dettagli su di lei che volevo scoprire.

Quello che *non* mi piaceva era il fatto che il mio uccello sembrava incuriosito da lei tanto quanto il mio cervello.

La mia libido assopita era improvvisamente esplosa nel secondo in cui avevo visto questa splendida rossa, e non ero sicuro se maledirla per questo o essere grato che il mio cazzo potesse ancora diventare così dannatamente duro.

Ogni. Singolo. Momento. In. Cui. Lei. Era. Nelle. Vicinanze.

Fanculo! Non desideravo così tanto una donna da... beh, era passato molto tempo.

Eppure, mette in dubbio la sua capacità di far girare la testa di ogni uomo che la vede?

Certo, in tutti gli altri sensi, sembrava totalmente sicura delle sue capacità. L'unica cosa di cui sembrava insicura era la sua capacità di affascinare un uomo fino a quando non fosse quasi fuori di testa dalla lussuria, cosa che potevo facilmente assicurarle che poteva suscitare in abbondanza.

Non ero sicuro del motivo per cui mi dava fastidio che Kylie avesse dei dubbi su se stessa, ma per qualche dannata ragione, volevo proteggerla da *qualsiasi* vulnerabilità. Soprattutto perché sapevo che una volta qualcuno l'aveva ferita così gravemente.

Davvero, come se fossi il suo cavaliere in armatura scintillante? *Difficilmente.* Ma c'era qualcosa in Kylie che mi faceva desiderare di essere l'uomo a cui rivolgersi quando aveva bisogno di qualcuno. E sì, avrei voluto che iniziasse a guardarmi con lussuria in quei bellissimi occhi invece che solo compassione.

*Cosa diavolo c'*è che non va in me? Ho completamente perso la testa?

Non era che avessi fatto un ottimo lavoro nel prendermi cura di me stesso negli ultimi due anni, tantomeno che fossi stato degno del lavoro di protettore di qualcun altro.

Mi accigliai quando sentii qualcosa di bagnato sul dorso della mia mano. Abbassai lo sguardo e vidi il cane di Kylie con il naso sulla mia pelle, che mi spingeva.

"Cane insignificante" borbottai, mentre allungavo la mano e tiravo Jake sul mio lettino.

Tanto valeva *farlo*, dato che il cane non sarebbe stato contento finché non si fosse sdraiato sul cuscino accanto a me.

A sua difesa, era il posto più comodo in cui stare poiché l'intera area della piscina non era altro che cemento.

"Almeno non sei inutile *e* idiota" mormorai quando trovò il suo posto accanto alla mia gamba e lasciò cadere la testa sulla mia coscia. "Anche se ti rendi conto che c'è una sedia completamente vuota a circa un metro da questa, vero?»

Il cane mi guardò semplicemente con un paio di adoranti occhi marroni che mi fecero allungare la mano e accarezzargli la testa distrattamente.

A Jake non sembrava importare se *volessi* o meno essere il suo amico umano. Per qualche ragione sconosciuta, apparentemente mi voleva bene, anche se di certo non avevo mai incoraggiato quell'affetto.

L'irritante bastardo non mi aveva mai veramente dato la scelta di *volere* o meno abbracciare completamente la sua devozione canina. La donava, e si aspettava semplicemente che la accettassi.

"Stai di nuovo facendo una conversazione unilaterale con Jake?" scherzò Kylie mentre affiorava sul bordo della piscina più vicino al mio lettino.

La guardai, mentre si toglieva i capelli rosso fuoco dagli occhi e appoggiava le braccia sul cemento.

I suoi bellissimi occhi color nocciola danzavano divertiti mentre mi guardava, e il mio cazzo rispose con entusiasmo sfacciato all'unica donna che avesse suscitato il suo interesse da molto tempo.

"Non è esattamente unilaterale" sostenni. "Sembra sempre che mi capisca perfettamente."

Mi rivolse un sorriso d'intesa che mi fece male allo stomaco mentre diceva: "Ammettilo. Ti piace, e gli piaci. Sei davvero fortunato. Jake è molto esigente quando deve scegliere di chi fidarsi."

"Beato me" biascicai sarcasticamente, anche se stavo dando volentieri al cane l'affetto che aveva richiesto.

"Non entri?" chiese curiosa.

I miei occhi divorarono la sua figura bagnata. Indossava un costume intero turchese molto modesto, ma non importava. Non era difficile guardare la carnagione chiara e cremosa che era esposta e immaginare il resto.

Fanculo! Stavo facendo esattamente quella cosa da tre settimane di fila ormai.

Kylie era atleticamente in forma, ma aveva le curve al punto giusto, ed ero ben consapevole di ognuna di esse.

Forse all'inizio l'avevo presa in giro per i suoi capelli color fiamma, ma non c'era un solo secondo in cui non volessi seppellire le mie mani in quelle ciocche deliziose e vedere se erano morbide e sensuali come sembravano.

Dopodiché, volevo seppellire il mio membro nel suo corpo formoso perché *sapevo* già che scopare con questa donna sarebbe stata una distrazione decisamente migliore di qualsiasi altra cosa avessi provato in passato.

Sì, di solito mi univo a lei in piscina la sera, ma probabilmente era più sicuro e più facile fantasticare da un posto dove potevo vederla e non essere a portata di palpeggiamento.

Santo cielo! Rispettavo Kylie e mi piaceva, ma la nostra amicizia in erba non mi impediva di volerla nuda, mentre veniva e urlava il mio nome.

Ero abbastanza sicuro che *niente* avrebbe spento così presto quella particolare e ricorrente fantasia.

In effetti, il bisogno di toccarla cresceva ogni singolo giorno fino a quando quell'ossessione mi fece quasi impazzire.

"Non credo" risposi alla fine. "Sono sfinito."

Sì, era una completa menzogna, ma non potevo certo dirle che se mi fossi avvicinato di più a lei, non sarei stato in grado di impedirmi di allungare la mano e prendere ciò che volevo.

Sarebbe davvero una cosa negativa? Kylie ha detto che anche lei ha avuto un periodo di astinenza. E se potessimo entrambi ottenere qualcosa da una bella scopata o due... o una dozzina?

Se fosse stata un'altra donna da cui ero attratto, sarei stato tentato, ma lei era Kylie, e purtroppo per me, volevo che si fidasse di me tanto quanto la volevo nel mio letto.

Al momento, quei due desideri erano in conflitto tra loro, ma alla fine, sapevo che era più importante dimostrare che non ero un indegno buono a nulla.

Non avevo idea del *perché* fosse così importante. Forse perché era passato molto tempo dall'ultima volta che qualcuno mi aveva guardato come lei.

Kylie mi aveva concesso il beneficio del dubbio quando nessun altro lo aveva fatto, e questo mi aveva fatto desiderare di essere un uomo migliore.

Perché mi trattava come un uomo degno di rispetto finché non avessi dimostrato il contrario.

Perché voleva saperne di più su di me quando a nessun altro importava.

Perché in realtà sembrava che le piacessi, anche se potevo essere un coglione di prima categoria.

Perché non si era arresa con me, anche quando avevo cercato di cacciarla.

Non sapevo esattamente cosa volessi da Kylie Hart, ma sapevo che volevo più di una semplice scopata.

"Sei stanco?" chiese, sembrando preoccupata. "Stai bene, Dylan?"

E proprio così, all'improvviso si preoccupò per *me*, anche se non meritavo davvero la sua gentilezza.

Mi resi conto che non ero degno della sua tenerezza, ma accidenti se non volevo annegare completamente nel suo calore.

Lo desideravo quasi come una droga perché ero rimasto freddo e insensibile per davvero tanto tempo.

Rimanere distaccato è molto più sicuro.

Esitai, ma per una volta ignorai quella terribile vocina di avvertimento nella mia testa.

"Sto bene. Davvero" la rassicurai. "Cibo troppo ricco stasera al ristorante. Mi sento piuttosto pigro."

Mi studiò con quegli occhi espressivi sotto le sue lunghe ciglia. "Va bene, ma io ho mangiato molto più di te. Se c'è qualcosa che non va e vuoi parlare, sono qui, Dylan."

Era quasi come se potessi sentire un altro dei miei muri difensivi che proteggevano le mie emozioni crollare.

La sua offerta era completamente innocente e sincera. Kylie si stava offrendo di essere lì per me senza volere nulla in cambio per averlo fatto. *Questo* era esattamente il tipo di cosa che mi colpiva davvero.

Che davvero non capivo.

Non avevo mai avuto una donna che mi raggiungesse in quel modo senza volere qualcosa.

Ricorda il passato.

Ricorda che le cose non sono sempre come sembrano.

Indipendentemente da quella voce di avvertimento nel mio cervello, ci volle tutta la mia forza di volontà per non accettare la sua offerta e lasciarla entrare.

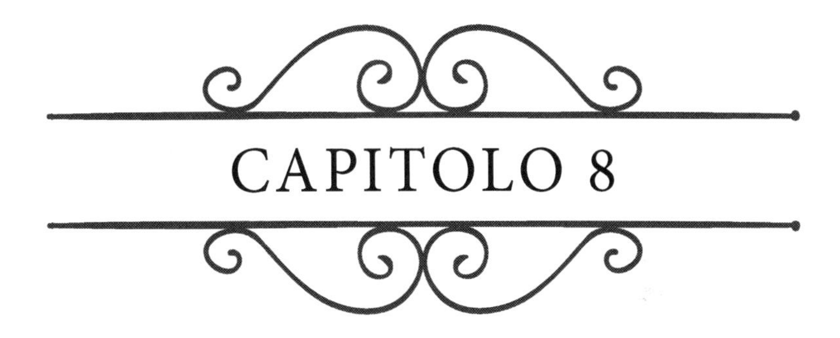

CAPITOLO 8

Kylie

"MI MANCANO DAVVERO i nostri appuntamenti del venerdì sera" disse la mia amica Macy con un sospiro, mentre chattavamo su FaceTime una settimana dopo. "Ho preso un caffè qualche giorno fa e sono scesa in spiaggia, ma non era lo stesso senza te e Nic."

Sorrisi alla sua immagine, mentre mi sedevo a gambe incrociate sul mio enorme letto. "Anche a me mancano quei giorni in cui eravamo tutte insieme" confessai. "Sono entusiasta del fatto che saremo di nuovo insieme tra poche settimane per il matrimonio, però. Ho sempre desiderato andare in Inghilterra."

"Ci sono stata quando ero più piccola, ma non vedo l'ora di essere lì con te e Nic" mormorò. "Vorrei solo poter rimanere più a lungo e poter volare laggiù insieme, ma le cose sono folli al rifugio in questo momento. Devo partire qualche giorno dopo di te. Non credo che Karma ce la farà ancora a lungo."

Il mio cuore si strinse, mentre guardavo la tristezza negli occhi di Macy.

Essendo una veterinaria di animali esotici, la mia amica aveva perso più di un animale a cui si era affezionata, ma lei e Karma, una vecchia tigre del Bengala, avevano una strana affinità reciproca che la maggior parte delle persone probabilmente non avrebbe mai compreso.

Stavo male per lei, perché sapevo che perdere Karma sarebbe stato particolarmente devastante.

"Mi dispiace così tanto" dissi dolcemente. "Hai fatto tutto il possibile per lei, Macy. Lo sai, vero?"

Annuì. "Lo so. Ha vent'anni e il cancro inizia a provocarle dolore. Se diventa troppo, dovrà essere soppressa, in modo che non soffra. Non potevo aspettarmi che vivesse per sempre, ma il rifugio non sarà lo stesso senza di lei."

Anche *Macy* non sarebbe stata la stessa senza la sua amica felina, ma ce l'avrebbe fatta. Nic e io ce ne saremmo assicurate.

"Allora, dimmi come stanno andando le cose con Dylan Lancaster" insistette con un tono più leggero. "Hai detto a Nic che vivi davvero con il suo futuro cognato?"

Era ovvio che Macy non volesse soffermarsi sul suo dolore, quindi lasciai cadere l'argomento. "Non ancora" confessai. "Spero davvero di sorprenderla portando Dylan a casa per il matrimonio. Penso che significherebbe molto sia per Damian che per Nic, specialmente se Dylan è pronto a fare ammenda."

Macy inarcò un sopracciglio. "È pronto?"

"Penso di sì" dissi senza troppe certezze. "So che odia quello che ha fatto a Damian. Non sono sicura di riuscire a convincerlo ad affrontare la sua paura di essere rifiutato."

Sapevo benissimo che la sua preoccupazione per un'accoglienza sgradita al matrimonio di Nic e Damian era l'unica cosa che impediva a Dylan di andare.

In un certo senso, ero convinta che stesse davvero cercando di assicurarsi che non avrebbe turbato in alcun modo la coppia felice.

Dopo aver passato un mese con lui, non potevo dire che fosse esattamente sincero, ma aveva detto abbastanza da farmi credere che non voleva perdersi il matrimonio del suo gemello identico. Tuttavia, non voleva nemmeno rovinare la felice occasione.

"Non andare non li renderebbe felici" disse Macy irremovibile. "Ho parlato con Nic. Vuole che Dylan sia presente. Damian insiste che non importa se Dylan vada al matrimonio o meno, ma Nic ha detto che è tutta spavalderia."

Annuii. "Sono d'accordo. Damian e Dylan erano molto legati. Per un evento importante come il suo matrimonio, so che Damian vuole che suo fratello gemello sia lì."

"Puoi convincerlo ad andare, Kylie? Pensi che sia abbastanza saggio da non fare una scenata se lo fa?"

"Non la farà" risposi con fermezza. "Dylan ha fatto molta strada da quando aveva sconvolto Nic in Inghilterra. Sa di essere stato uno stronzo. Non beve più fino a ubriacarsi. Non credo che sappia esattamente come affrontare Damian o come migliorare i rapporti con la sua famiglia."

Sebbene avessi detto a Macy tutto di me, la psicoterapia di Dylan era una faccenda privata, quindi non mi sentivo a mio agio nel condividere qualcosa di così personale su di lui con qualcuno che non aveva mai incontrato.

Gli occhi di Macy si allargarono leggermente, mentre mi fissava. "Sembra quasi che in realtà inizi a piacerti."

"Mi sento in colpa" risposi. "Dylan Lancaster è arrogante, oscenamente ricco e probabilmente uno degli uomini più testardi che abbia mai incontrato. Ma è anche un tipo difficile da non apprezzare ora che ha finito di essere un idiota. Può essere davvero gentile quando vuole, ed è stato solo leggermente lagnoso dopo che ho vinto ogni singola partita di tennis che abbiamo giocato finora. È malvagiamente intelligente e mi aiuta molto ogni volta che vado da lui per un consiglio d'affari. Essere socia è molto diverso dall'essere direttrice di ACM, e lui mi sta rendendo più facile questa transizione. Volevo odiarlo per quello che ha fatto a Nic, ma proprio... non posso."

Macy inarcò le sopracciglia. "Sono sicura che non faccia male guardare qualcuno così sexy come lui ogni singolo giorno. Anche se non l'ho mai incontrato, ho visto la sua foto seminuda. Inoltre, assomiglia proprio a Damian, giusto?"

Riflettei un attimo prima di rispondere. "Sì, sono gemelli identici, ma sono anche… diversi. Vedo come probabilmente si completavano a vicenda negli affari. Damian è molto controllato e metodico, e la costanza è importante negli affari. Dylan è abile quando si tratta di gestire le persone, ed è più un visionario. Penso che gli piaccia la sfida di progetti innovativi e più rischiosi che potrebbero benissimo ripagare molto più di alcune delle loro solite acquisizioni."

"Quindi, se i due non si uccidono a vicenda per le loro differenze, sono una squadra piuttosto dinamica" osservò Macy.

"Esatto" risposi. "Ognuno di loro ha i propri punti di forza. Dal punto di vista della personalità, Dylan sembra... più spigoloso, più testardo e più cinico. Dentro, penso che siano entrambi uomini molto perbene. È solo un po' più ovvio in Damian che in Dylan."

Dylan Lancaster non era un uomo facile da conoscere e, a volte, non avevo ancora idea di cosa stesse pensando. Ma avevo visto la sua gentilezza intrinseca, e non potevo non vederla, anche se si sforzava estremamente di nasconderla.

"Sono contenta che non sia così male come pensavamo che fosse" disse Macy. "Ma non hai ancora commentato com'è passare ogni giorno con un ragazzo così sexy. Se giocate a tennis insieme, dovete essere in buoni rapporti."

Stava cercando informazioni nel suo tipico modo, ma eravamo amiche da così tanto tempo che sapevo cosa stesse veramente chiedendo. "È ridicolmente sexy" ammisi. "E sì, sono attratta da lui. Come potrei non esserlo? Il ragazzo è la perfezione fisica, e quel maledetto accento britannico fa qualcosa ai miei ormoni che non riesco a spiegare. Peggio ancora, in realtà non riesco a non farmelo piacere."

Ancora più affascinante era il fatto che lo sguardo tormentato e spento negli occhi di Dylan fosse lentamente svanito e sostituito da divertimento, intelligenza e vivacità.

Non che non riuscissi a vedere o sentire che stava ancora soffrendo, ma almeno non in modo così intenso come era stato quando ero arrivata per la prima volta.

"Ti rendi conto che probabilmente ti spezzerebbe il cuore, vero?" avvertì Macy. "Forse è simpatico, ma sappiamo anche che è un playboy."

Mi ricordavo spesso che Dylan non era un angelo, ma avevo i miei dubbi che fosse davvero un cretino senza cuore con le donne, specialmente se non scopava da più di due anni. "Non preoccuparti" le assicurai. "So benissimo che non è materiale da fidanzamento, ma questo non significa che mi dispiacerebbe bruciare le lenzuola con lui."

"Se lo sai già, ed è stato così gentile con te, allora prova un'avventura con lui" suggerì Macy. "Quante volte le donne come noi hanno la possibilità di diventare calde e sudate con un miliardario bello da morire? Se ti piace, fallo. Non è quello che abbiamo incoraggiato Nicole a fare con Damian?"

"Era diverso" farfugliai. "Era ovvio che Damian fosse pazzo di lei. Dylan Lancaster non mi vuole in quel modo. Sei pazza."

"Certo che è cotto di te" replicò in modo pratico. "Sei una splendida rossa con un corpo fantastico, un cuore gentile e un fantastico senso dell'umorismo. Hai anche talento e intelligenza." Con voce più dolce, aggiunse: "Kylie, per favore, non lasciare che le cose che Kevin ha fatto e detto dettino il modo in cui ti vedi. Sei bellissima, dentro e fuori. Se Dylan Lancaster non vuole scoparti, c'è qualcosa che non va in *lui*, ma ho la sensazione che ti sbagli. Senti, so che ci sono stati ragazzi dopo Kevin. Anche alcuni fidanzati sono andati e venuti, ma quando è stata l'ultima volta che ti sei sentita davvero completamente desiderata?"

Mi vennero le lacrime agli occhi, mentre guardavo l'espressione preoccupata di Macy. "Parli proprio tu?" la sgridai.

"Non stiamo parlando di me in questo momento" mi ricordò. "Stiamo parlando di *te*."

Se non fosse stato per lei e Nicole, non ero sicura di come sarei sopravvissuta a tutte le cose che avevo passato anni addietro.

Eravamo rimaste tutte estremamente legate, anche se eravamo separate dalla geografia.

"Sono contenta di quella che sono" insistetti.

"Lo so" concesse. "Ma questo non significa che non ti stai portando dietro un po' di quel bagaglio. O forse anche una valigia di medie dimensioni. Ti meriti un ragazzo che ti veda davvero, Kylie, anche se non durasse per sempre. Dylan ti tratta con rispetto? È stato buono con te mentre eri lì? Sembra che sia stato lì per aiutarti con l'ACM quando ne avevi bisogno."

Annuii mentre mi asciugavo con impazienza una lacrima dalla guancia. "I primi giorni sono stati difficili, ma dopo è stato fantastico. Si offre di portarmi fuori a cena quasi tutte le sere, per non farmi sentire in dovere di cucinare per entrambi, il che è ridicolo. E mi aiuta molto ogni volta che ho un tracollo aziendale. Viene ed esce con me ogni singola notte in piscina come se gli piacesse stare con me senza una buona ragione. Non ho mai sentito una parola scortese da parte sua da quei primi giorni in cui stavamo cercando di capirci a vicenda. Il pazzo ha anche provato a dirmi che ero bella. Dio, anche Jake lo adora e lo segue come un cucciolo. Posso dire che ha ancora addosso il suo peso, Macy, ma non se la prende con me. Immagino che abbiamo sviluppato questo bizzarro tipo di amicizia difficile da spiegare."

"Non dirmi che non pensi che ci sia chimica da entrambe le parti, Kylie" insistette. "Un uomo che non può stare lontano da te in quel modo vuole sicuramente portati a letto. Penso che dovresti rischiare e vedere come ci si sente ad avere un ragazzo che ti vede davvero, anche se non dura per sempre. Potrebbe cambiare la tua intera percezione di te stessa. Senza offesa, ma non credo che un solo ragazzo nella tua vita abbia mai visto il tuo valore."

Feci un respiro profondo e lo lasciai uscire lentamente. Probabilmente aveva ragione. No, *sapevo* che aveva ragione. "Sono un magnete per gli stronzi" concordai cupamente.

Quando ero più piccola avevo trascorso alcune serate eccitanti e avevo frequentato la scena dei club dopo la morte di Kevin, ma era tutto ciò che sapevo fare visto che non ero pronta per nient'altro.

Una volta pronta a frequentare di nuovo qualcuno seriamente, non mi ero connessa con nessuno a cui importava davvero di me.

Alla fine, avevo accettato il fatto che sarei potuta finire da sola, e mi andava bene così, il più delle volte.

"No, *non* sei un magnete per gli stronzi" disse Macy irremovibile. "Il problema è che non senti di meritare qualcosa di meglio. Puoi onestamente dire che fai ancora dei tentativi per incontrare ragazzi più carini?"

Scossi lentamente la testa. "Penso di aver rinunciato."

"Perché non volevi più essere ferita. Lo capisco" disse piano. "Sinceramente, non penso che ci sia niente di sbagliato nel fatto che una donna sia indipendente e single se è quello che vuole. Dio sa che sono stata più felice così. Ma questo non significa che devi tagliarti fuori da qualsiasi relazione intima per il resto della tua vita, Kylie. Non sto dicendo di andare là fuori, rischiare il tuo cuore e innamorarti di Dylan Lancaster. Penso solo che potrebbe non far male vedere come ci si sente a passare un po' di tempo con qualcuno che ti apprezza."

"Quando cerca di dirmi che sono bella, penso che voglia solo essere... carino" protestai.

Macy sbuffò. "I ragazzi non dicono quel genere di cose solo per essere gentili, Kylie. Forse dovresti smettere di fare le tue supposizioni e ascoltarlo davvero la prossima volta. Sii obiettiva. Potresti essere sorpresa da ciò che scopri quando ti guarda."

Cambiai argomento e iniziammo a parlare del matrimonio di Nicole, dei nostri vestiti e degli accordi che avevamo preso per l'addio al nubilato di Nic.

"Almeno pensa a quello che ho detto" chiese Macy poco prima che riattaccassimo.

"Lo farò" promisi prima di terminare la nostra chiamata.

Gettai il cellulare sul letto, cercando di capire se alcuni degli sguardi accesi di Dylan che avevo attribuito alla mia immaginazione fossero davvero... reali.

Mi alzai dal letto e scacciai in fretta quel filo di pensieri.

Se iniziavo a diventare troppo obiettiva, temevo di dover ammettere che la fumante alchimia che immaginavo tra me e Dylan fosse molto più di una semplice fantasia.

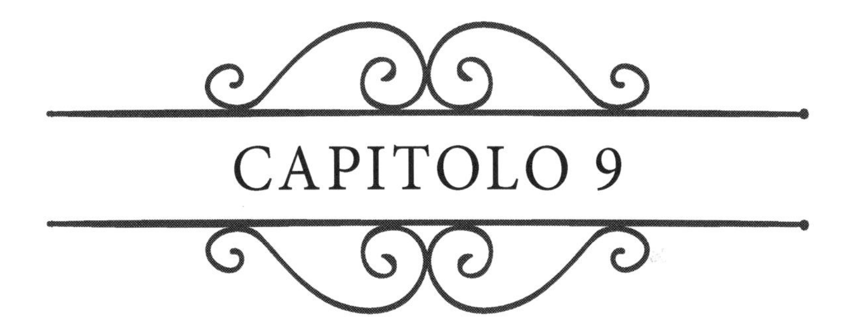

CAPITOLO 9

Dylan

"DYLAN. SVEGLIATI! È solo un sogno. Svegliati!"

Il suono della voce di Kylie e il modo gentile in cui mi stava scuotendo la spalla mi fecero aprire gli occhi proprio nel bel mezzo di un grido forte e crudo.

Mi alzai di scatto in posizione seduta, lottando per l'aria, sentendomi come se stessi soffocando.

"Che cazzo!" gemetti, mentre mi strofinavo le mani sul viso.

Gli incubi iniziavano e finivano sempre allo stesso modo, ma era passato un po' di tempo dall'ultima volta che ne avevo avuto uno, quindi questo mi era sembrato piuttosto intenso.

Reale.

E altrettanto orribile com'era sempre stato.

"Penso che tu abbia avuto un incubo" disse Kylie dolcemente. "Potevo sentirti urlare dalla mia stanza. Stai bene?"

Le mie mani si staccarono dal viso madido di sudore e il mio petto si sollevò come se avessi appena corso una maratona.

Kylie continuò ad accarezzarmi i capelli umidi con le dita, cercando di calmarmi.

L'intera scena era familiare, ma era anche diversa.

L'incubo era lo stesso che avevo avuto più e più volte per due anni, ma di solito mi svegliavo al buio... da solo.

Di solito impiegavo un po' per separare il sogno dalla realtà, ma questa volta ero completamente consapevole di quello che era successo quasi subito.

Forse perché Kylie era qui per riportarmi nel mondo reale.

"Stesso sogno ogni volta" gracchiai. "Sempre lo stesso, anche se cerco di salvarla in quel sogno. Non riuscirò mai a raggiungerla in tempo per fermarla."

La camera non era completamente buia. Potevo vedere la sagoma di Kylie nella fioca luce della luna che filtrava attraverso le persiane.

Istintivamente, la raggiunsi, la tirai in grembo e cullai il suo corpo caldo contro il mio, come se avessi bisogno di proteggerla da... qualcosa.

O forse solo per assicurarmi che fosse... al sicuro.

Per qualche strana ragione, stringerla mi aiutava, specialmente quando avvolgeva le sue braccia intorno al mio collo e si aggrappava a me come se volesse continuare a confortarmi finché non avesse saputo che sarei stato bene.

"So che sembra reale" sussurrò dolcemente. "Ma è stato solo un brutto sogno, Dylan."

"In realtà, non lo era" le dissi. "È quello che è successo quel giorno, solo che alla fine mi rendo conto che è un sogno. Cerco di salvarla, ma non ci riesco mai. Non riesco mai a sistemare le cose, Kylie. Non importa quanto ci provi. Non mi rendo mai conto che sto sognando in tempo per impedirle di morire."

Il mio corpo tremò quando il mio respiro iniziò a rallentare e la paura che mi aveva attanagliato in quell'incubo iniziò a placarsi.

"Sono qui, Dylan" sussurrò. "Non ti lascerò andare."

La strinsi forte mentre l'orrore di quell'intera giornata, e dei giorni successivi, iniziò a scivolare via dalla mente.

Quel breve periodo di tempo aveva cambiato irrevocabilmente la mia vita e non avevo mai più visto l'uomo che ero stato prima di quel particolare giorno.

"Non avrei dovuto litigare con lei. Se non se ne fosse andata arrabbiata, non sarebbe mai successo" confessai con voce cruda e tormentata.

"No, Dylan" disse Kylie. "Non lasciare che il senso di colpa ti prosciughi."

"Non capisci" ringhiai e affondai il viso tra i suoi capelli. "È stata colpa mia. Non sarebbe mai dovuto succedere."

Non avrei mai dovuto discutere così tanto con Charlotte quel giorno.

Non avrei mai dovuto arrendermi e lasciarla scappare.

Avrei potuto salvarla, ma non avrei mai potuto immaginare le ripercussioni della mia inerzia finché tutto non fosse finito.

"Respira" sussurrò Kylie, mentre mi accarezzava i capelli sulla nuca. "Respira, Dylan. Andrà tutto bene."

Fanculo! Non aveva idea di quanto volessi crederle.

Non volevo più fare questi sogni.

Non volevo ricordare.

Non volevo il senso di colpa di sapere che se le cose fossero andate diversamente, Charlotte non sarebbe morta.

Non volevo continuare a rivivere gli stessi cinque o dieci secondi che erano accaduti più di due anni addietro, ancora e ancora.

Sicuramente non volevo preoccuparmi di chiudere di nuovo gli occhi di notte, perché non volevo più avere questo dannato incubo.

"Tutto stava migliorando grazie al mio trattamento" dissi a Kylie, la mia voce roca e disperata. "Ho smesso di vedere la stessa dannata scena dell'orrore più e più volte, tutto il giorno, tutti i giorni. Non ho fatto quel sogno per diverse settimane. Perché. Proprio. Adesso."

"Respira" disse un po' più fermamente. "Lento e profondo finché non ti schiarisci le idee. Concentrati solo sul tuo respiro."

Mi prese la mano e se la mise sulla pancia, segnalandomi che voleva che seguissi i suoi respiri, mentre continuava a respirare profondamente e si scioglieva in me.

Per qualche strana ragione, lo schema di come l'aria si muoveva dentro e fuori dal mio corpo iniziò a imitare il suo.

Come se avessi bisogno di qualcosa a cui aggrapparmi, premetti delicatamente la mia mano sul suo addome e iniziai a respirare silenziosamente allo stesso ritmo del dolce alzarsi e abbassarsi del suo stomaco.

Dentro.

Fuori.

Dentro.

Fuori.

Tutto ciò su cui mi concentravo era il ritmo di quei respiri lenti e profondi, e alla fine la mia mente si schiarì e quelle immagini svanirono.

Tutto quello che sentivo era Kylie.

"Ti senti meglio?" chiese dopo un minuto o due.

"Sì" borbottai mentre sollevavo la mano dal suo stomaco e la affondavo tra i suoi capelli. "Ma non muoverti."

La sensazione del suo corpo morbido e caldo contro il mio era l'unica cosa che mi teneva sano di mente in quel momento. Stavo affogando nel debole e seducente profumo floreale dei suoi capelli, e non avevo intenzione di rinunciare all'unica cosa di cui avevo bisogno in quel momento, che era questa. *Lei.* Noi due esattamente in questa posizione.

"Non andrò da nessuna parte" disse con voce rassicurante. "Hai detto che sogni sempre lo stesso giorno. Cos'è successo? Perché un giorno è così significativo per te?"

Il mio primo istinto fu di ignorare la sua domanda perché era quello che facevo sempre.

Non parlavo di quel giorno a meno che non fossi in una seduta di terapia.

Mai.

Ma stasera le cose erano diverse.

Era Kylie che chiedeva, ed era l'unica persona che non potevo più ignorare.

Era qui.

Era reale.

Le importava se stessi bene o no, e la sua preoccupazione era così intensa che potevo sentirla.

Aveva condiviso i suoi demoni che aveva conquistato.

Ed era l'unica persona di cui mi fidavo davvero quando mi sentivo così maledettamente triste.

Meritava di sapere la verità.

Era solo una storia infernale da raccontare, per me.

Feci un respiro profondo, la mia mente perfettamente lucida, mentre prendevo la decisione di dire finalmente la verità a qualcuno che non era coinvolto nel mio attuale trattamento.

Era ora, e una volta che l'avessi detto a Kylie, forse sarebbe stato più facile dirlo a tutti gli altri.

Era difficile per me, ma sapevo che non avrebbe giudicato. Mi fidavo di lei.

Mi schiarii la gola. "È stato il giorno in cui ho avuto una discussione con la mia fidanzata incinta, facendola fuggire con rabbia. È stata investita da un autobus a non più di tre o quattro metri da me. L'ho vista morire proprio davanti a me, e non c'è stato niente che potessi fare per salvarla."

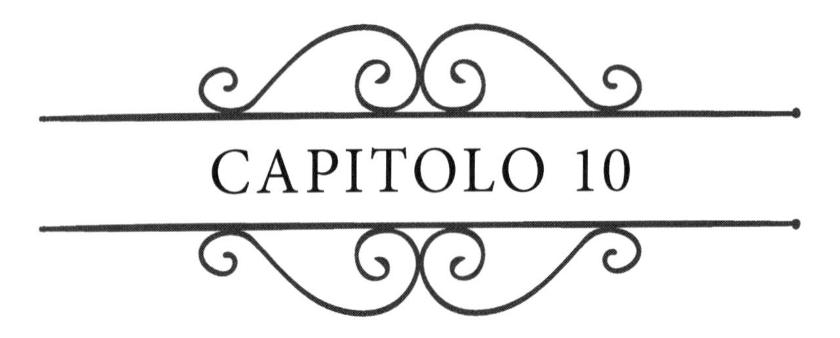

CAPITOLO 10

Kylie

NON ERO SICURA di cosa mi aspettassi che Dylan dicesse, ma quello che aveva appena affermato era molto più orribile di quanto avessi potuto immaginare.

Chiusi gli occhi e feci un respiro profondo. *Gesù!* Non c'era da stupirsi che stesse portando così tanto dolore.

L'unica cosa che Damian o Nic sapevano era che Dylan aveva tragicamente perso una donna che apparentemente frequentava.

Quindi, nessuno aveva mai conosciuto la vera profondità della sua perdita.

Finora.

Aveva perso una donna che amava, *e* il suo bambino non ancora nato in un batter d'occhio.

Sfortunatamente, sembrava anche disposto a farsi carico di tutto il peso di quello che era successo, anche se era stato un incidente, e non era stata affatto colpa sua.

"So che questo non significa niente, ma mi dispiace così tanto, Dylan" dissi, mentre lacrime di dolore per lui scorrevano sul mio viso. "È stato un incidente. Certamente non è stata colpa tua, ma posso solo immaginare quanto sia stato difficile perdere qualcuno che amavi e tuo figlio in pochi secondi. Quindi, continuavi a vedere la sua morte ancora e ancora nella tua testa?"

Dio, quanto era orribile? Assistere a qualcosa del genere una volta, e poi non essere in grado di smettere di vederlo accadere innumerevoli volte ogni giorno.

"Sì. Non riuscivo a togliermi dal cervello che se non avesse deciso impulsivamente di attraversare quella strada perché era in collera, l'incidente non sarebbe mai accaduto. Avrebbe continuato a parlare con me sul marciapiede, e quell'autobus avrebbe girato l'angolo senza ucciderla" disse cupo mentre cambiava posizione.

Ricadde sul cuscino e avvolse le braccia intorno a me, mentre mi sdraiavo accanto a lui, una gamba ancora sulla sua coscia e la mia testa appoggiata sulla sua spalla.

Teneva la mano affondata tra i miei capelli ribelli come se avesse bisogno di quella connessione, e non avevo intenzione di lamentarmi. Se era disposto a rivivere i momenti più dolorosi della sua vita, non volevo altro che dargli ogni tipo di supporto possibile.

"Non puoi torturarti con questo tipo di pensieri, Dylan. Ti faranno impazzire completamente. Tutti i "se e i ma" sono facili con il senno di poi, ma potrebbero andare avanti per sempre. E se l'autobus fosse partito solo un po' prima o pochi secondi dopo? E se quella mossa impulsiva fosse avvenuta dieci secondi dopo? E se, e se, e se. Era fuori dal tuo controllo. Non avresti potuto impedire che accadesse più di quanto avresti potuto controllare le azioni di Charlotte. Piangi la tua fidanzata e tuo figlio per tutto il tempo necessario, ma devi lasciar andare il senso di colpa. Ti mangerà vivo" dissi solennemente.

"Penso che lo abbia già fatto, no?" chiese. "Non è solo colpa. Era una scena piuttosto raccapricciante, e ho rivissuto quei cinque o dieci secondi del vederla morire. Per un po', è stato come una visione nella mia testa che continuava a ripetersi ancora e ancora. Il suono del suo corpo che colpisce l'autobus, il sangue e il modo in cui il suo corpo distrutto è volato in aria prima di atterrare su un altro veicolo. Era irriconoscibile, Kylie. E avrei voluto essere solo addolorato, ma è stato un po' più complicato di così."

Il mio cuore si stava spezzando, e non potevo immaginare di essere così vicina a qualcuno che amavo e guardarlo morire davanti ai miei occhi. Ancora peggio, Dylan aveva visto morire suo figlio insieme a Charlotte.

Devo concentrarmi su di lui adesso. Non posso distrarmi. Ha bisogno che io sia quella razionale mentre racconta questa storia.

"Cosa intendi?" chiesi, cercando di mantenere la voce calma.

"La sua morte ha lasciato molte domande senza risposta a cui non conoscerò mai le risposte, e questa è stata probabilmente una delle cose più difficili da accettare" disse in un roco baritono. "Lunga storia."

"Non ho altro che il tempo" risposi, sapendo che aveva davvero bisogno di dire a qualcuno cosa fosse realmente successo. "Raccontami tutta la storia" lo persuasi gentilmente.

"Non è carina" avvertì.

"Non importa. Parla e basta."

"La famiglia di Charlotte e la mia si conoscono da molto tempo. Ci conoscevamo da bambini e frequentavamo gli stessi circoli. Avevo quattro anni più di lei, quindi abbiamo perso i contatti quando sono andato all'università, e non ci siamo rimessi in contatto fino a pochi mesi prima del suo incidente. Ero attratto, ma non ho mai avuto intenzione di fare sesso con lei subito dopo quell'evento di beneficenza. È semplicemente... successo. Sembrava determinata a sedurmi e, come hai già sottolineato, non sono innocente. Abbiamo iniziato a frequentarci. Due mesi dopo mi ha detto di essere incinta."

"Quindi eri innamorato, e le hai chiesto di sposarti" ipotizzai.

"All'inizio ero scioccato" spiegò. "Non ho mai fatto sesso non protetto, nemmeno con Charlotte, ma non ero così ingenuo da pensare che non *potesse* succedere. Non sono convinto che fossi davvero innamorato di lei, ma ci tenevo e mi sono detto che quei sentimenti alla fine sarebbero cresciuti nel tempo. Dopo che la sorpresa iniziale svanì, ero onestamente entusiasta di essere un padre. L'intera idea è cresciuta finché non sono stato determinato a far funzionare le cose con Charlotte. Mi ha detto che voleva sposarsi il prima possibile, prima che la pancia iniziasse a mostrarsi davvero, e io ho accettato pochi giorni dopo che mi aveva detto di essere incinta. È successo tutto così in fretta che non ho avuto la possibilità di dirlo alla mia famiglia prima che Charlotte morisse. Mamma sapeva che io e Charlotte ci eravamo rimessi in contatto e che eravamo usciti un paio di volte, ma era tutto ciò che sapeva. Damian e Leo erano fuori dal paese, quindi stavo aspettando che tornassero per poter condividere la notizia con tutti loro insieme e di persona. Leo e Damian sarebbero tornati entrambi quella settimana e mamma aveva già programmato una cena in famiglia."

"Quindi, nessuno sapeva che era incinta tranne te? O che eri fidanzato?" domandai.

"Solo i suoi genitori, e ho detto a Charlotte di chiedere loro di non condividere le informazioni fino a quando non avessi potuto dirlo alla mia famiglia. Pensavo di portare Charlotte a quella cena di famiglia per dare la notizia. Ho pensato che fosse piuttosto insolito che non avesse fretta di trovare il suo anello di fidanzamento, anche se avevo proposto più volte quel giro di shopping. Una volta presa la decisione di sposarsi, e averlo detto ai suoi genitori, è stato come se avesse perso interesse per tutti i dettagli."

"È decisamente strano" pensai.

"Diventa ancora più strano" disse seccamente. "Charlotte si era trasferita da me due giorni prima del suo incidente. Tutto sembrava andare bene fino alla notte prima della sua morte, quando ho detto che volevo stare con lei per la sua prima ecografia. Era incinta solo di dieci settimane, quindi sapevo di non poter scoprire il sesso, ma ha detto che voleva fissare la data del parto. Ero ansioso di dare una prima occhiata a mio figlio o a mia figlia e sentire il suo battito cardiaco. A quel tempo, ero un futuro padre molto entusiasta. Tuttavia, Charlotte ha detto molto chiaramente che non mi voleva lì, anche quando le ho detto che volevo stare con lei la sera prima. È di questo che stavamo discutendo per strada il giorno dopo. Non mi voleva lì. Non voleva che la accompagnassi lì. Non voleva un'auto o un autista. Tutto quello che voleva era andarsene, e che me ne andassi. Niente di quello che stava facendo aveva senso, ma l'ho seguita per la strada, cercando di farla ragionare."

"Oh, mio Dio" dissi, stupita. "Perché non ti voleva lì? È un momento speciale che la maggior parte delle donne vorrebbe condividere con il padre del loro bambino."

"Era irremovibile. All'inizio, mi sono rifiutato di accettare un *no* come risposta. Era così arrabbiata che alla fine ho deciso di lasciarla andare. Era incinta, ed era già arrabbiata perché ero stato così insistente. Arrendermi è stato l'errore più grande che abbia mai fatto" disse con voce rauca. "Si è messa proprio davanti a quell'autobus perché era ansiosa di allontanarsi da me."

Soffocai un singhiozzo, mentre visualizzavo quanto doveva essere distrutto Dylan, in piedi sul marciapiede, mentre Charlotte moriva proprio di fronte a lui, per un'azione impulsiva. "Non è stata colpa tua" ripetei. "Alla fine, hai detto alla tua famiglia del bambino?"

"No. Non riuscivo a parlarne. Riuscivo a malapena a mettere insieme due parole. Non sapevano nemmeno che fossi lì quando è successo l'incidente. Mamma è andata al funerale perché conosceva la famiglia, ma tutto quello che potevo fare era sedermi accanto a lei e cercare di mantenere la mia sanità mentale. Non riuscivo a mettere a posto i miei pensieri o la mia testa. Pochi giorni dopo, ho detto a Damian che dovevo sparire per un po' perché dovevo riprendermi, e lui ha fatto in modo che accadesse. Non potevo ancora parlarne. Tutto quello che volevo fare era scappare" concluse con voce roca e cruda.

"Penso che sia probabilmente una reazione normale" gli dissi gentilmente. "Sono sicura che eri ancora sotto shock."

"Ero completamente distrutto" confessò. "Ho cercato di trovare qualcosa che impedisse a quegli stessi cinque o dieci secondi di scorrere più e più volte nella mia mente. Dormivo raramente a causa degli incubi, e quando ero sveglio, l'alcol era l'unica cosa che cancellasse quei ricordi per un breve periodo. I medici del centro di cura avevano detto che si trattava di stress post-traumatico, ma onestamente pensavo di essere un pazzo perché mi sentivo così distaccato da tutto e da tutti. Non mi importava di niente. Avevano detto che era un meccanismo di coping, e tutti gli altri sintomi, come sentirsi paralizzati dalla paura e rivivere il momento più e più volte, erano sintomi classici.

"Quindi, non essendo stato trattato, è solo peggiorato?" chiesi.

"È diventato il mio inferno personale" disse. "Ma dopo quasi un anno, volevo dirlo a Damian e al resto della mia famiglia. Volevo aiuto. Volevo indietro la mia fottuta vita. Questo è il momento in cui probabilmente sarebbe dovuto finire e il momento in cui avrei dovuto ricevere aiuto. Stavo avendo dei momenti di lucidità. Invece, prima che potessi contattare la mia famiglia, ho scoperto alcune altre cose che mi hanno mandato di nuovo al limite."

Un brivido mi corse lungo la schiena, e sapevo già che qualunque cosa stesse per dire non era bella. "Che cosa?"

"Sono tornato al mio appartamento perché sapevo che dovevo imballare gli effetti personali di Charlotte e inviarli ai suoi genitori. Mentre stavo facendo i bagagli, ho trovato i suoi diari e ho deciso di leggere il più recente perché volevo davvero sapere perché fosse così sconvolta quel giorno. Ho scoperto che il bambino che portava in grembo non era mio. I risultati di un test di paternità erano nascosti nel suo diario, e io non ero il padre. Ho anche scoperto che aveva una relazione di lunga data con uno dei suoi professori che aveva incontrato mentre era all'università. Lui aveva vent'anni più di lei, e non avrebbe mai lasciato moglie e figli. Quindi, aveva deciso che sposarmi le avrebbe permesso di continuare a vederlo e avere anche un padre per suo figlio. Non mi voleva all'ecografia perché era più avanti di quanto mi avesse detto. Ha concepito prima ancora che ci incontrassimo di nuovo, affinché la sua data del parto non corrispondesse. Quel diario ha risolto il mistero del motivo per cui non mi voleva con lei quel giorno, ma ha aperto la porta a domande a cui non avrò mai risposta."

"Oh, mio Dio" dissi, la mia voce inorridita. "Come ha potuto fare una cosa del genere?"

"Guardando indietro ora, sono sicuro che fosse disperata perché non voleva essere una madre single. I suoi genitori sicuramente non avrebbero approvato, e lei dipendeva ancora da loro finanziariamente. Era ossessionata da quell'uomo. Era ovvio quando ho letto il suo diario. Non credo che le importasse di come le sue azioni si ripercuotessero su qualcun altro, purché avesse trovato un padre per quel bambino e un marito. Il fatto di esserci ritrovati era stato dannatamente conveniente. La data del concepimento sarebbe stata credibile. Solo circa tre settimane, quindi immagino che pensasse di avermi convinto, e forse l'avrebbe fatto se non avessi posto molte domande durante la sua gravidanza. Il fatto di voler essere completamente coinvolto nella sua gravidanza, e con il bambino che pensavo fosse mio, non coincideva affatto con i suoi piani" disse, con un tono un po' amaro.

Rimasi senza parole per un minuto prima di dire: "È completamente folle e totalmente egoista."

Come poteva una donna usare un ragazzo in quel modo? Dio, Dylan aveva abbracciato la paternità, e lei gli aveva mentito per tutto il tempo.

Dylan aveva attraversato l'inferno non una, ma due volte.

"Devo ammettere che mi sentivo un idiota perché avevo creduto all'intera storia senza fare molte domande all'inizio" ammise. "Probabilmente perché era una vecchia amica di famiglia. Non mi è mai venuto in mente di chiedere un test di paternità. Immagino di non essere intelligente come il vero padre."

"Davvero, perché avresti dovuto?" chiesi. "So che sei molto ambito e tutto, ma se frequentava le tue stesse cerchie, la sua famiglia ovviamente aveva i soldi. Non c'era motivo per cui ti sarebbe mai passato per la mente che lei potesse tentare di intrappolarti nel matrimonio e cercare di far passare il figlio di un altro uomo come tuo."

"Ero confuso. Fanculo! Non volevo dirlo a nessuno perché era già morta e tutti erano ancora in lutto. La verità avrebbe solo ferito la famiglia di Charlotte, e non era che il padre biologico sarebbe andato a dire loro la verità. Non riuscivo a capire come dovessi sentirmi. Com'era possibile essere così devastati per la morte di qualcuno e odiarlo allo stesso tempo?" brontolò, sembrando disgustato di se stesso.

Le lacrime mi rigavano le guance, mentre mi giravo su un fianco e accarezzavo i suoi capelli folti con le dita. "Per te quel bambino *era tuo*, Dylan. Non capisci? Quella perdita era ancora lì, anche se alla fine hai scoperto la verità. Penso anche che sia davvero difficile guarire quando i tuoi sentimenti sono così contrastanti. L'estremo dolore è lì, ma ti chiedi se abbia mai conosciuto davvero quella persona a cui tenevi nel modo in cui ritenevi giusto."

Dio, e non sapevo cosa si provava?

Il dolore del tradimento.

La confusione.

Il dolore.

Il modo in cui qualcosa del genere incasinava la testa di una persona.

Dylan prese la mia mano e intrecciò le nostre dita come se avesse bisogno di qualcosa o qualcuno che lo stabilizzasse. "Tutto quello che volevo era sparire di nuovo dopo, ma mi sono ritrovato a rifugiarmi in altro alcol e distrazioni. Non lo stavo affrontando. Sono stato un fottuto codardo."

"No, non è vero» dissi, avendo bisogno di difendere la sua fragilità. "Eri perso, Dylan, e ti capisco perfettamente. Gesù! Doveva essere come vivere in un incubo continuo. E proprio quando hai trovato il coraggio di affrontare quello che era successo cercando un aiuto professionale, una chiusura e contattando la tua famiglia in modo che tu potessi farcela, hai ricevuto un altro sgambetto."

"Mi sono completamente distaccato a quel punto" confessò. "Non sapevo come sentirmi, quindi ho preferito non provare assolutamente niente. Non potevo dire alla mia famiglia cosa fosse successo. A quel punto ero troppo in quel baratro. Era come se fossi andato alla deriva fino a quello che è successo al gala. Quando ho capito davvero quanto avessi ferito Damian, ho capito che dovevo chiedere aiuto, altrimenti avrei perso tutta la mia famiglia."

Soffocai su un singhiozzo. Avevo sempre percepito il suo dolore, ma non avevo capito la profondità della sua disperazione. "Dio, non ti meritavi nulla di quello che ti è successo, Dylan, e nessuno ti biasimerà per non essere stato in grado di affrontarlo. Avrebbe completamente schiacciato chiunque."

"Mi ha cambiato, Kylie. Non sono più l'uomo che ero prima" ammise con voce roca. "Potrei non essere mai più quell'uomo."

"Sei sempre lo stesso ragazzo" lo rassicurai. "Forse sei un po' più diffidente e non ti fidi come una volta, ma non si cambia una vita passata ad essere una persona per diventare un'altra a causa di una tragica esperienza. Sei sopravvissuto, Dylan, e ti stai riprendendo la tua vita. Non lasciare che questo incubo abbia la meglio. Ti ha già assillato per troppo tempo."

"Dubito che mi lasceresti farla franca se lo facessi, tesoro" disse con un tono più leggero.

Sorrisi nel buio. Sembrava stanco ma non sconfitto. "Torna a dormire. È tardi."

Le sue braccia si strinsero intorno alla mia vita. "Non andare via. Resta qui con me, Kylie."

Lui era esausto.

Io ero stanca.

Non vedevo alcun motivo per non restare esattamente dov'ero in quel momento.

Il suo respiro divenne più profondo e più lento mentre finalmente si addormentava.

Mi addormentai pochi istanti dopo, cullata nel sonno dal battito rilassante, rassicurante e costante del suo cuore.

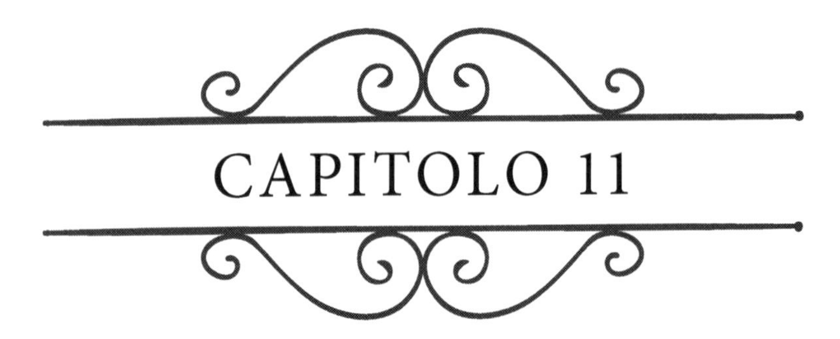

CAPITOLO 11

Dylan

"SEI INGLESE E non bevi tè?" chiese Kylie con voce curiosa, vedendo che mi preparavo una tazza di caffè la mattina dopo, mentre era seduta al tavolo della cucina.

Ero stato dannatamente deluso, quando mi ero svegliato da solo stamattina, ma una volta aver guardato l'orologio, avevo capito perché.

Kylie era mattiniera, e io avevo dormito molto più del solito. Ero rimasto sorpreso dal fatto che, dopo averla tenuta sveglia la notte prima dopo il mio incubo, si fosse comunque alzata presto per lo yoga e la meditazione.

Le rivolsi un'occhiata divertita. "Morditi la lingua, donna. È quasi impossibile essere inglesi e non bere il tè. Noi inglesi crediamo che una buona tazza di tè risolva quasi tutti i problemi. Penso che diamo per scontato che abbia qualche tipo di proprietà magica."

Lei sorrise, e qualcosa nel mio petto si contorse, quando lo fece.

Avevo avuto un po' paura che, dopo aver riversato le budella la sera prima, potesse guardarmi in modo diverso.

Non lo fece.

Il suo sorriso era esattamente lo stesso del giorno prima, e quelle labbra carnose e piene mi imploravano ancora di baciarla.

Beh, almeno nella *mia mente*, comunque.

"Ma ti ho visto solo bere caffè" osservò.

Alzai le spalle. "Non sono un massimalista del tè. Mi piace anche il caffè, e in questo momento non c'è un tè decente in casa."

"Perché non lo hai detto?" rimproverò. "Avrei potuto prenderlo al supermercato mentre facevo la spesa."

"Non amo molto il tè del supermercato in America" risposi, mentre prendevo il caffè e mi avvicinavo al tavolo.

"Quindi, sei uno snob del tè, proprio come Damian" osservò scherzosamente.

"Nessuno è più esigente riguardo al tè di Damian" la informai. "Sono perfettamente soddisfatto di qualsiasi tè nero di qualità decente che non abbia il sapore di piscio. Posso chiederti cosa diavolo stai facendo?"

Mi appoggiai all'isola e la osservai, mentre legava le strisce di stoffa che penzolavano da un pezzo più grande steso sul tavolo.

Si fermò e mi guardò. "Sto solo mettendo insieme delle coperte comode senza cuciture per i cani e i gatti del rifugio per animali. La mia amica, Macy, è una veterinaria e fa la volontaria lì. Jake ne aveva una che qualcun altro aveva fatto, quando l'ho portato a casa dopo averlo adottato, e sembrava davvero alleviare la sua ansia. Dal momento che il rifugio sembra non averne mai abbastanza, cerco di farne qualcuna ogni mese da donare. Non cucio, ma sono abbastanza facili da maneggiare per me."

La osservavo, mentre tornava al lavoro, legando abilmente i nodi mentre spiegava come l'intera coperta fosse composta da solo due pezzi di pile uno contro l'altro, legati insieme da strisce di tessuto abilmente tagliate.

"Non sarebbe più facile comprarle?" chiesi.

"Queste sono speciali" rispose. "Le grandi frange la rendono una mix tra un giocattolo e una coperta. Jake non si è mai affezionato a nessun'altra coperta come ha fatto con questa. L'ha portata ovunque per un po'."

Guardai il cane disteso sulle piastrelle, il muso vicino al piede di Kylie.

Ovviamente, quel cane e io avevamo una cosa in comune: a entrambi piaceva essere abbastanza vicini alla ragazza da assaporarne il profumo seducente.

"Posso aiutare" offrii. "Sembra abbastanza facile."

Era sabato mattina. Non volevo che Kylie trascorresse l'intera giornata a fare coperte, anche se fosse stato per una buona causa.

Era altamente possibile che le mie motivazioni fossero anche un po' egoistiche. Se l'avessi aiutata, sarei stato in grado di stare in cucina senza dare l'impressione che la stessi perseguitando.

"Davvero staresti seduto qui e lo faresti?" chiese con un'espressione sorpresa.

Alzai le spalle. "Perché no?"

"Perché sei Dylan Lancaster. Senza offesa, ma dubito che qualcuno dei magnati miliardari faccia coperte per cani."

Sorrisi. "Probabilmente perché siamo tutti abbastanza ricchi da comprare un numero illimitato di coperte o assumere qualcun altro per farle. Ma sono disponibile, la mia mattinata è attualmente libera e non c'è nessun altro posto in cui preferirei essere in questo momento."

Sospirò. "Sei molto dolce, ma sono all'ultima. Ho finito il materiale, finché non ne ordino un po' o non vado in un negozio di tessuti."

Dolce? Esitai un po' all'idea che Kylie pensasse che fossi dolce.

Se solo avesse saputo cosa stavo pensando la maggior parte del tempo in cui la guardavo, dubitavo che si sarebbe sentita allo stesso modo.

"Allora, quali sono i tuoi programmi per la giornata?" chiesi, sperando che non ne avesse.

Volevo passare la giornata con lei, fare qualcosa per ringraziarla di essere stata lì per me la sera prima.

Si mordicchiò il labbro inferiore per un momento prima di rispondere: "Probabilmente dovrei tornare a Newport e controllare la mia casa. Non c'è molto che non possa fare da remoto per quanto riguarda il lavoro ora che sono una socia. Qualcuno è in ufficio a fare il mio lavoro, ma non torno a casa da un mese." Fece una pausa prima di aggiungere: "Onestamente, non credo che ci sia davvero alcun motivo per cui debba restare ancora qui, Dylan. Non hai bisogno di una baby sitter. Mi fido di te."

Non ero sicuro di come quelle parole potessero essere devastanti e trascendenti allo stesso tempo, ma ci era riuscita.

Sì, avrei voluto sentirla dire che si fidava di me. In effetti, guadagnare la sua fiducia era stata la mia ossessione per un mese ormai. Tuttavia, la parte *finale* della sua conversazione mi aveva quasi sventrato. "Non ho assolutamente bisogno di una babysitter" concordai. "Quindi, rimani solo perché lo vuoi. Mancano solo due settimane alla partenza per l'Inghilterra."

"Perché?" chiese. "Non c'è motivo per me di essere qui, e se non devo lavorare da remoto, potrei essere in ufficio tutti i giorni. Non c'è davvero ragione per me di vivere qui con te."

"Ci sono *tutte* le ragioni" replicai, odiando la nota leggermente bisognosa nel mio tono burbero. "Ti *voglio* qui, Kylie. Ogni dannato momento in cui sei stata qui con me è stato un enorme sollievo dall'essere solo con i miei pensieri. Non credo che tu capisca quanto la tua presenza qui mi abbia aiutato. Mi sono persino affezionato un po' a quella bestia sdraiata sul pavimento della cucina." Feci un cenno a Jake. "Non andare. Non... ancora."

Dannazione. Non che non sapessi di sembrare patetico e che il bisogno di Kylie andava contro tutto ciò che avevo pensato di volere negli ultimi due anni, ma in questo momento, niente di tutto ciò aveva importanza.

Si alzò, piegò la coperta e la mise su una sedia vuota con molte altre. "Posso restare se pensi che sia utile avere qualcuno intorno" concordò. "Solo non voglio che tu ti senta come se dovessi sopportare che io sia qui tutto il tempo. Non è che non potremmo ancora incontrarci e parlare al telefono. Tutto quello che ho detto quando sono arrivata qui sul fatto che questa non fosse la tua casa era una completa stronzata. Damian non farebbe mai nulla per farti del male, e questa è casa tua. Rispetto tutto quello che stai facendo per riavere la tua vita."

"Tecnicamente, il posto appartiene alla Lancaster International" chiarii. "E Damian può minacciare di tagliarmi fuori perché gli ho dato la procura su tutto. Non reggerebbe mai se lo sfidassi legalmente, ma non credo che si arriverà mai a questo. Se decidesse di non voler annullare quella procura, rinuncerei alla mia parte della Lancaster prima di trascinare mio fratello in una causa. Ho già perso il conto di quanto sia importante per me la mia famiglia. Non ho intenzione di farlo di nuovo. Damian mi è stato vicino, anche quando probabilmente avrebbe dovuto rinunciare a me. Difficilmente potrei biasimarlo per avermi finalmente scaricato dopo quello che è successo con Nicole."

Kylie si avvicinò a me mentre diceva: "Nessun senso di colpa, ricordi? Damian e Nic non sono i tipi da portare rancore, e non hanno idea di cosa tu abbia passato. *Concediti* una seconda possibilità. Te lo meriti, Dylan."

Senza pensare alle mie azioni, allungai la mano, le avvolsi il braccio intorno alla vita e la tirai più vicino, finché il suo sedere non fu contro l'isola. La inchiodai, mentre mettevo le mani sul bancone su ciascun lato del suo corpo. "Come puoi essere così dannatamente sicura che io sia davvero degno di ricominciare tutto da capo? Penso che tu sia perfettamente consapevole di ogni cosa stupida che abbia mai fatto."

Il mio dannato cuore quasi si fermò, quando mi mise le braccia al collo e rispose: "A parte la foto dell'orgia, penso che aver accusato il primo ministro di essere comunista sia stata probabilmente una delle cose più originali che hai fatto."

"Accidenti! Come l'hai saputo?"

Sorrise. "Me l'ha detto Nic. Eri ubriaco. Cos'altro puoi fare se non ridere a crepapelle? Una volta ho bevuto troppa tequila e ho ballato su un tavolo in mezzo a un bar affollato. Dopo aver superato la mortificazione ed essere tornata sobria, è stato divertente. Dio sa che Nicole e Macy non mi hanno mai permesso di dimenticarlo, anche se è successo molto tempo fa."

"Interessante" dissi, mentre le avvolgevo le braccia intorno alla vita. "Quindi, hai un lato selvaggio?"

"Non posso più festeggiare così. Non ho impiegato molto per capire che io e la tequila non potevamo essere amiche."

Odiavo il pensiero che Kylie fosse stata così persa, in qualche momento della sua vita, o che avesse mai sofferto così tanto da aver cercato di scacciare il dolore con l'alcol come avevo fatto io.

Le passai una mano tra i capelli e le alzai la testa. "Avrei voluto essere lì per te allora, tesoro.»

Sbatté le palpebre, mentre quei bellissimi occhi continuavano a rimanere fissi sul mio viso, e mi accarezzò delicatamente la mascella con un palmo. "Penso che mi piacciano le cose esattamente come sono in questo momento."

"Ti ho mai ringraziato per quello che hai fatto ieri sera?" le chiesi.

Scosse la testa. "Non è necessario."

Tutto il mio essere era concentrato su di lei e su come l'avrei lasciata andare senza prendere esattamente quello che volevo in questo momento. "Penso che tu sia la donna più bella e incredibile che abbia mai incontrato" le dissi sinceramente. "Hai idea di quanto vorrei baciarti in questo momento? Ma questa volta tocca a te, visto che mi sono preso troppe libertà il primo giorno che ci siamo incontrati, e mi piacciono davvero le mie palle intatte."

"Non ho assolutamente alcun desiderio di darti una ginocchiata nelle palle di nuovo" disse senza fiato. "Ma voglio che mi baci, Dylan."

Non esitai un solo secondo, nel caso avesse deciso di cambiare idea.

Nel momento in cui le mie labbra toccarono le sue, sentii che non ne avrei mai avuto abbastanza.

Sì, l'avevo voluta la prima volta che l'avevo baciata, ma il mio desiderio per questa donna si era amplificato a un livello febbrile da quel giorno.

Volevo *lei.*

Volevo *Kylie.*

Non solo una splendida sconosciuta dai capelli rossi che aveva fatto irruzione nella mia porta di casa.

Non c'era niente di mite o tiepido in questo tipo di chimica, e stava lentamente ribollendo dalla prima volta in cui avevo posato gli occhi su di lei.

Oggi aveva decisamente raggiunto il punto di ebollizione.

Esplorai la sua bocca con una disperazione che non avevo mai provato prima, spostandomi indietro ogni volta che mi dicevo di lasciarla respirare.

Era così dannatamente sexy e così reattiva che mi sentivo come se stessi perdendo la testa.

"Dylan" gemette, mentre finalmente mi costringevo a lasciarla riprendere fiato.

Le afferrai i capelli e le tirai indietro la testa in modo da poter assaporare la morbida pelle del suo collo.

Le afferrai il sedere con l'altra mano e tirai i suoi fianchi contro la mia erezione dura come la roccia così che non ci sarebbero stati dubbi nella sua mente su quello che mi faceva.

Santo cielo! Sapevo che stavo impazzendo, ma nel momento in cui aveva sussurrato il mio nome in quel modo, volevo... di più.

La volevo calda, bagnata e nuda.

Volevo che urlasse il mio nome, mentre veniva ancora e ancora.

"Dannato inferno!" imprecai alzando la testa. "Finirai per farmi perdere la testa, donna."

Non c'era angoscia nelle mie parole, e tirai il suo corpo a filo con il mio, con la sua testa contro il mio petto.

In qualche modo, dovevo rallentare prima di spaventarla a morte.

Mi ero temporaneamente perso nella sensazione delle sue labbra, della sua pelle morbida, del suo profumo che mi faceva indurire il membro e della sua risposta appassionata.

"Immagino che mi trovi davvero attraente" mormorò nella mia maglietta, suonando stordita.

"Gesù! Ne hai mai dubitato?" gracchiai. "Avrebbe dovuto essere piuttosto evidente fin dal primo giorno."

Si tirò indietro finché non poté spararmi un sorriso imbarazzato. "Immagino che sia passato un po' di tempo dall'ultima volta in cui un ragazzo mi ha trovata irresistibile o scopabile."

Ridacchiai. "Allora, l'America è piena di idioti. Stai molto meglio con un inglese adorante" le assicurai. "Mi hai fatto indurire l'uccello dalla prima volta che ti ho vista, tesoro."

Alzò un sopracciglio. "Penso che ci sia qualcosa di seriamente sbagliato in te, Dylan Lancaster."

"In questo momento, non mi sembra proprio ci sia niente di sbagliato" scherzai, mentre finalmente la lasciavo andare.

"Sei contorto" replicò con una risata deliziata che mi fece male al petto. "Vuoi venire con me a Newport?"

"Ho un'idea migliore" le dissi, mentre un piano si formava nella mia mente. Una donna come Kylie meritava molto più di una scopata sul bancone della cucina. Volevo vederla felice, sentirla ridere più spesso. "Che ne dici di un fine settimana sulla spiaggia?"

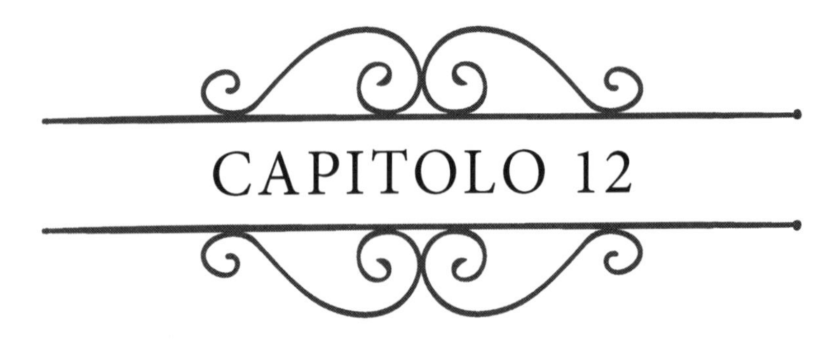

CAPITOLO 12

Kylie

"DIMMI CHE STAI scherzando" supplicò Nicole, mentre chiacchieravamo al telefono. "Non sei davvero con Dylan in quella fantastica casa a Newport Beach che è di proprietà di un principe del Mediterraneo. Ci sono stata una volta, ma solo per incontrarmi con Damian, e non mi ha detto esattamente chi possedeva quella casa sulla spiaggia all'inizio."

Alla fine avevo deciso che era meglio dire la verità a Nic invece di cercare di convincere Dylan a venire al matrimonio come sorpresa.

Ora che stava molto meglio, non volevo che Damian si tormentasse per suo fratello gemello più a lungo del necessario.

Avevo anche pensato che sarebbe stato più utile se Dylan avesse parlato con Damian e avesse messo le cose a posto, in modo che non si preoccupasse di presentarsi a un matrimonio in cui non era desiderato.

Forse se Damian avesse saputo che Dylan stava iniziando a diventare di nuovo il fratello che conosceva, sarebbe stato disposto a contattarlo prontamente.

"Sono qui davvero" le assicurai. "Resterò qui con Dylan per il fine settimana. Ha detto che il suo amico è felice che qualcuno la stia usando. Ho una confessione da fare, Nic. In realtà sono stata con Dylan nell'ultimo mese. Speravo di poterlo tenere fuori dai guai così che tu e Damian poteste passare un po' di tempo insieme per pianificare il matrimonio. Era vero, ma uno dei miei obiettivi era anche cercare di convincerlo a venire al matrimonio come il fratello che Damian amava."

La informai di tutto quello che era successo da quando avevo insistito per restare nella villa di Beverly Hills.

Rimase in silenzio finché non ebbi finito.

La sua voce era eccitata, mentre diceva: "Oh, mio Dio, Kylie. Se Dylan si sta davvero riprendendo, so che significherebbe il mondo per Damian. Può negare che non importa se suo fratello gemello non viene al nostro matrimonio quanto vuole, ma ama Dylan ferocemente. Gli manca. Lo posso dire. Se Dylan non sarà qui, penso che si sentirà comunque come se mancasse qualcuno. Spero solo che Dylan non abbia una ricaduta."

"Non l'avrà. Onestamente penso che starà ancora meglio quando arriverà in Inghilterra. So che quello che ti ha fatto è stato orribile, ma non è più quell'uomo" spiegai. "Sono stata nelle sue condizioni, e so cosa vuol dire scivolare nella tana del bianconiglio. Ma ora che è finalmente uscito da quella follia, so che non tornerà indietro. È un brav'uomo, Nic. Ha commesso degli errori, ma non è caduto in quella tana senza una buona ragione."

"Ti ha davvero raccontato tutta la storia?" chiese con voce stupita.

"Lo ha fatto, ed è orribile, Nic, ma non spetta a me raccontarla. Sappi solo che c'è più nella storia di quanto chiunque sappia, e ha passato molto tempo a incolparsi quando non avrebbe dovuto. Quel senso di colpa e il dolore lo hanno divorato vivo" dissi.

Avevo detto a Nic che Dylan era in cura perché pensavo fosse importante, ma dipendeva da lui come e quando raccontare tutto alla sua famiglia.

"Allora, capisco sicuramente perché voi due sembrate prendervi" rifletté. "Ho la sensazione che anche tu l'abbia aiutato."

"Non proprio" negai. "Penso di essere stata solo un'ascoltatrice comprensiva quando aveva bisogno di un'amica."

Nic sbuffò. "Dubito molto che sia vero. Conosco il tuo cuore, Kylie. Fai di più che ascoltare. Allora, com'è veramente il mio futuro cognato quando è sobrio? Me lo sono sempre chiesta. Sembra incredibile che lui e Damian si somiglino così tanto."

"Quasi come gemelli identici?" presi in giro. "Seriamente, sembrano ancora più simili fisicamente ora che Dylan è più vivace e i suoi occhi hanno perso quello sguardo da morto vivente. Ma sono abbastanza unici che non credo sarebbe difficile distinguerli se li vedessi insieme."

"Spero davvero di avere questa possibilità al matrimonio. Dylan ha detto che sarebbe venuto?" chiese.

"Penso che lo *voglia*" risposi. "Ma credo che abbia paura di non essere il benvenuto o di non essere degno. Si odia davvero per alcune delle cose che ha fatto, specialmente per aver ferito te e Damian. Temo che pensi che sareste più felici se lui non fosse lì."

"Non è vero!" esclamò Nic. "Sì, Damian era arrabbiato, ma se sapesse che Dylan è cambiato, sarebbe entusiasta di riavere suo fratello gemello, anche se gli ha fatto passare l'inferno per due anni. Mi ha anche detto che sapeva che se le loro posizioni fossero state invertite, il vecchio Dylan non si sarebbe mai arreso con lui."

"Non so se sia esattamente lo stesso di una volta. Il trauma psicologico cambia una persona, ma non è lo stronzo che hai visto in Inghilterra quella notte" dissi.

"Non so cosa dire" replicò solennemente. "Hai fatto un enorme sacrificio per me e Damian, e hai ancora due settimane che hai intenzione di trascorrere con Dylan. Come potrò mai ringraziarti per questo?"

Sbuffai. "Per favore, Nic. Mi hai dato una partnership in ACM per la quale non hai ancora ottenuto un centesimo. È un affare molto più grande che passare un po' di tempo con un ragazzo sexy e decente. Dylan era già strisciato fuori da quella tana prima che arrivassi io. Ha iniziato la terapia il giorno in cui è tornato qui dopo il gala. Non è stata esattamente una difficoltà uscire con lui. In effetti, a volte mi vizia da morire. Guarda dove sto. Sono seduta sul divano qui, guardando l'acqua dalle enormi finestre dal pavimento al soffitto. Povera me."

Nic rise. "Sei attratta da lui, Kylie? Voglio dire, assomiglia a Damian, che è l'uomo più sexy del mondo, secondo me."

Risposi sinceramente. "Non so bene cosa ci sia con Dylan, ma sono attratta da lui dal primo giorno in cui ci siamo incontrati. Forse suona strano, ma potevo sentire il suo dolore, e c'è una strana connessione tra noi che sembra diventare più forte man mano che stiamo insieme. E sì, è anche piuttosto figo, quindi sarebbe difficile non essere fisicamente attratti da lui."

"Beh, io *ho* trovato il *mio* Mr. Orgasmo" scherzò Nic. "Forse è ora che tu trovi il tuo. Stai solo attenta con un maschio Lancaster. Possono renderti estaticamente felice o demolire il tuo cuore. Non credo ci sia una via di mezzo con loro. Sono troppo intensi."

Alzai gli occhi al cielo. "Mi piace, Nic. Non vado a letto con lui."

"Non ancora" cinguettò.

Aveva ragione, e se avessi fatto a modo mio, Dylan e io avremmo bruciato le lenzuola, ma non ero sicura che complicare la nostra relazione sarebbe stato un bene per nessuno dei due.

Aveva fatto molta strada da quando aveva iniziato il trattamento, ma alcuni dei suoi problemi sarebbero rimasti. Dylan aveva bisogno di tempo solo per vivere di nuovo una vita normale.

Ora che sapevo che la nostra attrazione andava in entrambe le direzioni, sarebbe stato davvero difficile cercare di ignorarla, ma dovevo provarci.

"Come fai, Nic? Come si ama un uomo ricco e potente come Damian? E non voglio nemmeno menzionare che è anche un duca. "

"Perché alla fine della giornata" disse pensierosa "Damian è solo un uomo. Certo, è un ragazzo straordinario che ha un sacco di soldi, ma non si è mai considerato superiore a qualsiasi altro ragazzo che gira per Londra solo per la sua ricchezza e il suo status sociale. E darebbe via il ducato se potesse. Non fraintendermi, all'inizio *ero* sopraffatta, ma nessuna di queste altre cose ha importanza se hai il ragazzo giusto."

"Suppongo di sì" replicai, ancora poco convinta. "Ma sono preparata a farmi intimidire quando arriverò in Inghilterra."

"Non lo sarai" insistette. "Amerai la madre di Damian, Bella, e suo fratello, Leo. E ovviamente non sei intimidita da Dylan, anche se è ricco e potente quanto Damian."

"Lui non è un duca" le ricordai scherzosamente.

"No, ma è ancora Lord Dylan Lancaster. È il figlio di un duca" mi disse.

Gemetti. "Oh, Dio. Non me l'ha mai detto."

"Non usa quel titolo a meno che non sia in occasione di eventi formali in cui non può evitarlo. Proprio come Leo non usa il suo, e Damian evita il suo titolo il più spesso possibile."

"Non ho idea di come rivolgermi a nessuna delle persone che saranno al tuo matrimonio" dissi, sentendomi un po' in preda al panico.

Nic rise. "Non hai bisogno di sapere niente di tutto questo. Se qualcuno è abbastanza pretenzioso da presentarsi con il suo titolo, saprai come chiamarlo. È un matrimonio, Kylie, e i titoli non sono importanti per questi sposi."

"È una buona cosa che non lo siano" scherzai. "Non sono esperta dell'aristocrazia britannica."

"Non preoccuparti" disse. "Non vedo l'ora che arrivi qui. Questa festa non avrà inizio finché tu e Macy non sarete qui di persona."

"C'è qualcos'altro che posso fare per dare una mano?"

"È tutto sotto controllo. Voi due siete state di grande aiuto, anche dall'altra parte del mondo. Ora tutto ciò che voglio è condividere l'esperienza con voi. Mi mancate entrambe" disse. "Non sono sorpresa da quello che stai facendo per Dylan, ma ti sono più grata di quanto saprai mai."

"Non posso costringerlo a partecipare al matrimonio, ma farò del mio meglio" promisi.

"Qualcosa mi dice che il fatto che potresti lasciarlo solo tra due settimane se non viene potrebbe essere un grande stimolo" disse scherzosamente.

"Onestamente, penso che mancherebbe anche a me. Mi sono abituata ad avere una compagnia intelligente. Senza offesa per Jake, ovviamente, ma è bello avere un amico che parla davvero" confidai.

"Soprattutto quando quell'*amico* è incredibilmente sexy e scandalosamente bello" osservò.

"Quella parte *non* è sempre comoda" borbottai.

"Divertiti e basta" consigliò. "Andrai in giro in una casa in cui avremmo potuto solo sognare di stare pochi mesi fa. Dio, sono quasi gelosa perché ho trascorso lì solo un'ora o poco più."

"Per favore. Mi hai parlato della villa high-tech di Damian."

"È incredibile" concordò. "Ma non è il lungomare."

"Mi sento un po' in colpa perché non sono in ufficio tutti i giorni" dissi.

Nic sbuffò. "Sei una socia. Puoi fare quello che vuoi e, ti prego, non dirmi che non lavori tutti i giorni."

"Sì" le assicurai. "Soprattutto videoconferenze, e l'home office che ho creato per me stessa funziona bene. Ma tu eri la proprietaria, e c'eri sempre."

"Perché avevo bisogno di imparare il business da zero" mi ricordò. "Non hai bisogno di quell'esperienza, Kylie. Puoi gestire l'attività da qualsiasi luogo."

"Ci sarò di più dopo il matrimonio" la informai. "Non ci sarà alcun motivo per non essere in ufficio una volta tornata nel mio appartamento."

"In questo momento, concentrati solo sul rilassarti un po'. Fa un caldo soffocante in questo momento in piena estate. Goditi la spiaggia." Esitò prima di dire incerta: "Sei assolutamente certa di essere al sicuro con Dylan?"

"Se stai chiedendo della mia sicurezza fisica, cavolo, sì, sono al sicuro con lui. Non è violento, Nic. Immagino di capire *perché* me lo chiedi, ma quell'uomo non metterebbe mai le mani su una donna, ubriaco o sobrio. Potrebbe comportarsi come un coglione, ma non è nel suo DNA danneggiare intenzionalmente una donna. Se mi stai chiedendo se la mia virtù è al sicuro, ne dubito" dissi in tono piatto. "Raramente c'è un momento in cui è in giro e non voglia denudarlo. Immagino che i ragazzi carini con accenti britannici siano una tentazione troppo forte per me."

"Dio, non vedo l'ora di incontrarlo e ricominciare da capo" disse malinconicamente.

"Quindi, pensi di poterlo perdonare?"

"Beveva" rifletté. "E da quello che hai detto, ovviamente ne ha passate tante. Merita un'altra possibilità. Inoltre, adoro già Leo e Bella. Non mi lamenterei di avere un altro membro della famiglia di Damian da amare."

Chiacchierammo per un po' dei piani del matrimonio, e io e Nic riattaccammo.

Misi il telefono sul tavolino e mi diressi in cucina.

Una volta che Dylan ebbe finito la telefonata che stava facendo, ero pronta ad abbracciare questa opportunità di una vita andando in spiaggia.

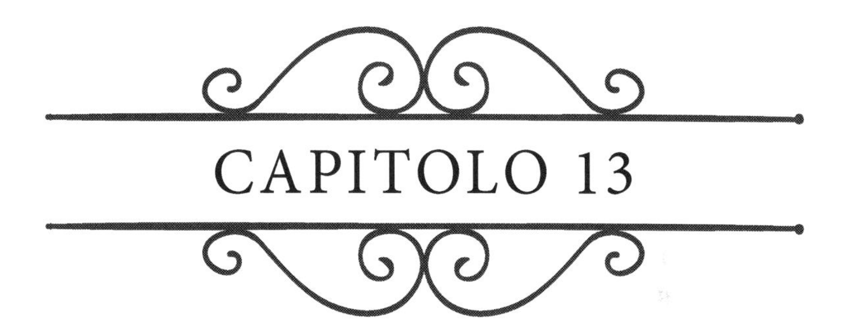

CAPITOLO 13

Dylan

"MI DISPIACE AVER perso la tua telefonata qualche giorno fa" dissi a mia madre mentre chiacchieravo con lei dalla camera da letto principale della casa sulla spiaggia.

Avevo impiegato alcuni giorni solo per trovare il coraggio di chiamarla, anche se ero sollevato dal fatto che finalmente mi avesse contattato.

Non ero sicuro di cosa dirle o di come scusarmi per le cose idiote che avevo fatto negli ultimi due anni.

Tutto quello che sapevo era che mi era mancata e che dovevo diventare uomo per essere il figlio che aveva cresciuto.

"Non ho intenzione di fingere di non essere stata delusa da te, Dylan, ma sei pur sempre mio figlio" disse cautamente Isabella Lancaster. "Devo sapere che stai bene."

Accidenti! Avrei preferito che mi prendesse a schiaffi piuttosto che dirmi che era delusa da me, ma meritavo la sua censura.

"L'ho combinata davvero grossa questa volta, vero, mamma?" chiesi, non aspettandomi risposta. "Damian e Leo mi odiano, e sono sicuro che nemmeno tu sei troppo affezionata al figlio che hai cresciuto in questo momento. Dire che mi dispiace non mi sembra sufficiente, ma mi pento di tutto. Tutto. Temo di essere andato troppo oltre questa volta per rimettere le cose a posto."

Mi sedetti sul letto, cercando disperatamente di far capire a mia madre quanto avrei voluto poter cancellare ogni cosa stupida che avevo fatto.

"Oh, Dylan" disse con voce più comprensiva. "Non puoi cambiare quello che è successo in passato. Tutto quello che puoi fare è andare avanti e fare meglio. Non è quello che ti abbiamo sempre detto io e tuo padre? Quando stai male, io soffro per te" spiegò. "Se sei davvero pronto a far parte di nuovo di questa famiglia, devi sapere che tutto ciò che tutti noi vogliamo è riaverti. Lo ammetto, hai spinto Damian all'esasperazione, ma è il tuo gemello, Dylan. È preoccupato per te da due anni, e anche Leo, ma non hai mai smesso di essere un fratello per nessuno dei due. Hanno capito che stavi soffrendo. Semplicemente non approvavano i tuoi metodi di guarigione."

Mi passai una mano tra i capelli con frustrazione. "Lo so" risposi con voce roca. "Non sono orgoglioso del modo in cui mi sono comportato. È stato egoista, e non ho mai pensato alla mia famiglia. Per un po', tutto quello che volevo fare era fuggire da tutto—anche dal nome Lancaster."

Non avevo dubbi che Charlotte mi avesse preso di mira perché sposare un Lancaster avrebbe reso la sua famiglia felice e molto più disposta ad abbracciare il bambino che aveva in grembo. Se fossi stato qualcun altro, forse non sarebbe stata così ansiosa di intrappolarmi in un matrimonio frettoloso.

"E adesso?" chiese mia madre dolcemente.

"Ora, mi sono ricordato di quanto sia dannatamente fortunato ad avere una famiglia come la mia" confessai. "Non bevo più pesantemente. Niente più buffonate. Niente più fughe. Ho smesso di trascurare le persone che avrei dovuto apprezzare e che avrei dovuto lasciare mi aiutassero a sostenermi, quando non me la cavavo bene da solo."

"Perché penso che ci sia qualcosa che non stavi dicendo a tutti noi sul motivo per cui hai avuto un momento difficile?" chiese con voce indagatrice e materna.

A quel punto, crollai e balbettai l'intera storia di quello che era successo tra me e Charlotte.

All'inizio inciampai nelle mie parole, ma poiché l'avevo già fatto una volta con Kylie, questa volta fu un po' più facile.

Le parlai anche di Kylie semplicemente perché era impossibile *non* parlare di lei. Che lo sapesse o no, aveva giocato un ruolo importante nell'aiutarmi a tornare a sentirmi normale.

"Mi sono incolpato per la morte di Charlotte. A volte, lo faccio ancora" conclusi. "Anche se non era innocente, non meritava di morire. Non ero sicuro di come sentirmi quando ho scoperto che il bambino che stava portando in grembo non era mio. Ero addolorato, ma ero anche arrabbiato con lei. Come fa un uomo a capire perché ha fatto le cose che ha fatto?"

"Niente di tutto questo è stata colpa tua, Dylan" replicò con voce rassicurante. "Stavi solo cercando di fare la cosa giusta, e nessuno può biasimarti per essere stato abbastanza uomo da farti avanti. Charlotte aveva... dei problemi. A volte io e sua madre parlavamo. Le difficoltà psicologiche di Charlotte non erano qualcosa che avresti potuto risolvere o che avresti potuto riconoscere senza uscire con lei più a lungo. Non ci sono davvero risposte razionali per quello che ha fatto, Dylan. La sua mente non funzionava nei modi normali. Molte volte sua madre aveva pensato che stesse migliorando, solo per scoprire che Charlotte stava nascondendo meglio il suo disturbo. Se avessi saputo che stavi contemplando una relazione seria con lei, te l'avrei detto. Ora avrei voluto dirti qualcosa dal momento in cui mi hai rivelato che la stavi frequentando. Immagino di aver pensato che fosse un'attrazione passeggera e che sarebbe svanita rapidamente, perché voi due non avevate niente in comune. Inoltre, non ero sicura che avesse ancora problemi. Le è stato diagnosticato un disturbo della personalità prima di andare all'università. Sua madre l'ha aiutata a entrare in diversi programmi di trattamento, ma niente sembrava aiutare Charlotte a cambiare definitivamente le cose allora. La sua fissazione per il professore sposato e più anziano ovviamente è diventata un'ossessione, Dylan. Una fissazione malsana."

"Tutto è successo troppo in fretta" risposi con voce roca. "Stavo per raccontarti di lei e del bambino alla cena di famiglia quella settimana. Beh, il bambino che *pensavo* fosse mio."

"Oh, mio povero ragazzo" sussurrò. "Avevi il cuore spezzato per il bambino, vero?"

Feci una risata autoironica. "Ridicolo, vero? Stavo piangendo un bambino che non era nemmeno mio."

"Non lo sapevi. Era tuo nella tua mente" disse sulla difensiva. "E io ti conosco, Dylan. Ora è comprensibile il motivo per cui eri così sconvolto da non volerne parlare. Era troppo orribile anche solo da comprendere, tantomeno da esprimere a parole."

"Sono passati due anni, ed è ancora difficile per me pronunciare le parole, come sono sicuro che avrai notato. Per favore, non dire la verità alla sua famiglia se parli con la madre di Charlotte" chiesi. "Charlotte era la sua unica figlia, e preferirei che non lo sapessero. Ho gettato via quei diari, così non avrebbero mai potuto saperlo."

"Non lo farò" acconsentì. "Non parlo con la madre di Charlotte dalla morte di sua figlia. Non credo che abbia superato la perdita della sua unica figlia. Hai ragione, Dylan. È molto più delicato non rivelare la vera storia, ma sono contento che tu me l'abbia detta. È incredibile che anche se stavi soffrendo, hai comunque fatto tutto il possibile per proteggere la sua famiglia. Mi sento così orribile per non essere stata lì per te, figliolo.»

"No, mamma" ribattei con fermezza. "Non ho *permesso* a nessuno di essere lì per me, ed ero così distaccato che non avrei ascoltato nessuno."

"Quando si tratta di dolore emotivo, raramente funziona ignorarlo. Se avessi saputo quanto erano brutte le cose per te, probabilmente ti avrei seguito ovunque finché non fossi stato pronto a parlare" mi informò.

Sorrisi. Probabilmente, avrebbe fatto esattamente questo. "Che è uno dei motivi per cui non l'ho detto a nessuno" spiegai. "Non volevo attirare attenzione di alcun tipo. Volevo solo stare da solo e non parlarne."

"Stai davvero bene, ora?" chiese con voce lacrimosa.

"Sì, penso di sì. Sono certo che ci saranno ancora momenti in cui vorrei che Charlotte e io non avessimo litigato. Dubito che i miei incubi siano spariti per sempre, ma almeno non sono così frequenti come una volta. Anche il senso di colpa non è sparito del tutto, ma è un lavoro in corso. Immagino di dover imparare ad ammettere che ci sono alcune cose che non posso controllare" scherzai debolmente.

Mamma rispose con voce più leggera: "Che è una cosa molto difficile da ammettere per qualsiasi maschio Lancaster. Tutti voi pensate di poter organizzare le cose a vostro piacimento. Spero che Kylie non ti permetta di farla franca con troppa prepotenza."

"Non accadrebbe mai, credimi" risposi ironicamente. "È una rossa con una vena testarda. Se divento troppo arrogante, è sempre felice di rimettermi al mio posto. Mi ha fatto bene. È gentile, ma non sempre mi dice quello che voglio sentire."

"Almeno sai quando ti sta dicendo la verità. Penso che sia un bene per te" concordò mia madre. "Non vedo l'ora di conoscerla quando verrete per il matrimonio. Verrete, vero?"

"Dipende da Damian" le dissi. "Se non riesce a superare quello che è successo con Nicole, non gli darò la colpa per questo. Sembra che lui la ami davvero, e gliene ho fatte passare tante."

"La ama" rivelò. "Moltissimo."

"Allora, sono felice per lui" dissi onestamente.

"Non credo che la felicità sarà completa se non sei qui, Dylan" rifletté. "Vorrei condividere l'intera storia di Charlotte con lui, se lo permetterai."

Avevo smesso di scappare da quello che era successo in passato. "Ovviamente. Sentiti libera di dirlo a Damian, Nicole e Leo se vuoi. Non è una storia facile da raccontare per me. Non giustificherà comunque il mio comportamento, ma meritano di saperlo. Se Damian e Nicole saranno a loro agio con me al loro matrimonio, ci andrò. Non vorrei perdermelo. Siamo sempre stati insieme per ogni evento importante, buono o cattivo, che sia accaduto alla nostra famiglia."

"Sì, l'abbiamo fatto" disse con fermezza. "E questo non sarà diverso. Ti voglio bene, Dylan, e anche i tuoi fratelli. Ci sei mancato terribilmente."

"Anche voi mi siete mancati tutti" replicai con voce roca, riconoscendo quanto fosse stato doloroso allontanare la mia famiglia. "Allora, sei disposta a perdonarmi per essere stato un tale idiota per così tanto tempo?"

"Non c'è niente da perdonare" rispose dolcemente. "Ora capisco perché hai reagito in quel modo. Sapevo che qualunque cosa fosse successa, avresti lavorato su di essa. Potresti essere il più testardo di tutti i miei figli, ma le tue responsabilità hanno sempre pesato anche sulle tue spalle. Non dubitavo che il tuo amore per la famiglia avrebbe vinto alla fine. Non è colpa tua se ti sei allontanato da tutti noi per un po'. Soffrivi così tanto e per prima cosa dovevi fare tutto ciò che ritenevi necessario per sopravvivere."

"Dubito che i miei fratelli abbiano così tanta fiducia in me" commentai ironicamente. "Non che li biasimi. Non pensare che non mi renda conto di quante delle mie responsabilità ho scaricato su Damian. L'ho messo in una situazione difficile in tanti modi, e quello che ho fatto a Nicole potrebbe essere imperdonabile per lui."

"Sapevi chi era Nicole e che Damian era innamorato di lei?" chiese gentilmente.

"No. Anche ubriaco, non credo che avrei superato quel limite se l'avessi saputo" risposi. "Tuttavia, sappiamo entrambi che non è stata la mia unica offesa."

"Damian ce l'ha fatta" disse. "In realtà, è stato un bene per lui imparare come far fare il lavoro a quei costosi manager di alto livello, e la sua reputazione non ha mai sofferto per le cose che hai fatto alla fine. La stampa è troppo coinvolta nella fiaba d'amore del duca e della sua sposa americana. Davvero, sono sicura di aver visto alcune reporter pronte a svenire all'ultimo evento a cui hanno partecipato Nicole e Damian. È sicuramente nelle loro grazie per essere così innamorato della sua fidanzata."

Scossi la testa. "Immagino che sia difficile per me immaginare che mio fratello gemello si innamori così tanto di qualcuno. Non ha mai avuto manifestazioni pubbliche di affetto."

"Non si innamorava, infatti" confermò mamma. "Penso che stesse risparmiando tutto questo per la donna giusta. Non credo che possa fare a meno di Nicole. È speciale, Dylan. Penso che vedrai di persona che sono perfetti l'uno per l'altra. Non sopporta le sue sciocchezze, ma ovviamente lo adora."

"Penso che mi piacerebbe tutto questo" confessai. "Mi sono già perso l'intero corteggiamento."

"Non è che sia durato molto a lungo" replicò con umorismo nel tono. "Il suo comportamento è stato molto simile a quello di tuo padre quando mi ha conquistata. Penso che una volta che un maschio Lancaster trova la donna giusta, creda che sia del tutto inutile perdere tempo."

Aveva assolutamente ragione su mio padre. La sua adorazione per mia madre fu sotto gli occhi di tutti fino al giorno della sua morte. "Ti manca ancora, vero?" chiesi.

Anche se erano passati anni dalla morte di mio padre, mia madre parlava ancora di lui ogni giorno.

"Mi mancherà fino al giorno in cui morirò" disse con fermezza. "Era un uomo eccezionale, proprio come i suoi figli."

"Manca anche a me" condivisi. "Tutto quello che ho sempre voluto era rendere entrambi orgogliosi, ma non ho fatto un ottimo lavoro negli ultimi due anni."

"Dylan" disse con tono affettuoso. "Pensi davvero che gli ultimi due anni abbiano cancellato tutte le cose buone che hai fatto? E viste le circostanze, alcuni scandali che sono già stati dimenticati e un commento sconsiderato a Nicole non sembrano più importanti. Per non parlare del fatto che anche Damian aveva qualche colpa per quello che è successo durante il gala. Se avesse detto a Nicole la verità in primo luogo, penso che avrebbe saputo che non eri Damian. Tuo padre ed io siamo sempre stati orgogliosi di tutti e tre, e niente che tu possa fare cambierà questo. Conosco il tuo cuore, mio dolce ragazzo, e quel tenero cuore è stata la vera ragione per cui hai sofferto negli ultimi due anni. Se non avessi sentito le cose così profondamente, non avresti lottato così tanto per quello che è successo."

Feci una smorfia. Quale ragazzo voleva davvero che sua madre gli dicesse che era come un libro aperto o qualcosa di simile?

"Farò meglio" dissi, ripetendo le parole che pronunciavo da bambino, quando sbagliavo qualcosa.

"So che lo farai" replicò mamma, dandomi la sua solita risposta. "Cerca di non essere troppo duro con te stesso, anche se so che non sarà un compito facile per te. Smettila di essere così disposto a prenderti la colpa per tutte le cose brutte che ti sono successe."

Parlammo ancora un po' di argomenti più leggeri, e poi insistetti per lasciarla andare perché in Inghilterra si stava facendo tardi.

Mi alzai e posai il cellulare su uno dei tavolini, desiderando che Damian mi accogliesse di nuovo in famiglia con la stessa disponibilità di mia madre.

CAPITOLO 14

Kylie

"SONO DAVVERO CONTENTA che tu abbia parlato con tua madre" dissi a Dylan più tardi quella sera, mentre ci rilassavamo fianco a fianco su un lettino doppio nel patio della casa sulla spiaggia. "Sono sicura che non sia stata una conversazione facile se le hai detto tutto. Sei rimasto sorpreso quando ti ha parlato dei problemi di Charlotte?"

"Un po'" rispose. "Ma questo spiega alcune cose e il suo strano comportamento il giorno in cui è morta. Ha anche reso più sensati alcuni dei suoi sproloqui nel suo diario. Se le cose non andavano per il verso giusto, si arrabbiava e diventava completamente irrazionale. Non le piaceva il fatto che l'avessi messa all'angolo quel giorno."

"Ai manipolatori di solito non piace essere scoperti" convenni con un sospiro. Il mio corpo era esausto, ma la mia mente era molto più leggera ora che Dylan aveva fatto quel passo per parlare con la sua famiglia.

Avevamo trascorso la maggior parte del pomeriggio nuotando e girovagando sulla spiaggia in cerca di conchiglie.

Okay, ero stata principalmente *io* che cercavo conchiglie. Stranamente, Dylan sembrava completamente soddisfatto di camminare semplicemente lungo la spiaggia con me finché non avessi finito.

Anche se la spesa ci era stata consegnata nella casa sulla spiaggia, si era rifiutato di lasciarmi cucinare, quindi avevamo ordinato da uno dei miei ristoranti preferiti.

Dopo aver finito di mangiare, oziammo nell'area del patio.

Dio, come potevo non guardare il tramonto sull'acqua mentre ascoltavo le onde che si infrangevano sulla riva? Nel posto più incredibile, con l'uomo più straordinario che avessi mai incontrato?

Non avevamo detto molto, mentre guardavamo il sole calare lentamente fino a quando non fu completamente buio.

Le nostre gambe e le nostre spalle si stavano toccando, e Dylan aveva preso la mia mano, intrecciato le nostre dita e adagiato le nostre mani sulla sua coscia, mentre guardavamo in silenzio il sole scendere lentamente nell'oscurità.

Forse poteva non sembrare il modo più intimo di guardare un tramonto insieme, eppure non mi ero mai sentita più legata a un ragazzo in tutta la mia vita.

Forse era il modo in cui mi accarezzava teneramente il polso con il pollice, come se volesse farmi sapere che era sempre consapevole che ero lì, proprio accanto a lui, anche quando non stavamo parlando.

Era una tenera vicinanza che mi stringeva il cuore e faceva soffrire di desiderio tutto il mio essere.

Mi sentivo come se fossi caduta in una sorta di fantasia a cui non avrei mai voluto sfuggire.

"Ad essere onesti, non è stato poi così difficile una volta che ho fatto la chiamata" disse pensieroso. "Siamo sempre stati legati. Una volta che ho iniziato a parlare, non riuscivo a smettere. Penso che fosse sempre lì per me e aspettasse solo che parlassi. Mamma fa paura a volte. Potrebbe non parlare sempre apertamente, ma *sa* cosa sta succedendo in tutte le nostre teste."

Risi e bevvi un sorso dalla mia bottiglia d'acqua prima di commentare. "Ho sentito dire che alcune madri possono essere così. La mamma di Nicole era così a volte. Anche se non ero sua figlia, mi trattava come tale. Ero devastata, quando è morta."

"E la tua famiglia? Fratelli?" chiese.

Scossi la testa. "Nessuno. Come ti ho detto, mio padre ora vive in Florida, quindi non lo vedo molto spesso. Si è risposato e ha praticamente adottato la famiglia della mia matrigna. È ed è sempre stato un alcolizzato, quindi ogni tanto mi chiama quando è sobrio e pensa a me. Questi eventi sono diventati sempre meno frequenti nel corso degli anni."

Dylan si accigliò. "Quindi, non hai mai avuto una vera famiglia?"

"Non è così" negai. "Nicole e Macy sono come sorelle per me, e la mamma di Nicole era come la madre che non ho mai avuto."

Mi strinse la mano. "Come fai?" chiese, suonando sinceramente perplesso. "Come è possibile trovare sempre il positivo in ogni situazione? C'è mai un giorno in cui ti senti dispiaciuta per te stessa? Anche se è solo per un po'?"

Sbuffai. "Sempre. Non è proprio la mia disposizione naturale essere costantemente una persona da bicchiere mezzo pieno. Ho dovuto imparare a reindirizzare me stessa dall'autocommiserazione e verso uno stato d'animo più positivo. Una volta che la mia mente si è abituata in quel modo, immagino che sia diventato più normale per me, ma non è che a volte non abbia pensieri negativi. Preferisco di no, se posso evitarli. Ho passato troppo tempo ad essere triste, ansiosa e depressa."

"Non sto criticando, Kylie. È un modo fantastico di vedere la vita. Ma anche prima che l'incidente cambiasse la mia vita, non ero mai completamente felice, anche se ero contento" disse. "E probabilmente avevo più ragioni della maggior parte degli altri per essere un tipo da bicchiere mezzo pieno. Ho una famiglia fantastica e solidale, più soldi della maggior parte delle persone al mondo e la capacità di fare tutto ciò che voglio, andare dove voglio. Lavorare con Damian per mantenere la nostra eredità con la Lancaster International è ciò che dovevo fare. Ma a volte ero ancora irrequieto. Come se mancasse qualcosa, ma non ero abbastanza sicuro di cosa potesse essere quel qualcosa."

Sospirai. "Mi sento così di tanto in tanto" ammisi. "Forse è solo la natura umana a volere di più, anche quando ne abbiamo più che a sufficienza."

Nel mio caso, sapevo cos'era quel *qualcosa*, ed era in realtà *qualcuno.* Di tanto in tanto, mi sentivo sola, ma uscire con qualcuno a caso non mi aveva mai aiutata. Questo era probabilmente il motivo per cui avevo rinunciato e mi ero concentrata su altre cose negli ultimi anni.

"Forse potrei provare a prendere un cane insignificante da un rifugio che dorme quindici ore al giorno e cerca cibo, una passeggiata o attenzione durante le altre sei ore" rifletté.

Sbuffai. "Adori il mio insignificante segugio, e lo sai, Dylan Lancaster. Credi davvero che non ti veda mentre gli offri di nascosto dolcetti o che non ti senta mentre fai quelle conversazioni unilaterali con lui?"

Rotolò, inchiodando il mio corpo sotto il suo. "È un buon ascoltatore" rispose con voce roca. "Ma penso di adorare ancora di più la sua padrona. È una rossa bellissima e brillante con il paio di occhi nocciola più incredibili che abbia mai visto."

Non c'eravamo presi la briga di accendere la luce del patio. L'illuminazione proveniente dall'interno mi permetteva di vedere la sua figura, ma non riuscivo a distinguerne l'espressione sul viso. Avvolsi le braccia intorno al suo collo perché l'azione era così istintiva. "Non sono sicura di conoscerla" scherzai.

"Sono assolutamente certo che tu la conosca" rispose, la sua testa così vicina alla mia che potevo sentire il suo respiro caldo sulle mie labbra.

Tremavo dal bisogno. Era vicino, ma non abbastanza.

Desideravo quella connessione, anche se sapevo che era pericolosa.

"Allora, permettimi di ricordarti quanto sei fottutamente bella" ringhiò prima che la sua bocca scendesse sulla mia.

Nel momento in cui iniziò a baciarmi, mi sentii persa.

Dylan possedeva le mie labbra, tutta la mia bocca, e la sua esplorazione esigente cancellò quasi ogni pensiero dalla mia mente.

Mi aprii a lui, e la sua lingua cercò e trovò la mia, persuadendo e insistendo per la mia completa capitolazione.

Gemetti contro le sue labbra, affamata di quel contatto folle e frenetico quanto lui.

Mi immersi in lui.

Nel suo profumo.

Nel suo tocco.

Nella sua urgenza.

Mi stavo arrendendo alla chimica rovente che scorreva continuamente tra noi due.

"Dylan" gemetti, mentre si tirava indietro e mi mordicchiava il labbro inferiore.

Infilai le mani tra i suoi capelli folti, tutto il mio corpo che fremeva di desiderio.

Seppellì il viso nel mio collo e fece scorrere le labbra e la lingua lungo la pelle sensibile lì, facendomi desiderare di più.

Calore liquido invase le mie cosce, e presi i suoi capelli, premendo il mio corpo finché non potei strofinarmi contro di lui così da poter provare a saziare l'inesorabile lussuria che mi scorreva dentro.

La sua mano mi afferrò il sedere e mi sollevò i fianchi. Premette la sua dura erezione contro il mio intimo, mentre mi gracchiava contro l'orecchio: "Questo è quello che mi provochi, Kylie. Sono così fottutamente duro ogni volta che ti guardo. Tutto quello a cui riesco a pensare è seppellire il mio cazzo dentro di te fino a farmi quasi impazzire. Quindi, non negare mai più che sei la donna più bella del pianeta."

"Dylan" dissi con voce disperata.

"Hai. Capito?" ringhiò la domanda.

"Sì" ansimai. "Sì."

Gesù! Mi faceva sentire una dea sessuale, quindi non avevo intenzione di discutere.

Mi morse il lobo dell'orecchio. "Bene" disse con voce roca. "Sono contento che l'abbiamo chiarito."

"Ti voglio così tanto che fa male" confessai senza scrupoli.

"Posso farti guarire" mi disse, il suo tono baritono basso e sensuale.

Si allungò tra i nostri corpi e fece scivolare facilmente la sua mano nel tessuto elastico dei miei pantaloncini.

Sarei finita fuori dal lettino se non fosse stato sopra di me, quando le sue dita forti scivolarono nelle mie mutandine e lui scivolò tra le mie pieghe.

"Accidenti, Kylie. Sei così dannatamente bagnata." La sua voce era roca e calda.

Quando il suo dito scivolò sul mio clitoride, gridai. "Sì. Così bello, Dylan. Per favore."

"Sei una donna che non deve mai implorare nulla, Kylie, ma è più sexy dell'inferno quando lo fai." Tracciò il mio labbro inferiore con la sua lingua, mentre metteva più pressione sul mio clitoride, girando intorno, stuzzicando e poi soddisfacendo con colpi audaci e più duri.

"Farò qualsiasi cosa, se mi fai venire" piagnucolai. "Ti prego."

"Vorrei fottutamente poter vedere la tua faccia" brontolò. "Ma posso aspettare fino alla prossima volta."

"Oh, Dio" gemetti, mentre sentivo che il mio climax iniziava a crescere. "Di più."

"Vuoi dire così?" chiese aspramente, mentre mi dava la forte pressione di cui avevo bisogno.

"Sì!" gemetti. "Proprio così."

Sentii una delle sue dita scivolare all'interno del mio ingresso, e Dylan gemette. "Fanculo! Sei così calda e così dannatamente stretta. Vieni per me, amore."

Inarcai la schiena, il piacere così acuto che riuscivo a malapena a respirare. "Sì. Dylan. Oh, Dio, è così bello."

Sbatté la sua bocca sulla mia, mentre l'orgasmo scuoteva il mio corpo, baciandomi senza fiato mentre le sue dita mi portavano all'acme.

Quando sollevò la testa, stavo ansimando e il mio cuore batteva così forte che mi sembrava stesse per esplodere.

Si spostò sulla schiena e cullò la mia testa contro il suo petto per alcuni minuti prima di chiedere: "Ti senti meglio?"

"Sì» dissi, il respiro ancora pesante. "Ma probabilmente non sarebbe dovuto succedere."

Il mio battito stava rallentando, ma la testa continuava a girare.

Sapevo che Dylan era sexy, ma il modo in cui mi aveva fatta innamorare così facilmente era strabiliante.

L'uomo aveva assalito i miei sensi fino a farmi perdere la testa, senza nemmeno sudare.

"Perché no?" chiese con voce roca.

Più calma ora, alzai la mano e gli accarezzai la mascella ispida. "Ti voglio più di quanto abbia mai voluto qualcuno, Dylan Lancaster, ma non possiamo complicare questa relazione. Ci restano poche settimane e poi tornerò alla mia vita a Newport Beach. Tu sarai in Inghilterra, dove devi stare. Non voglio che qualcosa di così meraviglioso incasini nessuna delle due teste, dopo che sarà finita. E non voglio che nessuno di noi finisca per sentirsi ferito."

Mi strinse forte le braccia intorno. "Kylie, l'ultima cosa al mondo che voglio è farti del male, ma pensi davvero che ci lasceremo dopo il matrimonio e non ci vedremo mai più?"

"No" lo rassicurai in fretta. "Parleremo al telefono. Rimarremo in contatto. Non si è mai trattato solo della nostra folle attrazione fisica."

"Non ho mai desiderato nessuno quanto voglio te, tesoro, ma non ti costringerò a qualcosa che non vuoi. Sei troppo dannatamente importante per me. Questa deve essere la tua mossa, anche se mi uccide. Non mi pentirei mai di quello che succede tra noi due, ma sappi questo... non ho intenzione di allontanarmi."

Il mio battito accelerò, e lui non avrebbe mai saputo quanto volessi credere a quelle parole. Volevo pensare che non mi avrebbe dimenticata una volta che si fosse ricongiunto alla sua famiglia e alla sua vita normale in Inghilterra, ma trovavo questa possibilità altamente improbabile. Poteva dirlo ora, ma una volta guarito completamente dal punto di vista emotivo e aver incontrato una donna meravigliosa in Inghilterra, si sarebbe sentito diversamente. Dubitavo che saremmo rimasti amici dopo esser stato coinvolto con qualcuno dall'altra parte del mondo.

"La porta della mia camera non sarà mai chiusa a chiave" disse con voce roca. "Non qui. Non a Beverly Hills, e non in Inghilterra se vado al matrimonio di Damian. Sarà sempre aperta per te se cambi idea, Kylie."

Il mio cuore ebbe un sussulto, mentre mi accarezzava i capelli e mi dava un bacio breve ma devastante sulle labbra.

Dopo quell'ammissione, non ero sicura di come diavolo sarei potuta stare lontana.

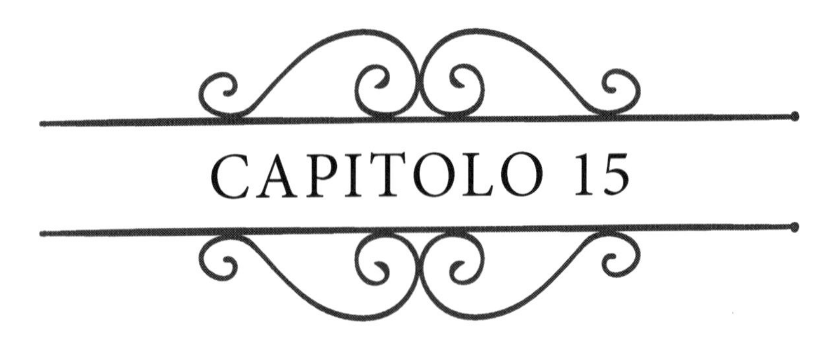

CAPITOLO 15

Dylan

PIÙ TARDI QUELLA notte, aprii il grande ripostiglio nel corridoio e iniziai a prendere della biancheria per il bagno principale.

La casa sulla spiaggia era estremamente pulita, ma ovviamente era passato un po' di tempo dall'ultima volta che qualcuno era stato lì.

Avevo appena usato l'ultimo asciugamano da bagno dopo la doccia, quindi ne presi altri e un paio di tappetini.

Senza Anita e Clarence in giro per la casa di Beverly Hills, ero diventato abbastanza bravo a badare a me stesso, con l'eccezione della preparazione dei miei pasti. Mi ero anche reso conto di apprezzare quante piccole cose la coppia faceva in quella casa semplicemente per garantire il mio comfort e comodità.

Avrei voluto poter dire che mi sentivo meglio dopo la lunga doccia, ma le cose non stavano così. Mi ero lasciato andare a fantasie di seppellirmi nel corpo stretto, caldo e stupendo di Kylie, ma questo aveva a malapena lenito la sofferenza.

Dopo aver sentito il suo climax sotto di me, le immagini sessuali mentre mi accarezzavo l'uccello finché non vidi i risultati di quell'orgasmo vuoto scomparire nello scarico della doccia mi sembrarono quasi inutili.

Volevo la cosa reale.

Il mio membro seppellito dentro di lei mentre mi perdevo nel suo profumo e nei suoi piccoli gemiti bisognosi, mentre mi pregava di scoparla.

"Gesù!" borbottai, caricando la biancheria sul braccio.

Dovevo accettare che uno scenario con il cazzo indurito non si sarebbe mai realizzato nella vita reale.

Kylie lo aveva reso perfettamente chiaro.

Anche se la chimica incandescente era lì per entrambi, non voleva rischiare con me.

Potevo davvero biasimarla? Cavolo, no, non potevo.

Capivo perché non ero proprio il tipo di ragazzo di cui una donna potesse fidarsi, date le mie azioni passate.

Ma questo non significava che mi piacesse il fatto che lei pensasse che avrei potuto scoparla e andarmene.

Non potevo. Ed era molto più probabile che sarei finito *io* per essere il soggetto danneggiato se la nostra relazione fosse stata circoscritta a poche notti di sesso occasionale.

Non era questo che provavo per Kylie, e che ci fossimo lasciati andare o meno nelle settimane successive, le avrei dimostrato che valeva la pena scommettere su di me.

Forse avevo impiegato un po' per ammetterlo a me stesso, ma Kylie Hart doveva essere mia.

Lo sapevo con una lucidità mentale che non provavo da molto tempo.

Non ero mai stato un tipo possessivo, ma il solo pensiero che un altro ragazzo potesse toccarla mi rendeva completamente e follemente demente.

Non. Succederà.

Non importava quanto tempo ci fosse voluto, alla fine si sarebbe resa conto di avermi preso per le palle e che i miei giorni alla ricerca di distrazioni erano finiti.

Non avevo più bisogno di essere trastullato.

Tutto ciò di cui avevo bisogno era vederla sorridere, e tutta la mia fottuta giornata era completa.

Avevo appena chiuso il ripostiglio, quando sentii il rumore di vetri infranti.

"Dannazione!" gridò Kylie, la sua voce angosciata.

La porta della sua camera era proprio accanto al ripostiglio della biancheria.

Lasciai cadere tutto sul pavimento.

"Kylie" gracchiai, il cuore che mi martellava nel petto.

Mi precipitai nella sua stanza e, non vedendola, aprii la porta del bagno privato.

Mi bloccai, quando la vidi sulle mani e sulle ginocchia, vestita con pantaloncini da notte e una canotta abbinata, i capelli rossi che le cadevano in una tendina intorno al viso.

"Kylie" dissi in un sussurro rauco.

Spinse indietro i capelli per guardarmi, ma i miei occhi erano inchiodati sul disordine davanti a lei.

"Sangue. Tanto sangue. Vetri rotti. Fanculo!" Imprecai, paralizzato, mentre la scena a cui stavo assistendo si sovrapponeva a quello che era successo due anni addietro.

"Dylan?" disse una voce femminile, il suo tono carico di preoccupazione.

"Troppo sangue" gracchiai.

Kylie si alzò e si mise di fronte a me, mi spinse indietro e chiuse la porta del bagno dietro di lei.

"Non è sangue, Dylan" disse dolcemente, mentre mi prendeva la mano. È solo una candela rotta. L'ho accesa mentre facevo il bagno.

L'ho fatta cadere giù dal davanzale del bagno quando sono andata a spegnere la fiamma. È solo rosso brillante, cera liquida per candele."

Scossi la testa, cercando di ragionare su cosa fosse reale e cosa no, mentre allungavo la mano verso di lei, la tiravo tra le mie braccia e la stringevo così forte che lei squittì.

"Devi stare bene, Kylie. Per favore, cazzo, dimmi che non sei ferita" dissi, la mia voce per metà implorante e per metà esigente.

Sembrava calda, morbida e... viva.

Kylie stava parlando.

Era in piedi da sola, ma non riuscivo ancora a scrollarmi di dosso la mia paura invalidante.

Avvolse le sue braccia intorno al mio corpo in modo protettivo, mentre mormorava: "Respira, Dylan. Non era sangue. Non sono ferita. Sono stata maldestra, tutto qui."

Improvvisamente mi resi conto che il mio respiro era pesante e il cuore mi batteva forte nelle orecchie.

Infilai la mia mano nei suoi capelli e le tirai la testa contro il mio petto, cercando di assicurarmi che fosse protetta, mentre cullavo il suo corpo più esile tra le mie braccia.

"Respira, Dylan. Respira e basta" disse con voce calma e gentile. "Era solo un flashback. Sto bene. Tu stai bene. Fidati di me."

"Non me ne frega un cazzo di me" replicai con voce grave. "Mi importa di te. Non ti può succedere niente, Kylie. Niente."

Il mio terrore irrazionale si era placato, ma ancora non potevo lasciarla andare.

"Sto bene, Dylan" disse, mentre tirava indietro la testa e metteva un palmo su ciascun lato della mia testa. "Guardami."

Lo feci, e il mio sollievo nel vedere il suo viso sorridente quasi mi stese. "Grazie al cielo!"

"Flashback andato?" chiese con voce serena.

Scossi la testa, mentre rispondevo: "Non è stato esattamente un flashback. Niente innescava una reazione del genere da molto tempo.

Era come se il mio passato e il mio presente si fossero confusi per un minuto. Pensavo fossi ferita. Sanguinamento."

"Ha senso" mi assicurò. "Era cera di candela rossa che sembrava proprio sangue, e il vetro si è rotto. Stavo solo ripulendo."

"Non farlo" replicai burbero, mentre la baciavo sulla fronte e poi la tiravo verso il letto. "Siediti. Lo pulirò io. Ci sono troppi vetri rotti. Potresti tagliarti."

Si sedette accanto al suo beagle in miniatura addormentato con un piccolo sorriso sul viso. "E tu non puoi tagliarti?"

"Meglio io che te" risposi, mentre mi avvicinavo alla porta della camera da letto e recuperavo gli asciugamani che avevo lasciato cadere sul pavimento. Potevo guardare me stesso sanguinare copiosamente, ma non ero sicuro che il mio cuore potesse sopportare di vedere anche solo una goccia di quello di Kylie.

"Sei sicuro di volerlo fare?" chiese, sembrando preoccupata.

Aprii la porta del bagno, la mia mente perfettamente in grado di vedere il disordine di vetro e cera liquida per candele... ora. "Sto bene. Purché tu e questo incidente non siate nello stesso posto."

Lasciai cadere un asciugamano sul liquido, lasciandolo assorbire nello spesso tessuto di cotone prima di strofinarlo.

"Mi dispiace davvero" disse con rimorso. "Sarei dovuta stare più attenta. Probabilmente non avrei mai dovuto accendere la candela, ma aveva un odore così buono che non ho resistito."

"Cos'era?" chiesi, mentre avvolgevo gli asciugamani, il pavimento ormai asciutto, senza che rimanesse una sola goccia della sostanza rossa.

Iniziai a cercare sul pavimento eventuali frammenti di vetro che potevano essere sfuggiti alla pulizia.

"Spezie di mele" rispose. "Il profumo era troppo allettante per non accenderla."

Presi una nota mentale per assicurarmi che Kylie ne avesse una buona scorta da usare a Beverly Hills, se le piacevano così tanto.

"Non essere dispiaciuta. È stato un incidente" dissi, mentre facevo un'altra ricerca del vetro più lontano da dove si era rotta la candela. Se Kylie doveva andare in giro in questo bagno, volevo assicurarmi che ogni pezzo fosse sparito.

"Ti è mai successo prima?" chiese.

"Non proprio così" le confidai. "Ho avuto dei flashback, ma è passato del tempo. Non ho avuto altre ricadute."

"Mi dispiace che questo incidente sia accaduto" rispose con un tono malinconico.

"Smettila" chiesi. "Considero una vittoria il fatto che sia passato molto tempo dall'ultima volta che ho avuto un qualsiasi tipo di flashback. Dov'è il mio bicchiere mezzo pieno, ragazza?»

"È qui che si sente una merda perché ti ha turbato" rispose.

Legai un sacco della spazzatura con dentro gli asciugamani e tornai in camera da letto. "Butterò questi. E smettila di sentirti una merda. Non mi piace."

Mi guardò con un sorriso da infarto. "Quindi, pensi di poter semplicemente far sparire i sentimenti che non ti piacciono?"

"Sì, mi piace pensarlo, non importa quanto possa sembrare arrogante. Sono un Lancaster. Ci piace credere di poter far sparire qualsiasi tipo di problema. Cosa ci vorrà per *non* farti sentire una merda? Non ci sono molti desideri che non possa realizzare."

Si alzò in piedi e mi colpì scherzosamente sulla spalla. "Uomo sciocco. L'unica cosa che voglio è che tu stia bene."

Le sorrisi. "Posso pensare a diversi modi in cui potresti ottenerlo" dissi. "Non tutti richiedono che entrambi siamo nudi, ma per la maggior parte sì."

Roteò gli occhi adorabilmente. "Sai che non intendevo questo, Dylan."

Sollevai un sopracciglio. "Me ne rendo conto, ma ultimamente queste attività divertenti sono molto presenti nella mia mente."

Non ero sicuro di come avrei potuto evitare i miei luridi pensieri, visto che il mio cazzo era duro il cento per cento delle volte quando lei era vicino a me.

Continuai più seriamente: "Mi sento meglio di quanto non faccia da due anni, tesoro, ma non mi aspetto che ogni sintomo che abbia scompaia magicamente. Posso gestire questi dossi occasionali strada facendo."

Mi posò il palmo sulla guancia mentre rispondeva: "Non credo che ci sia molto che tu non possa affrontare, Dylan. Questa è una delle cose che ti rendono così straordinario."

"No, amore" ribattei. "*Tu* sei una delle cose che *mi* fanno sembrare straordinario. Penso che alcune delle tue maestose qualità possano avermi contagiato nelle ultime quattro settimane."

Mi diede di nuovo una pacca sulla spalla. "I tuoi punti di forza non hanno nulla a che fare con me."

Tolsi la sua mano dal mio viso e le baciai il palmo.

Questa donna non si rendeva conto che la maggior parte della forza mentale che avevo acquisito aveva a che fare con lei? Il solo fatto di essere così vicino alla sua luce e al suo calore aveva bruciato un milione di posti oscuri dentro di me.

Mi accigliai, mentre guardavo la sua espressione innocente e mi perdevo nelle profondità del suo sguardo gentile e affettuoso.

No, forse non aveva *ancora* capito quanto fosse speciale e unica, quindi forse aveva bisogno di un po' di coccole, in stile Lancaster.

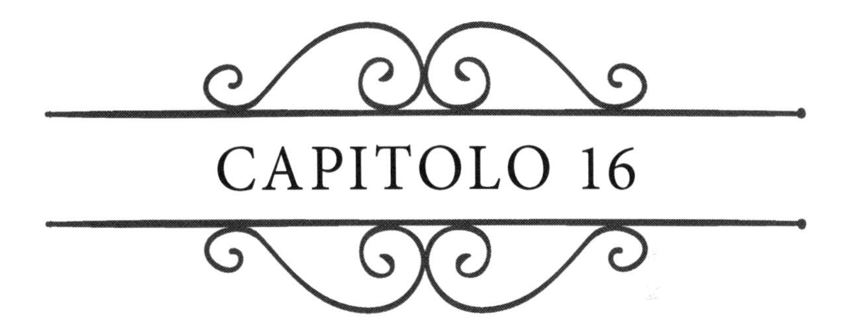

CAPITOLO 16

Kylie

"DIO" DISSI CON un gemito di apprezzamento. "Questa è la vasca idromassaggio più faraonica che abbia mai visto. È più simile a una piccola piscina."

Mi appoggiai allo schienale del comodo sedile, mentre i potenti e abbondanti getti calmavano la mia tensione.

La lussuosa spa aveva tutti i tipi di selezioni di luci a LED, ma avevamo optato per una luce bianca semplice, tenue e più rilassante dei colori folli.

Prima che Dylan portasse gli asciugamani nella spazzatura in garage, mi aveva detto di indossare il costume da bagno e di attenderlo al piano di sotto.

Non ero sicura di cosa aspettarmi, ma di certo non era stata l'enorme vasca idromassaggio incassata appena fuori dal patio esterno. Non l'avevo davvero notata perché aveva una copertura automatica che si abbinava alle finiture esterne.

Avevo quasi strillato di gioia, quando Dylan aveva attivato l'interruttore che esponeva l'enorme vasca idromassaggio e mi aveva trascinata giù per i gradini.

"Questo è molto meglio del possibile scenario de *Lo Squalo*" gli dissi con un sospiro.

"Scusa? Cosa hai detto?" chiese, sembrando perplesso.

Allungai le braccia, sapendo che potevo davvero nuotare in questa particolare vasca idromassaggio, ma ero troppo pigra per preoccuparmene.

"Pensavo che avresti potuto suggerire un bagno di mezzanotte nell'oceano" spiegai. "Non fraintendermi, sarei stata al gioco, ma mi avrebbe ricordato quella scena nel film originale *Lo Squalo,* in cui la prima vittima femminile fa una nuotata a tarda notte da sola e viene attaccata dal mostruoso squalo bianco. Lo hai visto? È un vecchio film degli anni Settanta."

"Ci serve una barca più grande" replicò Dylan, citando l'iconica frase del film con un accento americano.

Gli sorrisi, mentre si rilassava in un altro posto a circa un metro di distanza. "Esattamente."

"Pensavi davvero che ti avrei trascinata verso la morte?" chiese con voce divertita.

"Certo che no, ma non ho mai fatto una nuotata a tarda notte, soprattutto dopo aver visto quel film."

Ridacchiò. "L'ho visto molto tempo fa. Mio fratello minore, Leo, è un biologo della fauna selvatica e gli piace prendere in giro tutti i film horror e thriller con rappresentazioni oltraggiose di animali giganti o assassini. Onestamente, penso che segretamente gli piacciano."

Il petto mi faceva male, mentre pensavo a quanto fosse normale la vita familiare di Dylan prima degli ultimi due anni. Da quello che aveva detto sui suoi fratelli, aveva avuto un rapporto molto stretto sia con Damian che con Leo.

Ovviamente, avevano passato molto tempo insieme a fare le normali cose da fratelli.

"Nicole, Macy e io ci vedevamo sempre per le serate cinematografiche. Sarà così strano non avere più Nic vicina" dissi con voce nostalgica.

"Penso che verrà a trovarti abbastanza spesso" rifletté Dylan. "Avrà un jet privato a sua disposizione ogni volta che ne ha bisogno."

"Lo so" concordai. "E sono contenta che abbia trovato Damian. Vorrei solo che non fosse così lontana. Non torna a Newport Beach da così tanto tempo, ma ero abituata a vederla tutti i giorni."

"Non passerà molto tempo prima che tu, Macy e Nicole passiate del tempo insieme" sottolineò.

"Lo so. Sono davvero emozionata. Ho sempre voluto andare in Inghilterra. Ci sono molte cose che voglio vedere a Londra."

"Dove pensi di soggiornare?" chiese in tono curioso.

"Con Nic e Damian nella sua villa high-tech" dissi scherzosamente. "La sua casa sembra straordinaria."

"Sono certo che lo sia" concordò. "Conosco i progetti della villa."

Inclinai la testa e lo studiai. "Hai detto che avevi un appartamento, meglio conosciuto come *condo* per gli americani. Quanto tempo è passato dall'ultima volta che sei stato lì?"

"L'ho venduto dopo essere tornato a imballare le cose di Charlotte da inviare ai suoi genitori."

"Quindi, sei un senzatetto?" presi in giro.

"Direi di no" rispose strascicato. "La Lancaster International possiede case in tutto il mondo."

"Ne sono certa. Ma nessuna casa personale?"

Mi rivolse un sorriso sexy. "Ne ho fatta costruire una nuova. Semplicemente non ci sono ancora stato. È stata completata appena due settimane fa. È stata progettata e costruita dallo stesso dream team che ha costruito la casa di Damian."

"Oh, Dio" gemetti. "Non un'altra casa che è una meraviglia tecnica e architettonica."

Ridacchiò. "Temo di sì. Non è una copia identica, ma ha la stessa premessa. Era geniale. Damian ed io abbiamo pianificato quelle case poco prima che Charlotte venisse uccisa. È lui che si è assicurato che anche la mia fosse costruita."

"Quindi, la vedrai per la prima volta quando tornerai a casa per il matrimonio?" chiesi eccitata.

"*Se* vado" corresse.

"Dylan, devi esserci" lo persuasi.

"Stai dicendo che ti mancherò se non vado?" mi chiese con quel tono sexy, del tipo *fottimi* con un accento britannico che mi faceva impazzire.

"È così" risposi onestamente. "Chi sarà lì a dirmi come devo comportarmi e cosa devo dire a tutti quegli ospiti dell'alta società? Sarà piuttosto intimidatorio, anche per una donna che fa pubbliche relazioni per vivere. Dio, dovrò chiamarti Lord Dylan in pubblico? Non voglio dire o fare nulla che possa mettere in imbarazzo Nic o Damian."

Alzò una mano per fermarmi. "Prima di tutto, è un matrimonio, non un'incoronazione reale. Si svolgerà a Hollingsworth House?"

"Sì. La tenuta di tua madre nel Surrey. Nic mi ha mandato delle foto. Sembra un castello."

"In realtà, è anche la nostra casa di infanzia" mi informò. "Sono sicuro che il matrimonio sarà molto elegante perché Nicole e mia madre probabilmente l'hanno pianificato insieme, e mamma è esperta nell'organizzare affari formali. Ma non c'è snobismo nella nostra famiglia, Kylie e Damian non si aspetterebbero mai che tu ti comporti come tale. Siamo cresciuti in un ambiente culturale misto. Nostra madre è spagnola e non è cresciuta benestante. Anche se ha cercato di trasformarsi in una duchessa perfetta in pubblico, mio padre si è rifiutato di farle perdere tutta la sua cultura solo perché aveva sposato un inglese. Sono sicuro che ci sarà una famiglia lì dal nostro lato materno, e Damian riceverà le sue tredici monete d'oro da regalare alla sua sposa, che è una tradizione spagnola. Damian non inviterebbe nessuno che non sia di suo gradimento a qualcosa di così importante per lui. Tutte le donne britanniche indosseranno i loro migliori fascinators e tutti si divertiranno un mondo."

"Fascinators?" chiesi. "Traduzione, per favore."

Era un termine che non avevo mai sentito.

"In poche parole, sono copricapo di tutti i colori e forme. E ti rendi conto che parliamo la stessa lingua, vero?" chiese con un sorrisetto.

Ignorai il suo commento astuto. "Quindi, i vostri matrimoni sono uguali ai nostri qui?"

"Per la maggior parte" disse, come se stesse pensando. "Sono sicuro che Nicole e Damian avranno un mix di tradizioni. Grazie a Dio, Damian detesta la torta alla frutta, quindi sarà estasiato se Nicole gli suggerirà qualcosa di diverso dalla tradizionale torta nuziale."

"In realtà, ci sarà una torta alla frutta perché a Nicole piace e voleva includere alcune tradizioni inglesi, ma la torta principale verrà preparata da una pasticcieria londinese. Penso che abbiano optato per una al cioccolato" dissi a Dylan con un sorriso. "Immagino che non ti interessi nemmeno della torta alla frutta?"

Scosse la testa. "No. Roba disgustosa."

Risi della sua espressione esagerata. "Okay, quindi non dovrò preoccuparmi dei reali a questo matrimonio."

"Non lo garantisco" rispose con cautela. "Non so quanto Damian stia estendendo la lista degli invitati. È anche possibile che il proprietario di questa casa sulla spiaggia, il Principe Ereditario Niklaos di Lania, sia lì se può. È cresciuto in Inghilterra e io e Damian siamo andati a scuola con lui. È un amico mio e di Damian da molto tempo. Ma è lontano dall'essere uno snob, e non dirmi che sei intimidita dai titoli o dalla ricchezza. Sei americana."

Emisi un respiro udibile. “Non sono tanto i soldi o i titoli. Immagino di non volermi sentire fuori posto al matrimonio della mia migliore amica, e non voglio dire o fare qualcosa che non sia appropriato. Sono la sua damigella d’onore.”

Forse non volevo ammetterlo, ma la lista degli invitati era scoraggiante per me, anche se ero americana.

“Di certo non ti sei mai preoccupata di dire quello che pensi con me” brontolò.

Riflettei prima di rispondere: “Se non ci fossimo incontrati nel modo in cui ci siamo incontrati, o se le circostanze fossero state diverse, dubito che sarei stata così a mio agio con te. Non so se avremmo avuto molto in comune. Forse a volte dimentico chi sei, ma sei figlio di un duca e uno degli uomini più ricchi del pianeta. Abbiamo vissuto vite molto diverse.”

“Credimi, splendida; ti avrei parlato, non importa quali fossero le circostanze. Se non sai cosa dire a un inglese al matrimonio, parla solo del tempo. Siamo ossessionati dall’argomento. Puoi lamentarti o specularci sopra. Una di queste cose è perfettamente normale, poiché il nostro clima è imprevedibile. È l’argomento di conversazione preferito per due persone che non sanno cos’altro dire. Ti ingrazierai qualsiasi vero inglese se parli solo di una possibile tempesta in arrivo” concluse con divertimento nel suo tono.

Provai a leggere la sua faccia. “Stai scherzando, vero?”

Scosse la testa con fermezza. “Assolutamente no. Aspetta e vedrai. Sento ancora l’istinto compulsivo di controllare il tempo come prima cosa ogni mattina, anche se qui è più o meno lo stesso ogni giorno in estate.”

Sbuffai. “Caldo e secco, davvero caldo e secco, o insopportabilmente caldo e secco.”

Di solito, ero molto più propensa a controllare ogni giorno il livello di pericolo di incendi rispetto alle previsioni effettive.

"Ma il tempo sarà buono per il matrimonio, vero?" chiesi nervosamente. "Si svolge all'aperto."

Ridacchiò. "Ora inizi a sembrare inglese. Non preoccuparti. Sono sicuro che mamma abbia un piano di riserva in caso di pioggia, ma di solito è abbastanza bello in questo periodo dell'anno. Giornate più lunghe, clima più caldo."

"Ho controllato le temperature medie lì" dissi. "Sarebbe terribilmente caldo per un matrimonio all'aperto qui, ma penso che le vostre temperature estive siano perfette."

"Lo adorerai" mi assicurò. "Hollingsworth è sempre stata magica in tarda primavera e in estate. Mamma ha un giardino all'inglese molto colorato e nella proprietà c'è un laghetto. È il luogo perfetto per un matrimonio."

La leggera nota malinconica nella sua voce mi fece male al cuore.

"Allora, sarà una buona cosa averti lì per mostrarmi Hollingsworth" dissi con fermezza.

Dylan poteva agire con la disinvoltura che voleva in un matrimonio.

Lo conoscevo.

Era un uomo a cui mancava la sua famiglia ed era scoraggiato dal fatto che forse non avrebbe partecipato a uno degli eventi più importanti nella vita di suo fratello gemello.

Ci volle tutto quello che avevo per non allungare la mano, avvolgere le mie braccia intorno a lui e condividere il suo spazio.

Non farlo. Sei stata tu quella che si è tirata indietro dal diventare troppo fisica con Dylan.

Se mi fossi avvicinata troppo, sapevo che non sarei stata in grado di smettere di toccarlo.

Desideravo il suo tocco, la sensazione del suo corpo e l'evidente affetto che aveva per me.

Sapevo che questa non era una relazione che sarebbe mai potuta andare da qualche parte. Per quanto ci fossimo avvicinati, lui era ancora Lord Dylan Lancaster, miliardario britannico, e io ero ancora Kylie Hart, un'americana che non sapeva nulla del tipo di vita che conduceva.

C'eravamo uniti condividendo esperienze simili, ma le nostre vite non erano affatto simili.

Quando gli avevo detto che non volevo che nessuno di noi due si facesse male, non stavo parlando di *lui.*

Mi riferivo a me stessa.

Dylan non era il tipo di avventura che sarei stata in grado di superare facilmente o da cui me ne sarei andata senza una sorta di crepacuore.

Non c'eravamo mai incontrati e innamorati perdutamente come Damian e Nic.

Avevamo legato attraverso la tragedia ed eravamo diventati due amici che per caso condividevano anche un'attrazione fisica.

Forse Dylan sentiva di aver bisogno di me in questo momento perché ero stata lì per ascoltare e capire cosa stava passando.

Non ero così ingenua da credere che sarebbe stato attratto da me per sempre.

Nessun ragazzo l'aveva mai fatto.

Ero riuscita a superare il calo dell'interesse di Kevin; dopodiché, in genere, abbandonavo qualsiasi relazione non appena vedevo arrivare il disinteresse.

Okay, Dylan non stava mostrando alcun tipo di indifferenza... ancora, ma sarei stata pronta, quando fosse successo, e avrei protetto il mio cuore il più possibile.

Era molto più sicuro così.

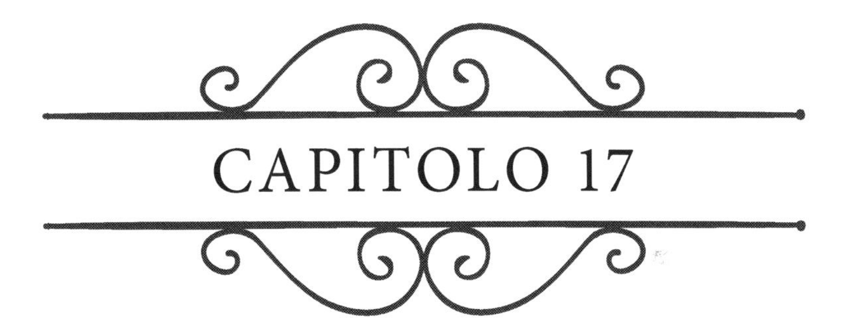

CAPITOLO 17

Dylan

"PERCHÉ NON MI hai raccontato tutta la storia di quello che è successo con Charlotte, Dylan?" chiese Damian burbero nel momento in cui risposi alla sua chiamata.

Evidentemente, mamma non aveva fatto trascorrere molto tempo per riferire ai miei fratelli quello che le avevo detto il giorno prima.

Era ancora presto, e avevo già sentito Leo. La nostra chiamata era stata relativamente breve dato che era già informato, ma eravamo riusciti a tornare in buoni rapporti durante la nostra telefonata.

Avevo appena avuto il tempo di rimettere il cellulare sul bancone della cucina prima che il numero di Damian fosse apparso sullo schermo.

"Buongiorno anche a te" dissi, cercando di sdrammatizzare il suo saluto e la sua domanda un po' brusca.

Damian non si era nemmeno preso la briga di dire *ciao*, il che non era davvero insolito. Mio fratello era un tipo di persona dritta al punto.

"Qui è pomeriggio" mi ricordò con tono irritato. "E non provare nemmeno a ignorare quello che ti ho appena chiesto."

Feci un respiro profondo, cercando la tazza di caffè che avevo preparato mentre stavo parlando con Leo.

Non era che non avessi comunque programmato di chiamare Damian più tardi oggi, ma *se* l'avessi chiamato *io*, avrei avuto un po' più di tempo per prepararmi a questo confronto.

"Ovviamente hai parlato con mamma" dissi. "Quindi, sai cos'è successo.»

"L'ho fatto" replicò bruscamente. "Quello che non capisco davvero è perché non me l'hai spiegato prima. Accidenti, Dylan. Pensavi davvero che non avrei simpatizzato? Sapevo solo che qualcuno con cui uscivi da poco tempo era morto tragicamente. Non hai condiviso nient'altro. Non mi hai detto che pensavi di aver perso un figlio o che eri lì quando è successo. O che ti sei incolpato di tutto."

Cercai di ignorare la sensazione nel mio intestino, perché Damian sembrava ferito per il fatto di non essermi confidato, ma non potevo semplicemente far finta di niente.

Eravamo sempre stati legati.

E avrei dovuto dirgli la verità.

"Mi dispiace" dissi in una rauca scusa che era attesa da tempo. "Non riuscivo a parlarne, Damian, nemmeno con te. Forse avere qualcuno con cui parlare dopo aver scoperto che il bambino non era mio avrebbe mitigato un po' della mia rabbia e confusione, ma non ero nemmeno lucido dopo che è successo. Sono stato un completo idiota, ma non credo che avrei potuto cambiare il modo in cui ho reagito in quel momento."

"Non eri e non sarai mai un idiota, Dylan" ribatté con un tono più mite. "Non è che non capisca perché hai reagito in quel modo o che le tue risposte in seguito fossero dovute a un disturbo che non potevi controllare. La morte di Charlotte ha sconvolto la tua vita e rispetto il fatto che tu abbia fatto tutto il possibile per preservare la memoria della ragazza per la sua famiglia. Non sono sicuro che avrei potuto fare la stessa cosa. Sicuramente mi avrebbe fottuto la testa."

"Lo ha fatto" confessai. "Ma cos'altro avrei potuto fare, davvero? Ad essere sincero, *c'era* una parte di me che soffriva, anche dopo aver saputo di tutte le bugie. Forse stavo piangendo quello che avrebbe potuto essere, o la donna che pensavo fosse, ma è stato... doloroso."

"Era completamente contorto" tuonò Damian. "Avevi già basato tutto il tuo mondo sulla tua futura moglie e su quel bambino, il che non mi sorprende. Tutto quello che volevi era fare la cosa giusta. Nessuno dovrebbe essere punito per questo come te."

Riflettei un attimo prima di rispondere. "Forse avrei dovuto insistere sulla prova come ha fatto il vero padre di quel bambino. Per qualche ragione, non mi è mai venuto in mente che non stesse dicendo la verità. La Charlotte che ricordavo era una bambina dolce."

"Charlotte era un'amica di famiglia" osservò. "Forse non sono ricchi come noi, ma sapevi che non cercava i tuoi soldi. Anche lei aveva già un cognome molto rispettato. Quindi, perché avresti anche solo potuto sospettare che non ti stesse dicendo la verità? Non le è stata diagnosticata la sua malattia mentale quando l'abbiamo conosciuta anni fa. Onestamente, avrei reagito allo stesso modo."

"Ne dubito" dissi ironicamente. "Sei sempre stato più attento e razionale di me."

"E tu sei sempre stato più fiducioso e disposto a trovare il meglio nelle persone e nelle situazioni di quanto io abbia mai fatto. È sempre stata una delle tue migliori risorse, Dylan, e qualcosa che avrei voluto sviluppare anch'io invece di essere sempre un cinico bastardo. Non incolpare te stesso per questo."

"Non sono più esattamente uno che si fida" lo informai. "Tutto quello che è successo... mi ha cambiato, Damian. Non sono l'uomo che ero prima. Non posso cancellare le cose che ho fatto o quello che ti ho fatto passare. Essere dispiaciuto non lo farà andare via, e non cambierà il fatto che ho ferito la donna che ami. Non posso nemmeno usare la scusa che ero ubriaco per la maggior parte del tempo. Alla fine, ero responsabile in primo luogo. L'unica cosa che posso fare è andare avanti e sperare che un giorno mi perdonerai per tutto quello che ho fatto negli ultimi due anni."

Ci furono alcuni secondi di silenzio prima che Damian rispondesse. "Non proverò nemmeno a fingere che non fossi abbastanza arrabbiato da farti del male dopo quello che è successo con Nicole, ma non avevo idea di cosa ti stesse succedendo. Non sono più arrabbiato, e Nicole ti ha perdonato subito dopo che è successo. Ha detto che non hai mai provato a toccarla e che erano solo poche parole stupide."

"Non l'ho mai toccata" confermai. "Non sono riuscito proprio a tenere la bocca chiusa quando è entrata in quella camera da letto. Non avevo idea che fosse tua, Damian, o che tu la conoscessi. Di certo non sapevo che fosse innamorata di te e che non aveva idea che avessi un gemello identico. Se avessi saputo quelle cose, anche se ero completamente ubriaco, non avrei mai oltrepassato quella linea. Nessuno di noi l'ha mai fatto."

C'era sempre stata la regola non detta che se uno di noi avesse espresso interesse per una donna, l'altro si sarebbe tirato indietro immediatamente.

Avevo sempre rispettato qualsiasi donna con cui i miei fratelli uscissero, e viceversa.

"In gran parte è stata colpa mia perché non sono stato sincero con Nicole" ammise. "Forse non volevo ammetterlo all'inizio perché ero frenetico di riaverla ed era più facile incolpare te."

Continuò a spiegare cos'era successo tra lui e Nicole dal suo punto di vista, e rimasi un po' sorpreso da quanto fosse franco riguardo alle sue insicurezze e paure.

Ovviamente era stato quasi fuori di testa al pensiero di perderla, anche prima della mia stupida mossa.

Onestamente, non avevo mai visto mio fratello gemello preoccuparsi per qualcosa. Era quello che aveva sempre tutto sotto controllo.

In effetti, era sempre stato meticoloso nel seguire un programma prestabilito e non si era mai discostato dalle sue normali abitudini.

"Ti sei messo all'angolo" dissi, stupito.

"Non ne hai idea" rispose in tono autoironico. "Nicole è l'unica donna che sia mai stata capace di farmi buttare il regolamento dalla finestra. Grazie al cielo è innamorata di me, altrimenti sarei triste in questo momento."

"Sono contento che ti renda felice, Damian" gli dissi seriamente. "Penso che tu avessi davvero bisogno di una donna come lei. Deve essere speciale se ha distolto la tua attenzione dalla Lancaster International abbastanza a lungo da notarla."

Ridacchiò. "L'ho più che solo notata, ed è più che speciale. Non vedo l'ora che vi incontriate in circostanze diverse." In un tono più serio, aggiunse: "Ti voglio al matrimonio, Dylan. Sei mio fratello, e sarà l'evento più imponente della mia vita. Apprezzerei anche se mi facessi da testimone insieme a Leo poiché la mia fidanzata ha deciso che aveva bisogno di due damigelle d'onore. È legata sia a Kylie che a Macy, quindi non poteva decidere tra loro. Sarebbe l'ideale se potessi avere un secondo testimone."

Ingoiai il grosso nodo in gola. Questo era molto più di quanto mi aspettassi e probabilmente qualcosa che non meritavo. "Sai che lo farò, ma il giorno del matrimonio si sta avvicinando. Non ne avevi già scelto un secondo?"

"Ci ho pensato" rispose con voce rauca. "Non potevo farlo sapendo che l'altro ragazzo che doveva farmi da testimone dovevi essere tu. Potresti esserti comportato come un idiota, ma sei ancora il mio gemello. Siamo migliori amici da quando siamo nati."

Deglutii di nuovo. Per qualche ragione, quel dannato groppo in gola non era del tutto scomparso. "Ci sarò, Damian, e ti garantisco che mi comporterò al meglio. I miei giorni di fuga dai problemi sono finiti."

"Fanculo! Stai davvero bene, Dylan?" chiese. "Hai smesso di incolparti per quello che è successo quando non dovresti? Il ricordo di quel giorno è sbiadito e ha davvero smesso di risuonare ancora e ancora nella tua mente? Non è che non capisca perché ti abbia fatto impazzire. Se fossi stato messo nella tua posizione, non so come l'avrei gestita."

"Ho affrontato la cosa nell'unico modo in cui potevo, Damian, ma ho smesso di scappare dai miei problemi. Sto meglio. Lo giuro. Alcuni dei trattamenti che sto ricevendo sono più veloci di altri. So bene che non tutto andrà via dall'oggi al domani, ma per la maggior parte mi sento bene. Di tanto in tanto ho un flashback o un incubo, ma spero che anche quelli scompaiano nel tempo."

Damian rilasciò quello che sembrava un sospiro di sollievo. "A proposito di non scappare, sembra che tu abbia rilevato una notevole quantità di lavoro dall'ufficio di Los Angeles. Non ero sicuro che saremmo mai riusciti a far decollare alcuni di quei progetti perché i negoziati sarebbero stati complessi, ma in realtà sei riuscito a finalizzarne alcuni. Come hai fatto?"

Parlammo di alcuni dei lavori che avevo svolto a Los Angeles, e gli spiegai a che punto ero con ogni acquisizione e fusione prima di dirgli finalmente: "Penso di aver bisogno della sfida. Avevo smesso di bere fino a diventare insensibile, e avevo iniziato a parlare dei miei sentimenti con uno psicologo fino a farmi venire la nausea, ma la mia mente era ancora troppo pigra. Ha aiutato avere problemi complicati da risolvere. So di aver detto che non mi importava della Lancaster International, ma era una stronzata. Ho solo temporaneamente odiato tutto ciò che mi rendeva Dylan Lancaster. Il mio cognome e il mio status sono stati l'unico motivo per cui Charlotte mi ha preso di mira in primo luogo. Se non fossi stato Lord Dylan Lancaster, sarebbe andata avanti e avrebbe trovato qualcun altro con un cognome prestigioso che avrebbe impressionato la sua famiglia. Forse non ha senso—"

"Ha perfettamente senso" interruppe. "Siamo incredibilmente privilegiati e penso che sappiamo quanto siamo fortunati, ma ci sono alcuni aspetti negativi nell'essere un Lancaster. Ci facciamo nemici e ci sono pochissime persone che non vedono i nostri soldi, titolo o cognome prima di riconoscere qualsiasi altra cosa di noi."

"Esatto" convenni. "Ma sono orgoglioso di chi siamo, della nostra storia familiare e di ciò che nostro padre ha realizzato. La Lancaster International è la nostra eredità, Damian, e odio il fatto di aver scaricato tutte le responsabilità su di te per un po'. Sto facendo quello che posso per rimediare a questo adesso."

"Stai facendo un ottimo lavoro, Dylan" rispose. "Apprezzo di riavere il mio socio, ma penso di essere ancora più grato di riavere mio fratello gemello. So che pensi che quello che è successo ti abbia cambiato, e forse lo ha fatto, in una certa misura. Ma sei sopravvissuto, e non credo che le cose importanti cambieranno. A proposito, ti mando i documenti da firmare per annullare la procura che mi hai dato. Anche se penso che entrambi sappiamo che la mia minaccia di utilizzarla era un bluff."

Aprii la bocca per ringraziarlo, ma la mia espressione di gratitudine fu interrotta quando urtai una delle scodelle di metallo che avevo tirato fuori, e colpì il pavimento con uno schianto molto forte!

"Cosa diavolo è stato?" chiese. "Dylan, stai bene? Che diavolo stai facendo?"

Rimisi la scodella sul bancone mentre rispondevo: "Sto cercando di preparare i pancake per Kylie. Finisce sempre per cucinare. Ho pensato di provare qualcosa che potesse essere commestibile... per una volta."

"Mamma mi ha raccontato tutto della situazione con Kylie, e poi mia moglie ha ammesso che sapeva già che tu e Kylie stavate insieme. Perché sono stato l'ultimo a saperlo?" brontolò. "Ti rendi conto che mamma sta già sperando che ti innamori perdutamente di lei" avvertì Damian. "Ora mi chiedo cosa provi per lei, se sei in cucina a cercare di cucinare. Devo ammettere che ogni tanto preparo i pancake per Nicole. Di solito come scusa nelle rare occasioni in cui litighiamo. In genere, farlo mi tira fuori dai guai."

"Kylie non è arrabbiata con me" lo informai. "Voglio solo fare qualcosa di carino per lei dato che cucina sempre. Forse avrei dovuto semplicemente ordinare."

"Assolutamente no" consigliò. "Le donne trovano incredibilmente premuroso se fai qualcosa tu. Aggiungi abbondante sciroppo d'acero. È americana, e gli americani adorano il loro sciroppo sui pancake, anche se non ho idea del perché."

"Ne prendo nota" dissi. "E mamma dovrà solo continuare a sperare. Kylie non è interessata a nulla di serio" confidai. "Fanculo! Non avevo intenzione di farlo, ma sono già ossessionato dal renderla felice per qualche dannata ragione che non capisco. Non ho idea di cosa mi sia preso, Damian, ma eccomi qui, la mattina a fare i pancake solo perché credevo che potesse pensare che fosse romantico... o qualcosa del genere. Quando mai sono stato un uomo a cui importava se qualcosa fosse romantico o meno? Sarebbe stato più facile fare una telefonata e farsi consegnare qualcosa. È come se improvvisamente avessi perso tutto il mio buon senso, e fosse stato sostituito dal... sentimentalismo."

"Penso che tu sia probabilmente fottuto" replicò con calma. "Se inizi a diventare dipendente dal fare cose che la fanno sorridere, allora sappi che è tutto finito."

Dannazione! Non avevo ancora intenzione di ammetterlo del tutto, ma ero sulla buona strada per quella fissazione.

“È la donna più incredibile che abbia mai incontrato, Damian” dissi.

“Non sembri molto contento di questo” osservò. “E solo perché tu lo sappia, Kylie è come una sorella per Nicole, e anche io le sono estremamente affezionato. Se le fai del male, fratello gemello o no, ti ucciderò. Se non sei serio, non farti coinvolgere da lei, Dylan. Dopo quello che ha passato, si merita un uomo che tenga davvero a lei.”

Ovviamente, Nicole aveva già raccontato a Damian la storia di Kylie. “Sono pazzo di lei” dissi solennemente. “Ma parla di noi come se fossimo solo un accordo a tempo limitato.”

“Dato che ha visto la tua foto dell’orgia, puoi davvero biasimarla?” chiese.

“Suppongo di no” convenni con riluttanza. “Se fossi in lei, probabilmente metterei un limite anche a quanto volessi essere coinvolta con me. Ai suoi occhi, dubito di essere un ottimo candidato per qualsiasi cosa a lungo termine. Dato il mio comportamento passato, immagino che prenderò tutto ciò che posso ottenere.”

“Forse dovresti semplicemente prendere le cose con calma ed essere coerente in modo che abbia il tempo di rendersi conto che può fidarsi di te. Non sei nemmeno pronto a impegnarti.”

“Sto facendo i pancake qui, ricordi?” brontolai. “Anche se ho un’oscena quantità di denaro e avrei potuto facilmente ordinare un pasto spettacolare per lei.”

“Devo ammettere che è sicuramente un segnale di avvertimento” mi disse, la sua voce piena di divertimento.

“Perché mi sembra che ti stia godendo il fatto che sto soffrendo?” chiesi.

“Non è così» rispose. “Sono solo felice di non essere nella tua situazione. Non è che non simpatizzi.”

Non ero completamente sicuro che fosse vero. Sembrava troppo dannatamente felice per essere capace di empatizzare, ma non c’era nessuno più di Damian che meritasse una donna fantastica che lo adorasse.

"Non preoccuparti" ribattei. "Come hai detto, non sono ansioso quanto te di prendere qualsiasi tipo di impegno. Forse è meglio se io e lei restiamo... amici."

Non ero sicuro se quelle parole avessero lo scopo di convincere mio fratello o se stessi cercando di rassicurarmi che potevo attenermi alle condizioni di Kylie senza volere di più.

Onestamente, avevo la sensazione che l'unico motivo per cui l'avrei lasciata andare sarebbe stato il fatto che Kylie Hart meritava un uomo senza una storia da totale idiota.

E quel ragazzo sicuramente non ero *io.*

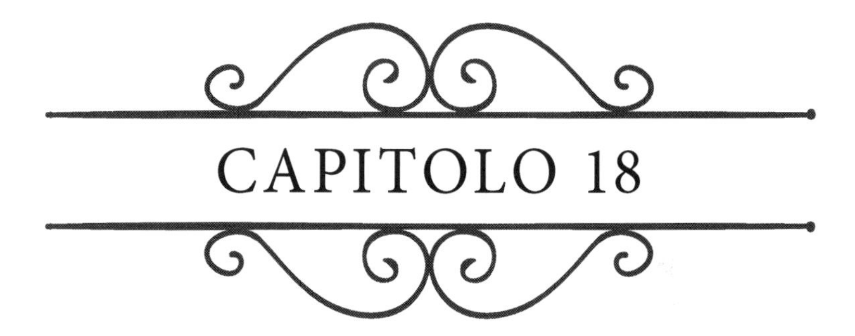

CAPITOLO 18

Kylie

NON APPENA LESSI il lungo messaggio di Macy, uscii dalla camera da letto per cercare Dylan.

Sorprendentemente, lo trovai in cucina, il mio beagle in miniatura che lo osservava attentamente dal pavimento nella speranza che potesse ottenere un dolcetto inaspettato.

Dylan alzò lo sguardo da qualunque cosa stesse facendo e mi lanciò un sorriso che mi fece sciogliere immediatamente le mutandine.

Ero rotolata giù dal letto ed ero andata alla sua ricerca senza preoccuparmi di vestirmi come facevo di solito prima di cercarlo.

Non che il mio abbigliamento da notte fosse esattamente sexy, ma era estate, quindi indossavo un paio di pantaloncini da notte succinti e una canotta abbinata che mi esponeva l'ombelico.

"Bel pigiama" disse con voce roca, mentre i suoi occhi mi scrutavano.

Inorridii un po', quando arrossii come un'adolescente.

Cavolo, nessun ragazzo aveva mai detto qualcosa che mi facesse arrossire le guance, neanche quando ero un'adolescente.

"Scusa. Volevo parlarti" dissi dolcemente.

"Per favore, non scusarti" rispose. "Sentiti libera di indossare il poco che vuoi."

Tossii a disagio, avendo già notato che era a torso nudo e indossava solo un paio di pantaloni del pigiama neri.

Una volta che smisi di sbavare, mi ricordai esattamente perché lo stavo cercando in primo luogo.

"Dylan?" iniziai. "Hai davvero inviato centinaia di comode coperte fatte a mano al rifugio per animali di Macy? Ha detto che hai anche fatto una donazione in denaro incredibilmente grande."

Scrollò le spalle. "Non le ho fatte io. Il lavoro è stato affidato ad alcune famiglie entusiaste di guadagnare qualche soldo in più. E faccio sempre donazioni per buone cause. Non era qualcosa che non faccio abitualmente."

Alzai gli occhi al cielo. Dylan non aveva solo fatto una piccola donazione. Quello che aveva donato avrebbe sostenuto il rifugio per un bel po' di tempo. Grazie alla generosità di Damian, e ora a quella di Dylan, l'organizzazione benefica per gli animali sarebbe stata in grado di accogliere molti più cani e gatti abbandonati di quanto non avesse mai fatto prima.

"Non comportarti come se quello che hai fatto fosse niente" dissi mentre mi avvicinavo all'isola della cucina. "È stato importante per quegli animali e per Macy. Non so come ringraziarti, ma significa molto per Macy e per me."

Non ero esattamente sicura di come avesse saputo quale fosse il nome del rifugio per animali, quindi gli ci erano voluti del tempo e degli sforzi per trovarlo e organizzare che qualcuno facesse un carico di quelle comode coperte.

Mi faceva male il cuore che non sembrasse aspettarsi alcun riconoscimento per aver fatto qualcosa di così premuroso.

"Se proprio devi ringraziarmi, posso pensare a diversi modi che sarebbero più che accettabili" disse con voce roca.

Lo sguardo malizioso nei suoi occhi mi disse esattamente cosa stava pensando, e *tutte* quelle possibilità probabilmente includevano noi due che ci spogliavamo.

"Sei così contorto" lo accusai.

Sapevo che le sue allusioni sessuali erano il suo modo per ignorare ciò che aveva fatto perché non sembrava a suo agio con una normale espressione di gratitudine.

Ero certa che la Lancaster International, e gli stessi fratelli Lancaster, facessero generosamente beneficenza. I destinatari di quelle donazioni si erano così abituati a ricevere quei fondi da non ringraziarli personalmente?

Molto probabilmente, inviavano assegni, e non c'era interazione personale nell'intero processo.

Camminai per l'isola, scavalcando il mio cane speranzoso, mentre mi avvicinavo a Dylan e gli baciavo la guancia.

Mi strinse un braccio potente intorno alla vita. "Dubito che ci sia un uomo che ti lascerebbe andare solo con un bacio innocente come quello, stupenda" disse in un basso tono baritonale proprio prima di abbassare la bocca sulla mia.

Chiusi gli occhi e assaporai l'intimo abbraccio.

Fu un bacio lento e frizzante che sentii dalla mia bocca fino alle dita dei piedi, e ogni luogo intimo nel mezzo.

Quando finalmente sollevò la testa, disse: "Ora questo ha illuminato la mia fottuta giornata, tesoro, quindi non dirmi che è meglio se tengo le distanze."

Dannazione! Non potevo dirglielo, anche se sapevo che avrei dovuto.

Il mio cuore fece una capriola alla sincerità nei suoi occhi sexy. "Anche la mia" mormorai, mentre mi avvicinavo alla caffettiera per prepararmi una tazza di caffè. "Cosa stai facendo a quel fornello?"

"Ti sto preparando da mangiare" rispose mentre sollevava la padella e faceva scivolare qualcosa su un piatto.

Mi voltai mentre aspettavo che la mia tazza si riempisse e alzai un sopracciglio. "Stai... cucinando? Pensavo che non fosse nel tuo bagaglio di competenze."

"Non eccitarti troppo" disse, sollevando una bottiglia di sciroppo. "I pancake sono l'unica cosa commestibile che possa fare. I pancake domenicali erano una tradizione nella nostra famiglia quando ero piccolo. I miei genitori, Damian, Leo, e io li preparavamo ogni domenica mattina. Di tanto in tanto, se siamo presenti tutti e tre contemporaneamente, lo facciamo ancora con mamma. Purtroppo, è qualcosa che non accade da molto tempo. Siediti" ordinò, indicando le sedie attorno all'isola.

Aggiunsi la panna e lo zucchero al mio caffè, sentendomi ancora stordita.

Mi voltai e sbattei le palpebre, mentre metteva il piatto davanti a uno dei posti.

Dylan Lancaster, miliardario e co-CEO di una delle multinazionali più potenti del mondo, passava il suo tempo a preparare pancake... per me.

Dio, nessun ragazzo nel mio passato mi aveva mai preparato qualcosa, quindi mi toccava fino alle lacrime che un uomo come Dylan avesse provato a cucinare per me invece di ordinare da fuori.

Mi spostai sulla sedia e misi il caffè accanto al piatto. "Questa è la cosa più dolce che qualcuno abbia mai fatto per me" dissi, il cuore che mi si stringeva nel petto. "Grazie."

"Faresti meglio a *provarli* prima di ringraziarmi" disse seccamente. "Potrebbero non essere commestibili."

Non me ne fregava niente se sapevano di segatura. Non cambiava la premura del gesto.

Sorrisi, quando capii quanto sciroppo aveva aggiunto ai pancake britannici, che a me sembravano più crêpe che pancake.

Dovevano sembrare tali?

Ne presi un pezzo e lo assaporai, mentre masticavo e poi ingerivo. "Sono fantastici" gli dissi sinceramente. "Anche meglio dei nostri tipici pancake americani."

Anche con un litro di sciroppo, i bordi erano ancora un po' croccanti e non mollicci.

Vidi Dylan che aggiungeva succo di limone e zucchero ai suoi e li piegava.

"Questo è tutto?" chiesi, mentre si sedeva accanto a me. "Niente sciroppo sul tuo?"

"Mai" rispose categoricamente. "Noi britannici usiamo una varietà di condimenti, ma raramente inzuppiamo i nostri pancake nello sciroppo. È una tradizione americana che proprio non capisco."

Sorrisi, mentre continuavo a infilarmi in bocca i pancake.

Quando finalmente mi presi una pausa e mi allungai per prendere il mio caffè, lo informai: "Non riesco a immaginare i pancake per la colazione senza sciroppo, e c'è qualcosa che non va con tutto quel limone che hai messo lì."

Sorrise, riempì la forchetta e me la porse. "Non criticare senza averlo provato."

Diedi un'occhiata dubbiosa alla posata, ma aprii la bocca e lasciai che mi mettesse la forchetta tra le labbra.

Masticai lentamente e poi deglutii, scuotendo contemporaneamente la testa. "No" decisi. "Non è *immangiabile*, ma manca qualcosa. Lo zucchero va bene, ma il limone non fa per me. Mi limiterò allo sciroppo. Vuoi provare il mio?"

"Passo" rispose frettolosamente. "Credo di essere un po' tradizionalista quando si tratta di pancake britannici. Ho provato la versione americana. Sono estremamente... mollicci. Se avessi voluto uno sticky toffee pudding, l'avrei ordinato."

Risi. "Che cos'è?»

"Non l'hai mai assaggiato?" chiese, suonando inorridito. "Chi non ha mai provato lo sticky toffee pudding?"

"Amo il cibo e non l'ho mai provato" dissi. "Immagino che anche altri americani non l'abbiano mai fatto."

"Quando arriveremo in Inghilterra ti troverò alcuni dei migliori che tu possa mai provare. È un dolce fatto con un pan di spagna molto umido, datteri e una salsa molto dolce. Di solito lo copriamo con gelato alla vaniglia o crema pasticcera" spiegò. "Assolutamente degno di uno dei tuoi orgasmi alimentari."

"Ci vedremo in Inghilterra?" chiesi esitante.

Si accigliò. "Credo di non avertelo ancora detto. Ho già parlato con Damian e Leo. Non solo ci andrò, ma sarò anche il testimone di Damian. Io e te possiamo andare insieme con il mio jet."

Ero così felice che dovetti fare uno sforzo enorme per non stringere il pugno.

Questo è quello che avrei voluto così tanto per Dylan e per la sua famiglia.

Sospirai. "Sono così felice che stiate comunicando di nuovo. Ma ho già un biglietto aereo, Dylan. Macy partirà un po' più tardi di me, quindi le ho detto di accettare l'offerta di Damian del suo jet. Io sono quella che voleva andare prima, quindi ho appena comprato un biglietto."

"Allora, annullalo e fattelo rimborsare" replicò.

"Non sono sicura di poterlo cancellare così tardi" risposi. "Ma posso ancora venire con te, se vuoi."

"Con chi avresti volato?" chiese.

"Transatlantic Airlines. Chi altro? Hanno le migliori tariffe per il Regno Unito."

Sorrise, mentre metteva il suo piatto vuoto sopra il mio. "È piuttosto utile che io sia il proprietario della compagnia aerea, quindi un rimborso sul biglietto non sarà un problema."

Gli sorrisi di rimando. “Credo di essere estremamente fortunata a conoscere un uomo così potente.”

Conoscendo Dylan nel modo in cui lo conoscevo io, a volte era difficile ricordare che tutto ciò che doveva fare era inviare un’e-mail di una riga, e la gigantesca compagnia aerea si sarebbe buttata a capofitto per fare quello che lui voleva.

“Vorrei solo che desiderassi conoscermi molto più... intimamente” disse in tono scontento. “Che ne diresti di restare qui ancora qualche giorno? Potresti mostrarmi un po’ Newport Beach.”

Rimasi in silenzio per un momento, non sapendo cosa dire, prima di rispondere finalmente: “Mi piacerebbe” ammisi sinceramente. “Ma nessuno di noi ha un ufficio qui.”

“Penso che ce la caveremo per qualche giorno” disse. “Dubito che l’ACM o la Lancaster International andranno a rotoli se ci facciamo vivi via e-mail per i prossimi due giorni.”

Mi masticai il labbro inferiore.

Aveva ragione, ma questo significava anche che avremmo trascorso altri due giorni costantemente in compagnia l’uno dell’altra, il che probabilmente era pericoloso.

D’altra parte, quando diavolo avrei mai avuto la possibilità di passare due giorni ininterrotti con un tipo come Dylan Lancaster? In una casa sulla spiaggia come questa?

Lanciando la cautela al vento, chiesi: “Cosa vorresti fare prima?”

Mi strinse le braccia intorno alla vita e mi sollevò in grembo. “Non hai idea della moltitudine di cose che sono capace di fare, donna” mi informò con quel fottuto baritono con un accento britannico che mi sciolse le mutandine.

Lo guardai, e il mio cuore saltò un battito, quando vidi lo sguardo acceso nei suoi occhi.

“In questo momento, penso che farei meglio a vestirmi prima di decidere di esplorare una di quelle cose che penso tu sia probabilmente *molto* bravo a fare” dissi senza fiato.

"Fanculo!" imprecò. "Spero che la tua mente stia pensando eroticamente quanto la mia, ed è la mia capacità farti venire finché non implori pietà."

"Ho pensato esattamente la stessa cosa dal momento in cui ti ho visto qui in cucina. Non c'è niente di più eccitante di un ragazzo a torso nudo con un corpo fantastico che mi prepara la colazione."

"Quindi, stai dicendo che avresti la stessa reazione a qualsiasi uomo senza maglietta che stia cercando di prepararti da mangiare?" domandò.

Il mio cuore iniziò a battere forte, quando vidi la sua espressione delusa.

Quello che pensavo fosse uno scherzo era in realtà una domanda seria.

Gesù! Come poteva un tipo come Dylan Lancaster avere delle *insicurezze*?

E perché, nel momento in cui avevo visto una di quelle incertezze, sentii il bisogno di assicurarmi che non ne avesse mai più una?

Forse perché me le aveva fatte vedere in primo luogo?

"Niente affatto, bellissimo" lo rassicurai. "Sembra che io preferisca uomini britannici sexy, brillanti, che mandano coperte comode ai rifugi per animali, preparano pancake inglesi e mi fanno sentire una dea sessuale."

Sembrava sollevato, mentre diceva: "Grazie al cielo, stupenda, perché odierei davvero diventare un coglione geloso."

Sospirai mentre mi infilava le mani nei capelli e mi abbassava la testa per baciarmi. Anche se sapevo che stava scherzando, il mio cuore sussultò solo pensando a uno scenario in cui Dylan non avrebbe mai voluto vedermi con nessun altro.

Era una fantasia pericolosa, quindi riportai la mia mente al mondo reale, determinata a godermi ogni singolo secondo in cui era temporaneamente tutto mio.

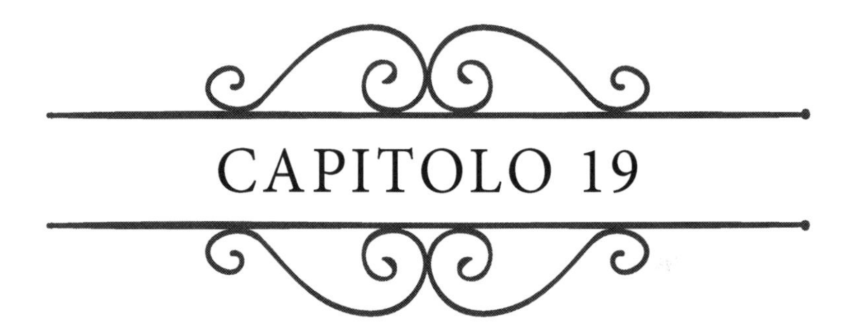

CAPITOLO 19

Kylie

"MEGLIO TARDI CHE mai, giusto?" chiesi a Dylan la sera seguente, mentre lo guardavo provare il suo tè nero.

L'avevo portato a fare un giro nell'area di Newport Beach negli ultimi due giorni.

Il giorno prima avevamo preso il traghetto per Balboa Island e avevamo passeggiato come turisti. Avevo fatto conoscere a Dylan le banane congelate ricoperte di cioccolato e la gioia di guardare i pellicani come barboni pigri per un'ora o due dopo che avevamo finito di vedere l'isola.

Oggi gli avevo fatto fare un giro in auto, mostrandogli alcuni dei miei posti preferiti prima di visitare la riserva naturale per una breve escursione con Jake.

Questa sera avevamo visitato un bar che aveva un tè che Dylan approvava e avevamo preso i nostri drink per portarli nel posto dove di solito Nic, Macy e io trascorrevamo i venerdì sera insieme.

Avevo disteso giù alcuni teli da mare e c'eravamo buttati lì sopra per goderci i drink.

"È buono» disse dopo aver deglutito. "Penso di aver dimenticato quanto mi sia mancata una tazza di tè davvero buona."

Bevvi un sorso del mio latte e gli sorrisi. "So che abbiamo il posto perfetto sulla spiaggia a casa, ma adoro anche questo luogo. Penso che Nic, Macy e io abbiamo raccontato tutti i nostri segreti attuali e abbiamo eliminato tutti i nostri problemi proprio qui nell'ultimo anno. Veniamo sempre di notte perché non è così affollato."

C'erano altre persone in giro visto che era estate, ma la maggior parte di loro erano coppie che cercavano di trovare un posto privato perché si stava avvicinando il tramonto.

"Spero che siamo venuti qui in modo che tu possa rivelarmi tutti i tuoi segreti" disse Dylan speranzoso.

Sbuffai, mentre lo guardavo seduto di fronte a me. "Penso che ormai li conosca praticamente tutti. Sei ancora più un mistero tu per me di quanto lo sia io per te. Hai visto dove vivo, come vivo, e ho riversato la mia anima sul mio passato."

"Non tutto" protestò. "Dimmi perché non c'è un uomo che ti ha già rapita, viziata fino al midollo e si è assicurato che tu non fossi disponibile per stare con un uomo come me."

Il mio respiro si fermò, quando vidi lo sguardo serio nei suoi splendidi occhi verdi. "Forse quel ragazzo non esiste. Quello che è così interessato da viziarmi e volere il mio tempo libero."

Scosse la testa. "Non sei credibile, stupenda. Sei bella, di successo, intelligente e qualsiasi uomo sarebbe pazzo a non voler monopolizzare tutto il tuo tempo. Riprova."

Emisi un respiro esasperato. "Dico sul serio" dissi, decidendo di essere sincera con lui. Se non altro *eravamo* amici. "Non ho mai trovato un ragazzo decente che fosse così preso da me. Sono una calamita per gli idioti. Mio marito ha iniziato ad allontanarsi non molto tempo dopo che ci siamo sposati, e nemmeno i pochi fidanzati che ho avuto sono stati in grado di tenersi il cazzo nei pantaloni. Si sono annoiati molto velocemente. Non frequento i club e lavoro molto. Se ho tempo libero, mi piace trascorrerlo con il mio cane da qualche parte all'aperto. Sono perfettamente felice di passare una serata al cinema o di andare a teatro, musei o gallerie d'arte. Di solito sono più felice di leggere un libro che guardare i reality, e faccio yoga e meditazione ogni mattina per mantenermi con i piedi per terra. Non c'è niente di misterioso in me. Sono molto... prevedibile."

"Sei anche molto fedele alle persone a cui tieni" osservò. "Cosa diavolo c'è di sbagliato nel sapere che la persona con cui stai uscendo ti coprirà sempre le spalle? O che si preoccupa così tanto di te da non cercare nessun altro? Chi vuole sentirsi in dovere di intrattenere il proprio partner tutto il tempo? Sarebbe assolutamente estenuante. Hai idea di quanto sia fantastico stare con te, anche se stiamo solo guardando in silenzio il tramonto o usciamo con Jake? Mi piace perché non ti aspetti che io sia il Dylan Lancaster che la gente si aspetta di vedere sempre, il miliardario che secondo loro dovrebbe vivere una vita affascinante ogni minuto della sua giornata. Hai idea di quanto sia bello essere trattati come una persona normale?"

Aprii la bocca e poi la richiusi, non sapendo bene cosa dire.

Per me era un ragazzo straordinario, ma non perché fosse ricco o potente.

Era solo... Dylan.

"Il più delle volte, dimentico che sei così ricco e così potente" dissi alla fine. "Ti vedo solo come un uomo molto intelligente con incredibili capacità imprenditoriali che è stato abbastanza forte da superare un'orribile tragedia che avrebbe potuto distruggere completamente qualcun altro. Immagino di non capire perché nessuno dovrebbe pensare che anche in te ci sia un lato molto umano."

"La maggior parte delle persone non vuole mai vederlo" borbottò. "Quale donna vorrebbe cercare quel ragazzo che fa casino in cucina perché non sa cucinare? O quello che a volte si accontenta di un buon hamburger invece di un pasto preparato da uno chef? O quello che preferirebbe leggere un buon libro piuttosto che uscire di notte nell'ultimo locale alla moda? O, peggio ancora, l'uomo che ha quasi perso la testa perché ha visto morire davanti ai suoi occhi la sua futura moglie e il suo presunto figlio? Nessuna ha mai voluto quell'uomo, Kylie. E non potrei biasimarle per non volere tutta quella follia, ma sono abbastanza grato di aver trovato qualcuno che ha... accettato di essere parte di me, parte della mia storia, e non mi giudichi per questo."

Il mio cuore si strinse, quando vidi lo sguardo vulnerabile nei suoi occhi. "Ci sono molte persone che non ti definirebbero a causa delle cose folli che sono successe durante quei due anni della tua vita. Una donna come me ammira la forza necessaria per superare quello che è successo."

"Beh, questo è un problema, tesoro, perché non ho mai incontrato una donna come te. La maggior parte di loro preferirebbe che non ci fosse niente di più in me che il miliardario CEO, il figlio di un duca e il mio cognome. Guarda Charlotte. L'unico motivo per cui mi voleva era la copertura perfetta per la sua relazione amorosa inappropriata. Un uomo che i suoi genitori avrebbero completamente approvato e accolto come genero e padre di suo figlio. Non le importava niente di quello che stavo pensando o di come mi sarei sentito se avessi saputo la verità. Prima di allora, non avevo mai avuto una ragazza a lungo termine perché una volta che mi conoscevano davvero, non mi trovavano molto eccitante. Quindi, abbiamo questo in comune."

"Non sei credibile" dissi, ripetendo le sue parole.

"È vero" confidò. "A volte tornavo a casa dall'ufficio esausto dopo una giornata di dodici ore, e se non ero dell'umore giusto per uscire in città, erano deluse. Uscire con un ragazzo come me richiedeva molte aspettative, e avere una cena tranquilla non era una di queste. Mai. Quindi non provare a dirmi che ogni uomo al mondo vuole una donna che brama l'eccitazione tutto il tempo. Non lo vogliamo. Io non lo voglio. Se avessi mai trovato una donna come te, mi sarei attaccato al suo splendido culo come la colla."

Ricacciai indietro le lacrime che si stavano formando nei miei occhi, mentre cercavo di immaginare esattamente come si fosse sentito.

Probabilmente... proprio come me la maggior parte del tempo.

"Allora, c'è qualcosa che non va in quelle donne inglesi con cui uscivi" dissi. "Forse avevi bisogno di incontrare un'americana anonima con un lavoro impegnativo che non si aspetta altro che tu sia quello che sei. Nessun uomo è sovrumano, Dylan. Il Dylan Lancaster, miliardario e potente CEO, non può essere *sempre* nella posizione *on*, perché anche tu sei umano. Dio, lo odierei se dovessi *sempre* essere una dinamica manager delle crisi nelle pubbliche relazioni. Avere tempi di inattività lontano dalla propria immagine o persona professionale è assolutamente necessario.

Mi rivolse un sorriso. "Dillo alle persone che pensano che solo perché sono ricco, la mia vita sia sempre perfetta ed eccitante."

Arricciai il naso. "Questo è un po' irrealistico, non è vero?"

"Molto" concordò.

"Non sono sicura di quale tipo di donna *vorrebbe* un ragazzo perfetto. Farebbe un po' paura. Voglio dire, sei già bello da morire, incredibilmente sexy, intelligente, assurdamente realizzato, con un malvagio senso dell'umorismo. Se non avessi qualche difetto, saresti terrificante, e aver bisogno di un po' di tempo libero non è esattamente un difetto. Okay, il disordine in cucina era *decisamente* un difetto, e tendi a essere un po' prepotente a volte, ma seriamente, quale donna vuole un uomo impeccabile?"

Incrociò le braccia sul petto e mi distrassi un po', mentre guardavo la sua maglietta allungarsi sui potenti bicipiti. "E la cosa dell'orgia?" chiese alzando un sopracciglio.

"Hai detto che era una trappola."

"Lo era, ma mi sono messo io in quella situazione, e anche in tutte le altre in cui ho fatto di me stesso un idiota."

Alzai le spalle. "Nessuno di noi attraversa la vita senza alcune cose imbarazzanti nel nostro passato. Non è un problema. Soprattutto dato che avevi un bel sedere in mostra in quella foto. È quasi un peccato che Damian abbia trovato un modo per far sparire la maggior parte delle copie online."

Stavo cercando di fargli prendere la situazione un po' più alla leggera, ma sfortunatamente, mi si ritorse contro quando disse: "Perché preoccuparsi della foto quando puoi avere la cosa reale, stupenda?"

"Immagino di avere delle tendenze voyeuriste" dissi senza fiato, cercando di ignorare il suo commento.

"Penso che potrei darti qualcosa di meglio di una foto di me drogato e ubriaco, che mostra il culo nudo al mondo intero" replicò seccamente. "C'è qualcosa che avrei potuto fare che ti avrebbe scioccata?"

"No" risposi con fermezza. "Non eri il vero Dylan Lancaster. Eri un ragazzo che soffriva così tanto che non sapeva come gestirlo. Sapere che sei imbarazzato per questo mi dice semplicemente che nessuna delle cose che hai fatto faceva parte del tuo vero carattere."

Scosse la testa. "E se non avessi sofferto?" chiese.

"Allora, saresti stato un grande idiota" affermai. "Fortunatamente, non lo sei."

Mi fissò con uno sguardo intenso, mentre diceva: "Cosa avrei fatto se non avessi fatto irruzione nella mia vita, Kylie Hart?"

"Saresti guarito tranquillamente in privato" scherzai. "Senza di me, il mio segugio senza valore, o la mia presenza nella tua bellissima villa di Beverly Hills. Saresti stato bene senza tutto questo."

"Adoro te, il tuo cane senza valore, e tutto ciò che riguarda lo stare con te» sostenne. "E se pensi anche solo per un secondo che ti lascerò andare via quando tornerai qui dopo il matrimonio, allora sei assolutamente pazza. Forse non puoi ancora fidarti di me, e capisco perché non puoi dopo tutte le cose che ho fatto, ma aspetterò, Kylie. Ho impiegato molto tempo per trovarti, quindi non ho intenzione di andare da nessuna parte a meno che tu non mi dica di farlo. Non sei noiosa. È impossibile per un uomo dotato di buon senso perdere interesse per te. Per fortuna, non sono stupido, e non mi dispiace esattamente per tutti quegli altri sfigati."

Il mio battito iniziò a correre, quando scorsi l'espressione seria sul suo viso.

Non che non mi fidassi di *lui.*

Forse era di *me* che non mi fidavo.

"Dylan, io—"

"Non farlo" ringhiò, mentre alzava una mano. "Almeno, fammi credere che potrei avere una possibilità un giorno. Nel frattempo, farò tutto il possibile per farti vedere che sono quell'uomo di cui vale la pena fidarsi. Dio sa che non proverò mai nemmeno a cercare altrove perché l'unica donna che vedo ormai sei tu."

Feci alcuni respiri profondi, cercando di calmare il battito cardiaco.

Guardai Dylan mentre beveva un grande sorso di tè e rimaneva in silenzio.

Mentre sorseggiavo il mio caffè, mi accorsi che la mia mano tremava appena.

Cosa stava cercando di dire esattamente?

Era chiaro che voleva più della semplice amicizia e gratificazione sessuale, ma non ero sicura di *quanto di più.*

Onestamente, non ero del tutto sicura che la risposta a quella domanda importasse ancora.

Che se ne rendesse conto o no, *era* quel ragazzo di cui potevo fidarmi.

Era quel ragazzo che in realtà mi accettava e non voleva che fossi nient'altro che... *me.*

Strisciai un po' più vicino a lui e tirò il mio corpo tra le sue possenti cosce, sistemandomi in modo che la mia schiena fosse contro la sua parte anteriore, entrambi di fronte all'acqua in modo da poterci godere il tramonto.

Mentre mi avvolgeva le braccia intorno alla vita, appoggiai la testa sulla sua spalla, desiderando potergli fare tutte le domande che mi frullavano per la mente in quel momento.

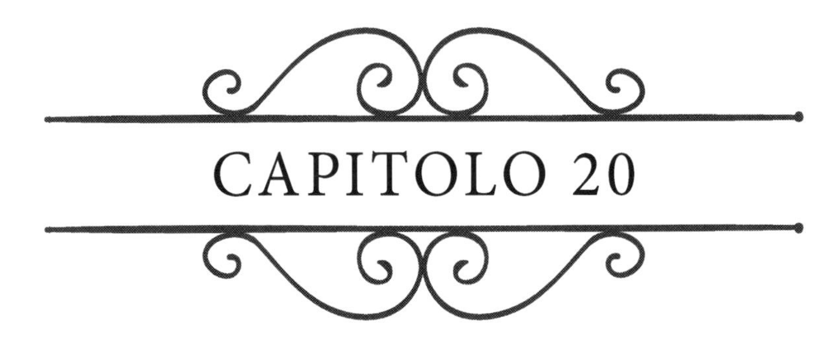

CAPITOLO 20

Dylan

"HO APPENA SMESSO di parlare con lei" dissi a Damian più tardi quella sera, mentre parlavamo al telefono. "Kylie stava cercando di dire qualcosa, probabilmente stava cercando di dirmi di togliermi dai piedi, e io semplicemente non volevo ascoltarla. Che razza di coglione sono, se non ascolto nemmeno quello che ha da dire?"

Era mezzanotte in California, ma sapevo che Damian si sarebbe alzato presto, perché per lui era mattina e aveva una giornata piena di lavoro.

Stava cercando di recuperare il più possibile al quartier generale della Lancaster International prima del matrimonio, perché lui e Nicole sarebbero partiti per una lunga luna di miele per visitare un paio di diversi Paesi europei.

"Hai aperto il tuo cuore" commiserò. "Ha senso che tu non voglia sentirla respingerti. Ma come fai a sapere che fosse il suo intento?"

"Non lo so" risposi, sentendomi infelice. "Penso di essermi solo preoccupato che lo facesse. Fanculo, Damian! Come hai vissuto con l'incertezza ogni giorno quando Nicole aveva le tue palle tra le mani?"

Ridacchiò. "Non l'ho gestita bene, te lo assicuro, ma almeno Kylie sa tutto di te e non le stai mentendo."

"Sa dannatamente troppo" brontolai. "Niente sembra dissuaderla dal pensare che io sia una persona perbene, anche se conosce il peggio."

"*Sei* una brava persona, Dylan" affermò. "Immagino che tu abbia deciso di abbandonare il piano per procedere con calma?"

"Non l'ho fatto. Non proprio. Volevo prendere le cose con calma, ma lei lo rende assolutamente impossibile. La voglio troppo, Damian. Voglio scuotere questa amicizia e complicarla a morte, se questo significa che finirà per essere mia. Non posso perderla ora che l'ho trovata, ma non posso averla a meno che lei non mi voglia come voglio lei. So che ci vorrà del tempo, e merita un uomo che non affretti le cose, ma con Kylie, trattenere qualcosa è quasi impossibile. Voglio che sappia che è la donna più incredibile che abbia mai conosciuto. In. Tutta. La. Vita."

"Non credo che sia una cosa negativa" rifletté. "Forse ha bisogno di essere convinta che fai sul serio, Dylan. Penso che abbia avuto molti idioti nella sua vita. Non ho idea di cosa ci sia di sbagliato negli uomini americani, ma la loro perdita è il nostro guadagno."

"Esatto" convenni con entusiasmo. "Non ho intenzione di lasciare che alcuni bastardi americani mettano le mani su Kylie. Non adesso. Hanno avuto la loro dannata possibilità."

"Sei davvero pazzo di lei" disse, sembrando leggermente sorpreso.

"Te l'avevo detto" gli ricordai. "Ma è più di questo. Questa non è solo un'infatuazione che alla fine se ne andrà. Appartiene alla mia vita, Damian. Non riesco a scuotere la sensazione che avrebbe sempre dovuto essere mia. So che sembra assurdo—"

"Non è così" interruppe in tono piatto. "Lo capisco, ma ora so che sei fottuto. Provo le stesse cose per Nicole."

"Come se fosse l'unica donna che conosca davvero te, e non il Damian Lancaster che la maggior parte delle altre persone vede?" chiesi.

"Sì."

"Come posso lasciarla andare?" domandai.

"Non devi" rispose. "Trattala bene, Dylan. Hai bisogno di lei."

"Come se non lo sapessi già?" chiesi. "Cosa faccio se non ha bisogno di me?"

Fanculo! Stavo iniziando a sembrare patetico, ma stavo arrivando al punto della disperazione, quindi non mi importava davvero.

"Rimani paziente finché non lo farà" rispose Damian. "Non ho dubbi che Kylie abbia bisogno di un uomo di cui si possa fidare e che la adori. Dopo i guai che ha avuto nella sua vita, difficilmente puoi biasimarla per aver paura di provarci ancora."

"Non la biasimo. Non mi sono comportato esattamente come un uomo degno della sua fiducia."

"Non credo sia quello, Dylan. Penso che sappia che non sei l'uomo che si è visto negli ultimi due anni. Penso che sia la sua esitazione a fidarsi di *qualsiasi* uomo o a credere di essere più che degna di uno che resterà e non si allontanerà."

Mi buttai un cuscino dietro la schiena e mi appoggiai alla testiera del letto. "Suo padre l'ha lasciata nel momento in cui ha compiuto diciotto anni" gli dissi. "Pensi che sia da lì che è iniziato?"

Damian emise un respiro udibile. "La domanda è: è mai stato davvero lì per lei in primo luogo?"

"Non credo" gli dissi. "Fisicamente, forse, ma era un alcolizzato, quindi dubito che abbia mai avuto qualcosa da dare. Trovo più probabile che lei si sia presa cura di lui e non il contrario."

Non avevo mai pensato al fatto che la mancanza di fiducia di Kylie nei confronti degli uomini potesse essere iniziata anche prima del marito morto, ma aveva senso che fosse davvero iniziata con suo padre.

Afferrai il cellulare un po' più forte, odiando il pensiero che nessuno fosse mai stato lì per Kylie quando lei era così disposta a dare a tutti gli altri.

Sì, aveva avuto la madre di Nicole e le sue amiche, ma nonostante il suo atteggiamento da bicchiere mezzo pieno, doveva averla ferita il fatto che suo padre non avesse mai trovato il tempo per stare con lei.

"Io e te non abbiamo idea di cosa significhi affrontare quel tipo di rifiuto" disse pensieroso. "Avevamo due genitori amorevoli e solidali. In sostanza, Kylie non aveva nessuno da bambina, e probabilmente è stata posta più in un ruolo di custode che in quello di figlia."

Spiegai a Damian quello che sapevo della sua infanzia, delle sue aspirazioni a diventare una tennista professionista e di come erano finiti quei sogni.

"So che ha fatto quasi tutto da sola" conclusi. "Ha raccolto i soldi e ha trovato da sola uno sponsor per i Junior Grand Slam. Quindi, ora che ci penso, non credo che avesse molta guida da parte dei genitori."

"Per tutto quello che Kylie ha passato nella sua vita, si è rivelata una donna straordinaria" commentò Damian. "Non si è mai arresa."

"No, non l'ha fatto" concordai.

In qualsiasi momento, avrebbe potuto semplicemente accettare che la sua vita sarebbe stata sempre dura e crogiolarsi nella sua stessa miseria.

Invece, aveva trovato un modo per cambiarla.

Il mio petto era stretto, mentre pensavo al giorno in cui aveva immaginato di porre fine a tutto e si era rialzata grazie alla sua pura forza di volontà.

Conoscendo Kylie e quello che le era successo, non ero sorpreso che ci avesse pensato, ma non c'era alcun dubbio nella mia mente che non si sarebbe arresa in nessuna circostanza.

Cavolo, l'avevo considerato io stesso alcune volte, quando il senso di colpa era diventato opprimente, ma ero troppo testardo per seguire quella strada.

E così era lei.

Nel corso degli ultimi due anni, c'era sempre stata una piccola parte di me che voleva credere che un giorno avrei potuto riprendermi la mia vita, anche se non ammettevo a me stesso di volerlo.

"Sono convinto che la pazienza pagherà, Dylan" disse. "Non penso che sia mancanza di fiducia o interesse da parte sua. Penso che sia la paura. Non importa quanto possa sembrare serena, se suo padre si è disinteressato a lei, questo deve aver lasciato dei segni."

"Indubbiamente sì" risposi. "Allora, penso che sia il mio lavoro mostrarle cosa vuol dire essere desiderata."

"Perché sai com'è" sottolineò Damian. "Abbiamo avuto genitori che ci amavano incondizionatamente e non ci davano altro che sostegno. Kylie non è stata altrettanto fortunata."

"Immagino che sia facile dimenticare di essere grati quando è tutto ciò che abbiamo sempre veramente conosciuto" riflettei.

Kylie aveva bisogno di qualcuno che la avvolgesse con affetto e non la lasciasse mai andare.

E quel qualcuno sarei stato *io*.

"Indossa un'armatura piuttosto pesante" replicò. "Nessuno penserebbe mai che c'è ancora una bambina dentro di lei che vuole essere amata.»

"Non posso riparare quella bambina" replicai con voce roca. "Ma posso amare la donna nella speranza che alla fine possa aiutare anche la bambina interiore. Avrei dovuto ascoltarla, Damian. La mia reazione è stata puramente egoistica. Ho iniziato bene facendole sapere quanto significasse per me, ma poi *le* ho impedito di dirmi come si sentiva. D'ora in poi dovrò imparare ad ascoltare, anche se non mi piace quello che ha da dire. Posso ascoltare e ancora non lasciarla andare, finché lei non mi dice seriamente di smetterla."

"Anche se lo facesse, non sono sicuro che te ne andresti" disse con una punta di divertimento nella voce. "Sei sempre stato incredibilmente testardo."

"Senza dubbio hai ragione" concordai. "È più probabile che provi a farle cambiare idea se penso che stia solo cercando di respingermi."

"Penso che lo saprai, se ascolti il tuo cuore e non le tue insicurezze" disse Damian. "Te la meriti, Dylan, e se non ci credi, cerca di ricordare che nessuno si preoccuperà mai di lei più di te. Vorresti mai lasciarla disponibile per qualche altro idiota che non la apprezzerà?"

"Cazzo, no!" risposi, il solo pensiero che mi rendeva nervoso.

"Allora, lasciala parlare e cerca di capire cosa sta realmente dicendo, non solo con le parole, ma anche con le azioni. Potrebbe dire che non vuole niente di serio, ma lo dice perché è la verità o perché pensa che alla fine te ne andrai?"

Mi passai una mano tra i capelli con frustrazione. "Spero di no. Dopo stasera, penserei che nella sua mente non ci sarebbero più dubbi su ciò che voglio."

"Non contarci" avvertì. "Saresti sorpreso di quanto facilmente una donna possa scartare qualcosa che pensiamo sia perfettamente ovvio. Dylan, puoi incantare gli uccelli sugli alberi se ci provi davvero. Trovo molto difficile credere che non puoi conquistare Kylie se è quello che vuoi veramente."

"Come ho detto, non sono più lo stesso uomo, Damian. Sono diventato un cinico coglione."

"Non ci credo" rispose categoricamente. "Se lo fossi, non te ne fregherebbe niente di Kylie. Quindi usa un po' di quel vecchio fascino Dylan Lancaster che potrebbe sempre influenzare chiunque nella tua direzione."

"Non è il tipo che ci casca" dissi burbero.

"Allora, assicurati di intendere tutto quello che dici" suggerì. "È possibile essere affascinanti *e* sinceri allo stesso tempo. Non è un'abilità che abbia mai padroneggiato personalmente, ma sono sicuro che tu puoi farcela."

"Le dico sempre la verità, e non sono sicuro di poter essere abile come una volta. Non con lei, comunque. Il mio istinto è quello di spifferare tutto quello che sento" dissi infelice. "Dubito che cambierà presto."

"So che non sembra" rispose solennemente. "Ma tutto funzionerà come dovrebbe. Se sai che lei è quella giusta, insisterai come se la tua vita dipendesse da questo, perché lo farà. Avrei perseguitato Nicole finché alla fine non avesse avuto pietà di me e mi avesse perdonato perché sapevo che non sarei mai sopravvissuto se non l'avesse fatto. E perché sapevo che anche lei mi amava, anche se non voleva ammetterlo. Penso che ti rendi conto ad un certo punto che non è possibile sentirsi come ti senti da solo. C'è una connessione che sai non è unilaterale."

"Diventa più forte ogni giorno" gli dissi, ancora stupito di sentire Damian parlare delle sue stesse emozioni così prontamente.

Eravamo sempre stati legati, ma non l'avevo mai visto innamorarsi di una donna come aveva fatto con Nicole. Non ero abituato a vederlo così aperto con le emozioni.

"Le pratiche burocratiche per annullare la procura sono state completate" mi informò. "Potrai ritirare una copia del documento legale da oggi in poi."

"Grazie" dissi. "È bello sapere che hai deciso di non minacciarmi con la povertà."

"Dylan, sono così—"

"Non farlo" insistetti. "Per l'amor del cielo, non scusarti. Stavo scherzando. Sei stato un fratello dannatamente buono per me, Damian. Nessuno sarebbe rimasto con me come hai fatto tu, indipendentemente dalle circostanze. Non ti sei mai arreso finché non ho esagerato."

"Onestamente" disse con voce roca. "Non sono sicuro che a un certo punto non avrei superato la mia rabbia e avrei continuato a provarci. Eri un fratello per cui valeva la pena combattere, Dylan. Non ero sicuro di come raggiungerti o se sarebbe mai stato possibile. Non hai idea di quanto sia felice che sia finita."

"Anch'io" dissi, sapendo esattamente quanto fossi fortunato che Damian fosse stato persistente, anche se l'avevo respinto molte volte. "Non andrò da nessuna parte e ho dovuto raggiungere me stesso prima che potesse farlo chiunque altro. Vorrei solo che non ci fosse voluto così tanto tempo."

"Sei sempre stato fastidiosamente testardo nel fare le cose con i tuoi tempi" scherzò. "Oh, e comunque, mi sono fermato a casa tua oggi. Se non mi piacesse così tanto casa mia, potrei essere geloso."

"Non esisterebbe se non fosse per te, quindi non sono l'unico fratello Lancaster testardo" dissi seccamente.

"Sapevo cosa volevi" rispose dolcemente. "Non è che non abbiamo lavorato insieme per trovare una squadra che potesse costruire le case che avevamo immaginato."

"Di certo non ti ho incoraggiato a continuare con la mia quando ne hai parlato" gli ricordai.

Damian e io avevamo pianificato le nostre case insieme. Stavamo cercando di capire come progettarne una per ottenere tutto ciò che volevamo senza occupare un'enorme quantità di terreno.

Avevamo anche cercato la migliore tecnologia disponibile, e finalmente avevamo trovato anche quella.

Sfortunatamente, non ero mai arrivato alla fase rivoluzionaria, che era stata programmata pochi giorni dopo il ritorno di Damian dal suo lungo viaggio di lavoro in Canada.

E non molto tempo dopo la morte di Charlotte.

Damian aveva costruito la sua casa, ma la mia era stata rinviata perché non aveva voluto continuare senza il mio contributo, e non ero stato in grado di pensare di costruire una nuova dimora.

Non ero esattamente sicuro del motivo per cui Damian avesse deciso di andare avanti con la mia dopo che gli avevo detto che non mi importava.

"Credo di aver pensato che avrebbe potuto interessarti una volta iniziata" disse. "Non l'hai fatto, ma avevo i tuoi piani, quindi è tutto ciò che speravi, Dylan. Rimarrai sorpreso da come l'ingegneria è stata messa insieme. Anch'io sono rimasto un po' stordito dalla tecnologia, ma ti ci abituerai. Mamma ha aiutato con l'arredamento, e puoi cambiare tutto ciò che non ti piace. Manderò le chiavi tramite corriere."

"Apprezzo tutto quello che hai già fatto" gli dissi, cercando di ingoiare quell'odioso groppo in gola... di nuovo. "Grazie a te, tornerò a casa in un posto che potevo solo immaginare due anni fa. Sono ansioso di vedere anche la tua casa."

"Dovrei presumere che Kylie non sarà con noi?" chiese curioso.

"Se sarà come penso, ci sarà" risposi. "È un bene che non siamo troppo lontani l'uno dall'altro. Vorrà passare più tempo possibile con Nicole."

"Può essere organizzato" replicò con leggerezza. "Assicurati solo che torni da me sana e salva ogni sera."

Sorrisi, mentre gli dicevo: "Considerando la tua reazione quando ha lasciato il gala senza dirtelo, non oserei farlo in nessun altro modo."

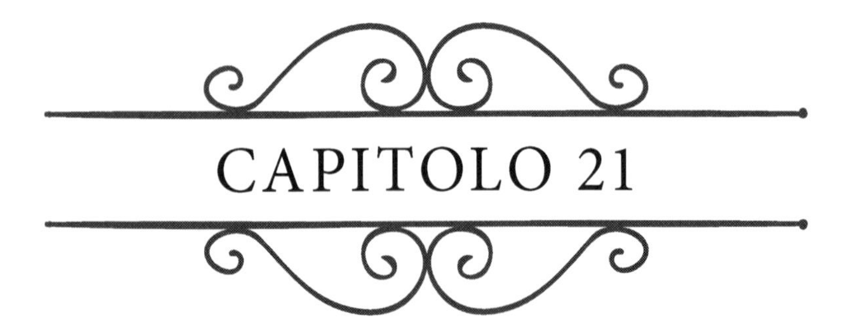

CAPITOLO 21

Kylie

"HA DETTO CHE non potrebbe vedere nessun'altra donna tranne me" mormorai, mentre passavo un po' di crema idratante sul viso dopo aver fatto la doccia. "Pensi che sia vero?"

Guardai Jake come se potesse rispondere, ma continuò a guardarmi con quella che volevo percepire come empatia dal suo posto sul tappeto del bagno.

"Ascolti davvero bene, ma non sei assolutamente d'aiuto" dissi al cane. "Adori quell'uomo tanto quanto me, quindi suppongo tu non sia nemmeno imparziale."

Arruffai i miei capelli ancora umidi e spensi la luce del bagno mentre uscivo, ancora non esattamente sicura di cosa fare.

Avevo ripensato alle parole che Dylan aveva pronunciato più e più volte, e il mio cervello continuava a ripeterle.

Avevamo guardato il tramonto in silenzio, ma avevo sentito la tensione nel suo corpo, mentre mi appoggiavo a lui, e la quiete tra noi due non era stata facile come al solito.

Avrei voluto fare domande, ma avevo troppa paura di leggere nelle sue parole più di quanto avesse effettivamente detto.

Ma come può essere vero?

Cos'altro avrebbe potuto significare?

Bevvi un sorso dell'acqua in bottiglia sul comodino e poi mi buttai sul letto.

La verità era che sapevo che Dylan provava dei sentimenti per me.

Lo aveva chiarito perfettamente.

La domanda era... osavo esplorare questa relazione nel modo in cui volevo davvero approfondirla?

Ero pazza di lui in un modo che non avevo mai sperimentato.

Non con mio marito.

Non con un fidanzato.

Non con *qualsiasi* uomo avessi mai conosciuto.

Noi due eravamo legati in un modo che non capivo e con cui nemmeno mi sentivo a mio agio.

Ma Dio, *volevo* quel tipo di legame, anche se era terrificante.

Volevo stargli vicino con una disperazione che era quasi fisicamente dolorosa, ma Dylan Lancaster mi era così sconosciuto.

Se e quando avesse perso interesse per me, sarei stata in grado di sopravvivere?

Cazzo! Cazzo! Cazzo!

Quando ero diventata questa donna spaventata ossessionata dal domani? O dal giorno dopo? O dalla settimana dopo?

Cos'era successo alla Kylie che cercava di rimanere nel presente?

Dannazione! Non ero più la stessa da quando avevo incontrato Dylan Lancaster.

L'*altra* Kylie era volata via nel momento in cui avevo capito che Dylan era diverso da qualunque uomo avessi mai conosciuto e che era capace di distruggere il mio cuore.

Emisi un sospiro, mentre mi riposavo contro la testiera.

Non ero io quella che aveva detto a Nicole che se ne sarebbe pentita se non avesse rischiato con Damian?

E intendevo davvero.

Aveva senso... per lei.

Ma Dylan non sta forse cercando di dirmi che anche lui è pazzo di me?

"Non sono più sicura che tutta questa faccenda sia solo una relazione nata dalla tragedia, Jake" dissi al beagle, mentre saltava sul letto.

Non sembrava che Dylan fosse incerto su come si sentiva o che gli importasse di me solo perché ero stata lì ad ascoltarlo come amica.

Onestamente, mi aveva aperto il suo cuore, mi aveva raccontato come si era sentito in altre relazioni e mi aveva spiegato come *eravamo* diversi.

"Ho solo... paura" dissi a Jake, mentre mi metteva la testa sulla coscia, e io allungavo la mano per accarezzarlo.

Volevo dare a Dylan quello che stava chiedendo, ma dargli una possibilità era una posta in gioco alta per me.

Se mi fossi resa completamente vulnerabile, avrebbe potuto lasciarmi devastata.

Oppure... avrebbe potuto rendermi la donna più felice del pianeta.

"Vivo, o semplicemente... esisto?" chiesi ad alta voce.

Per la maggior parte, *ero* felice della mia vita, ma non c'era una parte di me che voleva davvero... di più?

Qualche mese addietro, forse ero disposta ad accontentarmi di quello che avevo, ma questo era prima di incontrare Dylan.

Prima che mi rendessi conto che era effettivamente possibile provare questo tipo di sentimenti per un ragazzo, questo tipo di connessione.

Importava davvero quanto tempo sarebbe durata quella felicità?

Se non fossi stata disposta a provare, non l'avrei sperimentato affatto.

Non è che ci siano più uomini come Dylan Lancaster là fuori che vogliono davvero stare con me tanto quanto io voglio stare con lui.

A volte, quel pensiero mi terrorizzava più di ogni altra cosa.

Mi ci erano voluti trentadue anni per incontrare un uomo che mi facesse sentire così.

Ero davvero disposta a sprecare la possibilità di stare con lui perché avevo troppa paura di allungare la mano e afferrare ciò che volevo?

Non sarebbe stato meglio provarci piuttosto che rimpiangere di non aver dato una possibilità a questa cosa con Dylan solo perché avevo paura?

Voglio che Dylan Lancaster sia il mio unico rimpianto per il resto della mia vita?

No. Mi conoscevo. Sapevo che me lo sarei sempre chiesta...

Forse non sarebbe durata per sempre, ma sarei stata meno infelice se fossi tornata a Newport Beach dopo il matrimonio e non avessi messo il mio cuore in questa relazione?

No. Probabilmente no.

Non potevo provare di meno per Dylan cercando di allontanarlo.

Ci avevo provato.

Quindi, non aveva più senso lasciare che si prendesse cura di me e che io abbassassi la guardia e gli mostrassi come mi sentivo?

Con Dylan Lancaster, non c'era davvero una via di mezzo per me.

O ero completamente dentro, o... niente.

Tenevo a lui troppo dannatamente perché potesse essere diversamente.

Forse se questa sera non si fosse fatto avanti, sarebbe stato più facile fingere che mi stessi proteggendo perché alla fine... se ne sarebbe andato.

Ma non ero così sicura che si sarebbe stancato e se ne sarebbe andato. Non ero sicura che fossimo semplicemente attratti l'uno dall'altra perché entrambi avevamo vissuto un periodo della nostra vita in un luogo buio.

Diavolo, c'era di più in questa relazione oltre a quello.

Avremmo potuto condividere molto di più di noi stessi oltre a questo.

Se non l'avessimo fatto, non sarei stata seduta qui a parlare con il mio cane e a trovare il coraggio di mostrare davvero a Dylan quanto lo desiderassi.

Se era stato davvero sincero in tutto quello che aveva detto quella sera, se lo meritava.

Non sapevo bene come spiegare perché riversare la mia anima fosse così dannatamente difficile per me o perché abbassare la guardia fosse quasi impossibile.

Dylan era l'unico uomo che mi avesse mai tentata di gettare al vento la prudenza e vedere solo come e dove le cose fossero finite.

Probabilmente perché mi uccideva vederlo mettersi in gioco e non ottenere la risposta simile che meritava.

Conoscevo Dylan.

Non stava dicendo qualcosa a cui non credeva.

Ero *io* che non potevo accettare che ogni parola che diceva fosse genuina perché ero ridicolmente insicura quando si trattava di lui.

La cosa triste era che non mi aveva mai dato una sola ragione per sentirmi così.

Ero quasi certa che fosse *il* ragazzo, quello che avevo sempre sperato di trovare ma che non avevo mai avuto.

Questo era il motivo per cui non ero stata in grado di impedire a me stessa di innamorarmi perdutamente di Dylan.

Ecco perché ero terrorizzata.

"Lo amo, Jake" sussurrai. "Cosa diavolo dovrei fare adesso?"

Lasciarlo andare via senza che sapesse cosa provavo per lui?

No. Non era un'opzione.

Probabilmente non era perdutamente innamorato di me, ma sapevo che provava dei sentimenti.

Che fosse durata per sempre o meno, avrei sperimentato cosa si provava a stare con qualcuno che si prendeva cura di me.

Dannazione! Me lo meritavo e lo desideravo disperatamente, anche se avevo scelto l'uomo più sexy del pianeta con cui vivere quell'avventura sconosciuta.

Avevo preso la mia decisione; diedi un'occhiata all'orologio sul comodino e mi resi conto che era quasi l'una di notte.

"Ha detto che la sua porta sarebbe sempre stata aperta per me" mormorai nervosamente.

Questo includeva davvero la notte tardi?

Mi alzai dal letto, disgustata di me stessa.

Se volevo davvero Dylan, non avrei ottenuto ciò che volevo esitando.

Per la prima volta nella mia vita, mi sarei gettata a capofitto perché Dylan Lancaster ne valeva la pena.

"Augurami buona fortuna, Jake" dissi, mentre davo al cane un'ultima carezza.

Se Dylan non avesse voluto che mi infilassi nel suo letto nel cuore della notte, non avrebbe mai dovuto fare un'offerta così allettante.

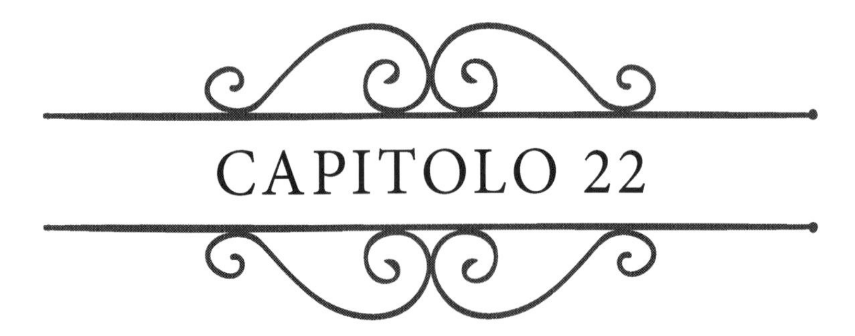

CAPITOLO 22

Dylan

NON ERO ANCORA del tutto addormentato, quando sentii il debole cigolio della porta della mia camera da letto che si apriva.

Rotolai su un fianco, felice di aver lasciato accesa la piccola lampada da comodino che offriva abbastanza luce da permettermi di vedere, mentre lo spazio nella porta si allargava un po'.

Il mio cuore iniziò a battere forte contro il petto, e capii che la porta si stava aprendo a passo di lumaca.

Un po' di più…

E poi si fermò.

Leggermente più ampio...

E poi... niente.

"Hai intenzione di entrare, o sei qui solo per torturarmi?" dissi seccamente.

Aprì la porta e fece capolino all'interno. "Non ero sicura che fossi ancora sveglio."

E... mi spiazzò completamente con un sorriso leggermente timido.

Quando diavolo Kylie era mai stata timida o esitante?

"Come puoi vedere, sono sveglio" risposi, affermando l'ovvio.

"Possiamo... parlare?" chiese, mentre apriva di più la porta.

Potevamo... parlare?

Fanculo! Pensava davvero di poter entrare con disinvoltura nella mia camera e che avrei avuto ancora la capacità di mettere insieme due pensieri coerenti?

"È urgente?" domandai con voce roca. "Stai bene? Jake è malato? Qualcuno sta morendo?"

Scosse la testa. "Niente di tutto questo. Volevo solo dirti una cosa."

"Allora, entra immediatamente, ma prima di farlo, penso che dovrei avvertirti che se attraversi quella porta, non ci sarà una discussione molto lunga prima che ti metta nuda e in questo letto" dissi senza mezzi termini.

Non vedevo assolutamente alcun motivo per non essere sincero con lei.

Si limitò ad annuire, aprì completamente la porta, entrò e la chiuse dietro di sé.

Kylie indossava un pigiama simile a quello che aveva indossato la mattina in cui le avevo preparato i pancake.

I suoi capelli erano sciolti e cominciavano ad arricciarsi sulle punte come se avesse fatto la doccia, ed erano ancora umidi.

Dubitavo molto che stesse *cercando* di sedurmi, ma non avevo mai visto niente di più sexy di lei in tutta la mia vita.

Mi sedetti e mi appoggiai alla testiera, il mio uccello così duro che era quasi doloroso.

L'avevo avvertita, vero?

Sapeva esattamente in cosa si stava cacciando, ma era comunque entrata nella fossa dei leoni.

Strinsi i pugni e dissi di rallentare.

Non avevo appena detto a mio fratello che avevo bisogno di *ascoltarla*?

Sì, l'avevo fatto, ma non avevo contato di farlo nella mia camera, sapendo che aveva appena acconsentito in silenzio a lasciarmi spogliarla.

"Parla" dissi, sforzandomi di essere paziente, mentre la guardavo appoggiarsi alla porta.

Ovviamente, non era ancora pronta per raggiungermi qui.

"Hai detto alcune cose prima che ho impiegato un po' a digerire" disse dolcemente. "Provo le stesse cose, Dylan, ma devo essere sincera; mi spaventa a morte."

La tensione nel mio corpo iniziò a svanire perché la sua paura era molto più importante della mia lussuria. "Perché?"

"Non sono abituata a questo" rispose, la sua voce un po' più sicura. "Non riesco ad accettare che un ragazzo come te tenga davvero a me, e solo a me. Forse sembra patetico, ma è la verità. Non stavo scherzando quando ti ho detto che gli uomini si annoiano e se ne vanno, o sono infedeli. È l'unico tipo di relazione che abbia mai conosciuto. In ogni relazione che abbia mai avuto, mi sono sempre sentita come se stessi sempre aspettando che accadesse, e lo ha sempre fatto, o correvo come una matta quando pensavo che sarebbe successo, anche se non era ancora successo. Non riesco mai a trovare quel ragazzo che vuole solo me e vuole... restare."

Il petto mi fece male, quando riconobbi quanto fosse difficile per lei questa ammissione. "Ti è mai venuto in mente che forse l'hai cercato apposta perché se qualcuno ti avesse dato quello che volevi, non avresti saputo come gestirlo?"

Annuì lentamente. "Non credo di averlo capito fino a stasera. Non so come *gestirti*. Non so come *gestirci*. Non mi rendevo conto che ti volevo così tanto da essere disposta a sprecare una possibilità in qualcosa di veramente speciale solo per evitare di farmi male. Non voglio più farlo. Voglio che ti occupi di me, e voglio che anche tu mi permetta di prendermi cura di te."

Dovetti fare appello a tutte le mie forze per non alzarmi dal letto e strapparla via da quella porta finché non avessi saputo per certo che non sarebbe potuta scappare all'improvviso. "Tesoro, non ho assolutamente alcun problema a lasciare che mi mostri quanto ci tieni. Lo voglio, Kylie. L'ho sempre voluto. Forse non merito una donna come te, ma questo non mi impedisce comunque di volerti."

"No!" replicò categoricamente. "Meriti qualcuno che tenga davvero a te, Dylan. Questo è il motivo per cui sono qui. Voglio provare tutta questa faccenda dell'affetto reciproco, ma dovevo dirti che non sono brava a farlo, nel caso dovessi rovinare tutto."

Fanculo! Come se mi importasse se avesse fatto qualche errore? Non mi importava. Finché non se ne fosse andata, sarei stato estatico.

"Non andrò da nessuna parte, Kylie, quindi immagino che continueremo a provarci finché non faremo le cose per bene. Se provi a scappare, ti troverò. Purché alla fine sarai mia, non me ne frega niente di quanto tempo ci vorrà" brontolai.

"Ti ho detto che sei un ragazzo incredibile, Dylan Lancaster?" mormorò.

"Forse" risposi. "Ma non fa mai male sentirlo di nuovo."

Diavolo, probabilmente poteva pronunciare quelle parole un milione di volte, e non mi sarei stancato mai di ascoltarle.

Onestamente, quello che volevo davvero era che si avvicinasse molto di più di quanto non fosse al momento.

Sì, le avevo detto cosa sarebbe successo, ma la scelta spettava ancora a lei.

Ed era troppo vicina a quella dannata porta.

"Okay, quindi, se abbiamo risolto tutto questo, sono pronta a spogliarmi ora" disse, mentre si spostava verso di me, sfilava il top che indossava da sopra la testa e lo lanciava sul pavimento.

Osservai, sbalordito, mentre scuoteva quei bellissimi capelli fiammanti, che scorrevano giù per incorniciare il paio di seni più perfetti che avessi mai visto.

Kylie era chiara e i suoi capezzoli erano di una deliziosa sfumatura di rosa che mi faceva venire l'acquolina in bocca.

Il mio uccello si contrasse, mentre mi lanciava un sorriso sensuale che non avevo mai visto.

"Spero che tu capisca quanto sei vicina a essere trascinata in questo letto e ad atterrare distesa sulla schiena" ringhiai.

"Dio, lo spero davvero" replicò con una voce del tipo *scopami*, che mi fece quasi impazzire. "Mi sento come se ti desiderassi da sempre, Dylan."

"Giusto. Proprio così. C'è un limite a quello che un uomo può sopportare" brontolai mentre mi alzavo, l'avvolgevo tra le braccia e la gettavo sul letto.

Le inchiodai le braccia sopra la testa e mi beai della sua espressione sorpresa.

"Hai idea da quanto tempo desideravo vederti così?" le chiesi, la mia voce disperata. "Nel mio letto e a dirmi che mi vuoi?"

Vedendola in questo modo, il bisogno nei suoi occhi che mi diceva tutto ciò che volevo sapere senza parlare era da infarto.

"Ti voglio" disse dolcemente. "Ho bisogno di te, Dylan. Fai l'amore con me. Fottimi. Fai sparire il dolore di cui non riesco a liberarmi."

Fanculo! Conoscevo quella fame straziante e stavo per saziarla per entrambi. "Non potremo tornare indietro dopo" la avvertii.

Scosse la testa. "Non mi importa. Tutto quello che voglio sei tu."

Non sapeva che mi *aveva* già?

Che era diventata un'ossessione che non sarebbe mai andata via per me?

"Mi hai già preso" ribattei, la mia voce che si incrinò, mentre abbassavo la testa e la baciavo.

Presi la sua bocca come un pazzo, e una volta assaporato quel desiderio nudo che avevo visto nei suoi occhi, non ne ebbi mai abbastanza.

Volevo tutto da lei, e non sarei stato soddisfatto finché non l'avessi ottenuto.

Quando si liberò i polsi e avvolse le braccia intorno al mio collo, capii che ogni parvenza di controllo che potevo aver avuto in precedenza era completamente svanita, e non sarebbe ricomparsa presto.

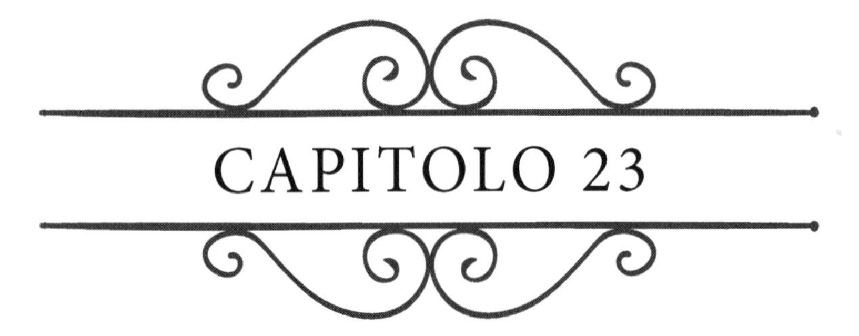

CAPITOLO 23

Kylie

LASCIAI ANDARE LE mie insicurezze nel momento in cui la sua bocca iniziò a divorare la mia.

La sua urgenza.

Il suo vorace bisogno.

La sua fame di possedere il mio corpo.

Tutte quelle emozioni erano così dense in questo bacio appassionato che non potevo dubitare che mi volesse tanto quanto io volevo lui.

"Dylan" ansimai, mentre lasciava la mia bocca e trascinava la sua lingua lungo il mio collo, senza fermarsi finché non raggiunse il mio seno.

Sussultai, quando la sua bocca calda si chiuse intorno al mio capezzolo, succhiando, mordicchiando e poi bagnando il picco dolorosamente duro.

Infilai le mani nei suoi capelli, non sapendo se volessi avvicinarlo o allontanarlo, perché il piacere era così intenso.

"Oh, Dio, sì" sibilai, mentre si spostava verso l'altro seno e continuava a tormentare il primo con le dita.

Inarcai la schiena, tutto il mio corpo che vibrava di un bisogno disperato che era quasi insopportabile.

"Per favore" mugolai, il dolore che avevo sentito pochi istanti prima che si era trasformato in un desiderio agonizzante completamente implacabile.

"Sei così fottutamente bella, Kylie" gracchiò Dylan contro la mia pelle, mentre la sua bocca scendeva lungo il mio stomaco, incendiando ogni area che toccava.

Il sollievo mi inondò, mentre mi abbassava i pantaloncini e le mutandine lungo le gambe e li gettava da parte.

Si alzò e si tolse i boxer come se fosse impaziente di liberarsi di tutto ciò che vedeva come un ingombro.

I miei occhi vagarono sul suo corpo incredibile, il mio intimo si strinse, mentre il mio sguardo si fissava sul suo pene grande e molto eretto.

Aprii le gambe, ansimando, avendo bisogno di lui dentro di me, ma rimasi sorpresa quando non si adagiò sopra di me.

Invece, seppellì la testa tra le mie cosce aperte, e io gemetti mentre la sua lingua faceva la sua prima connessione elettrizzante con il mio clitoride gonfio.

"Sì" ansimai, il mio corpo che tremava, mentre Dylan mi divorava la figa come se fosse la cosa più dolce che avesse mai assaggiato.

Come se farmi venire fosse un'ossessione.

E il modo in cui prendeva audacemente ciò che voleva era la cosa più eccitante che avessi mai provato.

Mi dimenai, ma lui avvolse le sue braccia potenti attorno alle mie cosce, tenendomi ferma, mentre assaggiava, stuzzicava e divorava finché non fui sopraffatta dalle sensazioni.

"Dylan" gemetti. "Per favore."

Non ne potevo più e il mio corpo era sovraccarico.

Gli strinsi le mani nei capelli e tirai, ma questo sembrava solo spingerlo a continuare.

Potevo sentire il mio climax crescere, e quando Dylan finalmente prese quel minuscolo fascio di nervi tra i denti e mi diede la pressione e la stimolazione di cui avevo bisogno per venire, il mio corpo oscillò con la forza del rilascio.

"Dylan" urlai, cavalcando l'onda del piacere intenso perché era l'unica cosa che potevo fare. "Così bello, così dannatamente bello."

Non si alzò per prendere aria, mentre strizzava ogni grammo di piacere che poteva ottenere da me, prolungando la soddisfazione carnale il più a lungo possibile.

Alla fine si arrampicò sul mio corpo, e io rabbrividii per la trepidazione, quando vidi lo sguardo selvaggio nei suoi occhi verdi.

Dio, era mozzafiato, quando era così primordiale e completamente perso nel suo desiderio... per me.

Avvolsi le braccia intorno al suo collo e gemetti contro le sue labbra, mentre mi baciava.

Assaggiare la sua lingua mi rese ancora più frenetica di sentirlo dentro di me.

Connettendosi.

Rivendicandomi.

Soddisfacendo il vorace bisogno che avevamo l'uno dell'altra.

"Fottimi, Dylan" chiesi nel momento in cui concluse l'abbraccio erotico. "Adesso. Proprio adesso."

Non potevo aspettare un altro secondo.

Avvolsi le gambe intorno alla sua vita e osservai l'espressione tesa sul suo viso mentre gracchiava con impazienza: "Preservativo."

"Prendo la pillola e sono sana, Dylan. Tu?" chiesi, mentre l'aria entrava e usciva dai miei polmoni così velocemente che non riuscivo a riprendere fiato.

"Sì" rispose con voce roca. "Sei sicura?"

Infilai le mani nei suoi capelli. "Mi fido di te se ti fidi di me. Non ho mai permesso a un ragazzo di fare sesso con me senza preservativo tranne che a mio marito, quindi forse noi—"

"Dovremmo farlo" concluse, quando trovò il mio ingresso con la punta del suo fallo.

Tutti i pensieri di fare marcia indietro sul mio suggerimento volarono via dalla mia testa.

Dopo quello che aveva passato, mi era improvvisamente venuto in mente che Dylan potesse non volersi lasciare aperto per una gravidanza indesiderata.

Ovviamente, avevo pensato... male. A quanto pareva, si fidava di me, il che era abbastanza miracoloso considerando la sua storia.

"Sì" mormorai, mentre si seppelliva fino alle palle dentro di me. "Oh Dio, sei così... grande."

Il modo in cui distendeva i miei muscoli interni non mi fece male. Era un disagio rapido che svanì abbastanza rapidamente.

"È bello o brutto?" chiese, la sua voce tesa ma senza muovere un muscolo. "Fanculo! Sei così dannatamente stretta, tesoro, e non usare il preservativo è intenso."

"Prima volta?" chiesi.

"Sì" affermò concisamente, il corpo teso.

"Va tutto bene, Dylan. Così. Dannatamente. Bene. Scopami" chiesi.

Nel momento in cui capì che stavo bene, iniziò a muoversi, e ci perdemmo in un ritmo frenetico che nessuno di noi due poteva rallentare.

Sollevai i fianchi, incontrando ogni suo movimento per prenderlo più a fondo.

Più forte.

Più veloce.

Il modo in cui mi prese era primitivo.

Primordiale.

Sensuale.

Sfacciato.

E il modo in cui venimmo insieme non sarebbe potuto accadere in nessun altro modo.

Avevamo aspettato troppo a lungo, ci eravamo desiderati l'un l'altra troppo disperatamente.

Ero completamente spudorata nel soddisfare la mia fame implacabile di lui.

"Sì. Dylan" gemetti, il mio corpo che tremava per le emozioni che non riuscivo più a sopprimere. "Ho bisogno di te. Per favore."

"Vieni per me, splendida. Voglio guardarti" ringhiò.

Il desiderio travolgente di quest'uomo di soddisfarmi, e vederne le prove, era sorprendentemente erotico.

Volevo i suoi occhi su di me.

Che mi guardavano.

Che vedevano cosa mi aveva provocato.

I nostri sguardi si incontrarono e io caddi nelle emozioni feroci, possessive e avide che quegli occhi mozzafiato stavano rivelando.

Forse avrei dovuto essere terrorizzata, ma non lo ero.

Volevo ogni desiderio animalesco che aveva perché corrispondeva al modo in cui mi sentivo.

Si mosse senza interrompere il ritmo, sistemandosi finché ogni spinta stimolò il mio clitoride.

"Cazzo! Troppo." Gemetti. "Non-sono-sicura-di-poter-gestire -tutto-questo."

Potevo sentire il mio orgasmo imminente, e il mio corpo era così teso che non ero sicura che sarei sopravvissuta.

"Lasciati andare" disse con voce stridula contro il mio orecchio. "Sono qui per prenderti."

"Troppo-dannatamente-intenso-e-troppo forte" balbettai.

Affondai le mie unghie nella sua schiena, cercando di stare distesa mentre lui sbatteva dentro di me, si avvolgeva intorno a me, dandomi piacere e facendomi impazzire allo stesso tempo.

"Dylan!" urlai. "Dylan!"

Il climax mi attraversò come un treno in corsa e quando persi il controllo, i suoi occhi non lasciarono mai il mio viso.

La soddisfazione elementare nel suo sguardo mentre mi guardava venire era la cosa più eccitante che avessi mai visto.

Il mio core pulsava intorno al membro di Dylan, stringendolo, mungendolo.

"Fanculo!" ruggì. "Kylie. Fanculo!"

Lottando per respirare, lo vidi andare oltre il limite, ipnotizzata dal modo in cui il suo corpo potente si sforzava mentre trovava la propria liberazione.

La sua bocca scese sulla mia in un abbraccio feroce e appassionato che mi lasciò ancora più senza fiato.

Rotolò, mentre entrambi cercavamo di riprendere fiato, tirandomi su di lui, i nostri corpi ancora uniti.

"Penso che tu mi abbia completamente distrutta" mormorai mentre il mio battito cardiaco iniziava a rallentare. "Non credo di riuscire a toglierti di dosso, tantomeno a scendere da questo letto."

"Perfetto" disse, il suo profondo baritono infuso con un tocco di umorismo. "Allora ti ho esattamente dove ti voglio."

"Sudata e distesa sul tuo corpo come uno spaghetto scotto?" domandai.

Infilò la mano tra i miei capelli umidi. "Penso che sudata e sazia sia un look molto sexy su di te, tesoro."

"Sei così contorto" mormorai.

"È questo il tuo modo di dirmi che non pensi di essere incredibilmente sexy?" chiese con voce roca.

Aprii un occhio per guardarlo. "Probabilmente."

Squittii, quando mi ritrovai distesa sulla schiena, con il bel viso di Dylan sopra di me mentre diceva: "Dato che sicuramente mi sentirai dirti quanto sei attraente in una forma o nell'altra ogni singolo giorno, forse potremmo trovare una risposta alternativa. Suppongo che tu non possa dire proprio niente, il che è accettabile e preferibile agli insulti. Potresti anche replicare semplicemente "grazie, Dylan" e lasciar correre. Potresti sorridermi, ma questo probabilmente porterebbe solo a dirti quanto sei bella di nuovo—"

Gli misi un dito sulle labbra per fermarlo. "Te l'avevo detto che faccio schifo in questo. Che ne pensi se ti dico solo quanto sei incredibilmente bello e ti chiedo di scoparmi?"

Mi sorrise. "Penso che sarebbe probabilmente la mia risposta preferita, ma potresti stancarti di stare in camera da letto."

"Sono già qui adesso" gli ricordai.

"Allora penseremo a risposte migliori più tardi" suggerì.

"Fottimi, Dylan" sussurrai con una voce sensuale che non sapevo di avere.

"Molto più tardi" disse in fretta, proprio prima di abbassare la testa per baciarmi.

CAPITOLO 24

Dylan

"TI HO RINGRAZIATO per questo?" chiese Kylie, mentre si allacciava la cintura di sicurezza e girava la testa per guardarmi. "Non posso credere che tu abbia organizzato tutto in modo che potessimo partire una settimana prima per vedere le attrazioni di Londra. E questo jet è così magico."

Scossi la testa. Non avevo mai sentito nessuno chiamare il mio jet privato "magico" e tutto quello che avevo dovuto fare era assicurarmi che l'equipaggio di volo fosse pronto. Ma se voleva guardarmi come se avessi tirato fuori qualcosa di speciale, allora chi ero io per discutere?

"Non è che avrai molto tempo per fare la turista, mentre tutta l'eccitazione del matrimonio è in atto» dissi.

Davvero, le mie motivazioni erano state un po' egoistiche.

Sì, volevo mostrarle Londra, ma volevo soprattutto del tempo per portarla in giro dal punto di vista turistico prima che fosse sommersa nel mio mondo come Dylan Lancaster.

Erano due cose completamente diverse.

Dopo essere tornati a Beverly Hills, Kylie e io eravamo tornati alla nostra solita routine per diversi giorni prima che mi venisse in mente che potevamo essere a Londra, a fare la stessa cosa.

Dal momento che le mie sedute di terapia che inducevano la nausea erano state ridotte in modo significativo perché avevo finito con alcune delle parti che richiedevano più tempo, avevo organizzato le mie sedute in videoconferenza.

Non era stato difficile allestire un ufficio per Kylie a casa mia a Londra, anche se non avevo intenzione di farle trascorrere molto tempo lì.

Aveva molti posti nella sua lista di attrazioni da non perdere a Londra, quindi avremmo dovuto fare il tour velocemente.

Nicole e Damian sarebbero stati a Hollingsworth House questa settimana per gli accordi dell'ultimo minuto per il matrimonio, quindi avrei avuto questa settimana con Kylie tutta per me.

Non avevo intenzione di sprecarne un attimo.

Non era necessario altro tempo per scoprire che non potevo vivere senza di lei.

Onestamente, questo fatto probabilmente mi era chiarissimo da un po' di tempo.

Non ero così sicuro che fosse convinta di non poter vivere senza... di me.

Non che non avesse abbracciato l'intera relazione di affetto reciproco.

Diavolo, se non altro, era diventata così dannatamente brava che in questi giorni avevo passato la maggior parte del mio tempo in giro con la mentalità del bicchiere mezzo pieno.

O forse quel bicchiere stava letteralmente traboccando, il che mi rendeva determinato a fare in modo che le cose rimanessero così.

Il mio dannato cuore non l'avrebbe sopportato, se Kylie avesse deciso che lei era qualcosa di diverso da completamente e irrevocabilmente mia.

Prima prendeva quell'impegno, meglio sarebbe stato per la mia mente.

Se ciò non fosse accaduto presto, temevo che avrei perso la mia sanità mentale... di nuovo.

Solo che questa volta avevo paura che non mi sarei più ripreso.

Era piuttosto spaventoso che la splendida rossa seduta accanto a me avesse il potere di creare o distruggere la mia felicità, ma era così, e non c'era una dannata cosa che potessi fare per cambiarlo.

"Oh, Dylan, guarda! Riesco a vedere tutte le luci di Los Angeles" strillò Kylie mentre guardava fuori dal finestrino con un'espressione intimorita e felice sul viso.

L'avevo già visto, molte volte, ma guardarlo attraverso i suoi occhi era molto più gratificante. "Lo vedo" risposi con un sorriso. "Probabilmente non lo guardo più così spesso."

"Come puoi non guardare?" chiese. "È bellissimo."

No, *lei* era bellissima, e mi ritrovai a guardare *lei* al posto delle luci in basso.

Damian mi aveva avvertito che sarei arrivato al punto in cui avrei fatto qualsiasi cosa solo per vedere Kylie sorridere, e avevo raggiunto quel livello senza mai rendermi conto che era successo fin dall'inizio.

Ora, era una dannata ossessione.

Una volta che le luci di Los Angeles furono dietro di noi, distolse gli occhi dal finestrino e si appoggiò allo schienale della poltrona di pelle con un sospiro. "Questa è stata una settimana così incredibile. Sto andando a Londra di buonora con te... e quell'incredibile casa sulla spiaggia. Anche quella è stata un'esperienza irripetibile."

"Speriamo di no" le dissi. "Dato che sto per concludere il contratto per diventare il nuovo proprietario, staremo lì tutte le volte che vuoi."

I suoi splendidi occhi color nocciola si allargarono e rimasi ipnotizzato dal modo in cui quelle iridi sembravano cambiare in continuazione. Sembrarono cambiare colore dal verde al marrone chiaro, all'oro, in una manciata di secondi.

In quel momento erano più oro-verdastri, la sfumatura che appariva quando era curiosa, che sembrava comparire spesso.

"Sei serio?" chiese, come se non fosse del tutto sicura che non stessi scherzando.

"Certo" la informai. "In quella casa è successo qualcosa di speciale, amore. Non avevo intenzione di lasciare che un posto con ricordi del genere andasse a qualcun altro. Nick mi ha detto che aveva intenzione di vendere perché è così impegnato da non poter più passare del tempo lì. Quindi l'ho acquistata io. Possiamo andarci quando vuoi."

"Proprio così? L'hai... acquistata?" chiese, mentre la sua fronte si aggrottava.

Alzai le spalle. "È stato un acquisto minore. Non ho una casa personale negli Stati Uniti. Sembrava una buona scelta. Non credi?"

"Non è quello" mi assicurò. "È una casa spettacolare, ma così costosa. Immagino di non aver mai conosciuto qualcuno che possa semplicemente comprare casualmente un posto come quello con poco più di uno schiocco di dita."

"Non è esattamente grandiosa come la casa di Beverly Hills."

"Non è la dimensione, e non è esattamente piccola" disse. "È la posizione. Ed è molto più maestosa del posto a Beverly Hills. Per me lo è, comunque. La spiaggia è sempre stata il mio rifugio. È così tranquillo lì."

"Allora sentiti libera di scappare lì ogni volta che vuoi. Ma non dimenticare di portarmi con te" replicai, scherzando solo a metà.

Se pensava che la casa di Newport Beach fosse costosa, non avrei nemmeno menzionato quanto fosse costata la meraviglia tecnologica a Londra.

Mi diede una pacca sulla spalla. "Come se andassi senza di te?" chiese.

"Pensavo che ti avrebbe resa felice. Certamente ha dei bei ricordi, per me comunque" le dissi, con la mente che tornava a ogni posto in cui avevamo fatto sesso in quella dimora prima di partire il pomeriggio successivo.

"Sono contenta che nessun altro l'abbia comprata" confessò con un sospiro. "Credo che forse *non* abbia visto quel granito in cucina per l'ultima volta."

Sorrisi ricordando esattamente cos'era successo sul ripiano della cucina. "Sarei felice di rivivere quel ricordo ogni volta che vuoi."

"Vorresti?" mi chiese con quel tono di voce sexy e sdolcinato che avevo imparato a conoscere così bene.

Fanculo! Come al solito, il mio uccello reagì immediatamente alla semplice possibilità di entrare in quel suo splendido corpo.

Bastò un solo sguardo del tipo *fottimi.*

Allungai la mano e accarezzai la pelle morbida della sua guancia. "Ti ho detto quanto sei bella oggi?" domandai.

"Un paio di volte" rispose, mentre mi prendeva la mano e intrecciava le nostre dita. "Ci ha messo nei guai ogni volta. Sai che ti dirò quanto sei incredibilmente bello, il che è sempre vero—"

"Non dirlo" replicai, la mia voce grave e ruvida. "Prima il cibo. La cena sarà qui a breve. Adesso mi ricordo. Hai già saltato il pranzo quando l'hai detto l'ultima volta."

"Senti che mi sto lamentando?" chiese con una risata sensuale.

"No" risposi rigidamente. "Ma dovresti ricordarmi che il cibo viene prima di tutto. Non dovrei trascinarti via come un cavernicolo ogni volta che lo dici senza assicurarmi che tu prima abbia mangiato."

Se avessi continuato così, sarebbe morta di fame perché non riuscivo a tenere le mani lontane da lei, con o senza un invito sfacciato.

Slacciò la cintura di sicurezza, sollevò il bracciolo e scivolò più vicino a me.

Slacciai la cintura con impazienza, avvolsi le braccia intorno al suo corpo caldo e morbido e me la misi in grembo.

Santo cielo! Il segnale di allacciare le cinture di sicurezza era spento, e non ero mai soddisfatto a meno che lei non fosse il più vicino possibile a me.

"Non lo so" disse dolcemente. "L'intera faccenda dei Neanderthal arrapati è piuttosto sexy. Non credo di aver mai ispirato così tanta passione in un ragazzo prima di te."

Sì, quella era un'altra questione... come aveva fatto a superare la sua vita adulta senza che un uomo *non* volesse trascinarla nella sua caverna?

Ancora e ancora.

"Allora evidentemente eri nascosta" brontolai.

"Penso che forse stessi solo aspettando te" rifletté.

"Lo spero vivamente" dissi, mentre stringevo le braccia intorno alla sua vita.

Onestamente, mi andava bene essere il primo ragazzo che aveva notato quanto fosse irresistibile. Non ero sicuro di come fosse successo esattamente.

Infilò le mani nei miei capelli e chiusi gli occhi, assaporando quel tenero tocco mentre diceva: "Forse sei il primo uomo che abbia mai voluto portarmi nella sua tana."

Sarei stato anche l'ultimo a farlo.

Avevo già rivendicato Kylie Hart, e lei era mia.

Se questo mi faceva sembrare un abitante delle caverne, non avevo problemi con quello, purché lei non ne avesse.

"Ti dà fastidio?" chiesi.

Rise, e mi fece male il petto, proprio come faceva sempre quando sentivo quel suono.

"Come ho detto, è piuttosto sexy" mi ricordò. "Ed è sempre una caverna molto... *snob*."

Sorrisi, sapendo che aveva appreso la parola "snob" da Nicole.

"E anche se non lo fosse" continuò. "Non c'è posto dove non andrei se sto con te, bello. Primitivo o elegante."

Aprii gli occhi e la guardai, il cuore in gola, mentre cercavo il suo viso.

Quel giorno aveva fatto una treccia con quella splendida chioma rossa, ma alcune ciocche erano sfuggite, e quei ciuffi di capelli rosso vivo le incorniciavano la pelle setosa e cremosa del viso.

Aveva nascosto quelle adorabili lentiggini con del trucco, ma sapevo che erano lì. Avevo memorizzato la posizione di ognuno di quegli adorabili puntini.

Allungai la mano e giocherellai con la grossa treccia dietro la sua testa. "Come ha fatto un uomo come me ad essere così fortunato da avere una donna come te che ha varcato la sua porta?"

Aprì la bocca, ma prima che potesse parlare le abbassai la testa e le catturai quelle labbra sensuali.

Era sicuramente il modo più soddisfacente a cui potessi pensare per impedirle di negare che ero il bastardo più fortunato del pianeta.

CAPITOLO 25

Kylie

"È FANTASTICO" DISSI A Dylan, mentre passeggiavamo per Hyde Park due giorni dopo.

Avevamo iniziato a Kensington Gardens, e girovagato per gli Italian Water Gardens, dove le persone si rilassavano sul prato o allineavano le panchine vicino alle fontane semplicemente per godersi la bella giornata estiva. Quella zona era affollata, ma una volta superata, il sentiero era diventato più tranquillo e Dylan mi aveva trascinata in un'area erbosa dove avevamo seguito un sentiero meno battuto fino alla Serpentine Sackler Gallery.

Dopo aver vagato tra le mostre, c'eravamo avviati verso Hyde Park.

Dylan sembrava perfettamente rilassato, ma non mi era sfuggito che quando avevamo attraversato la zona affollata, mi aveva avvolto con fare protettivo un braccio intorno alla vita, il suo corpo teso finché non c'eravamo allontanati dall'affollamento.

Un osservatore casuale probabilmente non avrebbe notato la sua reazione, ma conoscendo la sua storia, riconobbi il motivo per cui aveva provato un certo disagio.

Non era ovvio, ma il suo braccio era stato come una potente fascia intorno a me, come se avesse bisogno di assicurarsi che non mi lanciassi nel traffico in arrivo.

Aveva semplicemente stretto i denti per il disagio, e mi ero meravigliata di quanto fosse ostinata la sua determinazione a lasciarsi il passato alle spalle.

Sarebbe diventato più facile con il tempo, e non c'era alcun flashback apparente, ma odiavo vederlo a disagio perché di solito era un ragazzo che raramente esitava a fare qualcosa.

"È affollato" osservò, mentre mi teneva la mano e mi tirava più vicino a sé per evitare la folla di turisti.

Potevo sentire diverse lingue parlate intorno a me, mentre ci avvicinavamo con cautela a un cigno che nuotava vicino al bordo della Serpentine.

"Non credo che siano solo *turisti*" gli dissi, sorpresa da quanto il cigno sembrasse disinteressato alla folla.

Mi sorrise, i suoi occhi rabbuiati da un paio di ombre scure. "Noi britannici impariamo a goderci la nostra breve tregua dal clima piovoso e più freddo. Non abbiamo molte giornate come questa e le nostre estati sono brevi."

Dylan era vestito casual con un paio di jeans e una polo a maniche corte, ma l'abbigliamento non faceva nulla per togliere quanto fosse incredibilmente bello oggi.

Stamattina mi ero messa un paio di pantaloni verde bosco e una camicetta a fiori abbinata—ovviamente dopo aver controllato le previsioni.

Sorrisi a una donna più anziana che era venuta accanto a me per guardare il cigno.

"Fa abbastanza caldo oggi, vero?" commentò.

Dylan sorrise e mi lanciò uno sguardo del tipo *te-l'avevo-detto.*

"È una bella giornata" convenni con un cenno del capo.

Mi sorrise raggiante e se ne andò.

"L'hai già resa felice" disse lui mentre si avvicinava. "Vedi quanto è facile? Concorda con la percezione del tempo di un inglese e ti farai un amico per la vita."

Scoppiai a ridere. "Non fare il furbo."

In realtà, avevo notato che agli inglesi piaceva parlare del tempo e, con mia sorpresa, Dylan *non* mi aveva preso in giro su questo.

Mi tirò delicatamente la mano. "Penso che faremmo meglio ad andare. Stai diventando un po' rosa. Se riusciamo a trovare un po' d'ombra, dovresti mettere più crema solare."

La mia carnagione chiara era una vera spina nel fianco per una donna che amava stare all'aperto, ma avevo imparato ad essere generosa con il tubetto di crema solare senza il quale raramente andavo da qualche parte.

"Gli uccelli sono così docili" dissi, mentre ci allontanavamo dal bordo dell'acqua.

"Sono abituati alla folla e, poiché vengono nutriti dagli umani, in realtà non li temono."

Continuammo a passeggiare, e pensai ai giorni impegnativi che avevamo davanti a noi.

Avevamo già visitato molti luoghi.

Dato che avevamo dormito sul jet durante il viaggio, il giorno prima eravamo andati alla Torre di Londra e al Tower Bridge.

Oggi avevamo fatto un giro in macchina per la città a bordo di un'elegante Rolls Royce Ghost nera—che avevo anche appreso essere la nuova auto con autista personale di Dylan—prima di scendere dal veicolo a Kensington Gardens.

Non potevo dire di essere completamente abituata alla sua nuova casa. Ero ancora sbalordita ogni volta che varcavo la porta della spettacolare villa. La sua vastità era travolgente, ma il mio stupore era più per il modo in cui era stata costruita nei livelli sotterranei, con tre piani sotto e due sopra.

La casa era così automatizzata che a volte mi sembrava di essere nel bel mezzo di un film di fantascienza.

Non che non fosse stupenda, ma probabilmente ci sarebbe voluto un po' di tempo prima che mi abituassi a stare in un posto così fantastico.

Mi sedetti a un tavolo da picnic all'ombra per spalmare altra crema solare mentre Dylan entrava nell'edificio e tornava con un vassoio di cibo e alcune bibite.

"Questo è davvero buono" gli dissi, mentre iniziavo a divorare il fish and chips.

Entrambi ci eravamo tolti gli occhiali da sole dato che eravamo seduti all'ombra, quindi potevo vedere il divertimento nei suoi occhi mentre mi guardava.

Mi rivolse un sorriso, mentre iniziava il suo secondo pezzo di pesce. "È davvero difficile per chiunque in Inghilterra rovinare completamente il fish and chips. Ho mangiato di meglio, ma tu hai bisogno di mangiare.»

Sorrisi. "Come se avessi mai saltato un pasto."

Sembrava non smettere mai di nutrirmi, e le sue sciocchezze su di me che saltavo i pasti perché mi trascinava via per scoparmi erano totalmente ridicole.

"Che cos'è questo?» chiesi, mentre prendevo una piccola forchettata di qualcosa in una piccola scodella.

"Purè di piselli" rispose.

Alzai un sopracciglio e lo assaggiai. "È delizioso. Cosa c'è dentro?»

"Non so dirti ogni singolo ingrediente" rispose pensieroso. "Ma ci sono sicuramente la panna e il burro. Sappiamo come rendere appetibili e molto meno salutari le verdure cattive."

Dato che non ero una grande amante della maggior parte delle verdure a parte l'insalata, non avevo intenzione di lamentarmi, perché il purè di piselli era gustoso.

"Ti ho ringraziato per oggi?" chiesi, volendo assicurarmi che sapesse quanto apprezzassi tutto ciò che aveva fatto per rendere questa settimana speciale per me.

"Non è ancora finita" sottolineò. "E sì, mi hai ringraziato. Almeno una mezza dozzina di volte solo oggi."

"Va bene, lo rifarò più tardi."

Mi lanciò un'occhiata del tipo *non-farlo-mai-più*. "Non devi ringraziarmi, Kylie. Mi sto divertendo tanto quanto te. È bello essere a casa."

Sembrava così rilassato che gli credetti.

Dylan era ovviamente nel suo elemento qui, e mentre eravamo negli Stati Uniti, era difficile ricordare che in realtà veniva da qualche altra parte.

Se non si considerava il sexy accento britannico, non era sembrato fuori posto nemmeno lì.

"Sono sorpresa che nessuno sembri riconoscerti" riflettei. "Penso che tu sia un volto famoso qui."

"Molte di queste persone sono turisti e, prima dell'intera scandalosa debacle fotografica, cercavamo di tenere le nostre facce fuori dai media. Mamma voleva che provassimo ad avere un'infanzia normale. Abbiamo trascorso parte delle nostre vacanze in Spagna da bambini e, una volta adulti, nessuno di noi ha cercato le luci della ribalta. Damian e io avevamo una società da gestire e Leo trascorreva la maggior parte del suo tempo nella natura. Non siamo finiti nei gossip perché non partecipavamo davvero a eventi sociali a meno che non dovessimo farlo. Per la maggior parte, abbiamo vissuto una vita abbastanza normale."

Sbuffai. Se puoi chiamare normale andare in giro in una Rolls Royce e possedere case che solo una piccola frazione della popolazione mondiale può permettersi. Tu, Dylan Lancaster, sei tutt'altro che normale."

"È normale per me" replicò in tono pragmatico, la sua espressione un po' sulla difensiva.

"Ehi" dissi con voce più dolce. "Non lo intendevo in senso negativo. So che per te è tutto normale. Sto solo dicendo che non lo è per la maggior parte delle persone. Per me è piuttosto straordinario."

L'ultima cosa che avrei voluto fare era ferirlo. Dylan era nato nella sua vita, e chi non avrebbe voluto essere al suo posto se avesse potuto?

Lui e Damian si erano fatti il culo per la loro società, piuttosto che limitarsi a fare giri sociali ed eventi, vivendo della loro ricchezza senza lavorare per essa.

Questo era il motivo per cui erano così scandalosamente ricchi.

"Nascere Lancaster non è sempre facile" brontolò. "Ci sono pochissime persone che vedono qualcosa tranne la nostra enorme ricchezza. Damian ed io ci assicuriamo che la Lancaster International faccia cose buone per il mondo intero. Pensiamo che sia nostra responsabilità contribuire quando si tratta di risolvere situazioni di crisi mondiale. Non solo con i soldi ma anche con l'innovazione. Tutto ciò che fa Leo è cercare di salvare le specie in via di estinzione dopo che siamo stati abbastanza idioti da portare le popolazioni animali sull'orlo dell'estinzione. Non si è mai trattato principalmente di fare più soldi per nessuno di noi."

Lo guardai, sbalordita, perché non avevo mai pensato ai lati negativi dell'essere ultra-ricchi. "La Lancaster è famosa per tutta l'innovazione che fate per risolvere i problemi del mondo" lo rassicurai. "E non ho dubbi che doni molto in beneficenza ogni anno, probabilmente molto più di quanto hai bisogno di dare. Non so molto su cosa fa Leo, ma ovviamente non è per i soldi dato che il suo rifugio è senza scopo di lucro. Se le persone non vedono la sostanza dietro la vostra ricchezza e tutte le cose buone che fate, allora sono degli idioti."

Improvvisamente mi sentii estremamente sulla difensiva riguardo al fatto che, qualunque cosa facessero i Lancaster per aiutare l'umanità, sarebbero sempre stati visti come semplicemente miliardari con più soldi di Dio e un cognome di famiglia importante che tutti riconoscevano.

Qualcuno riusciva a guardare più a fondo quando incontrava i membri di questa straordinaria famiglia?

Da quello che Dylan aveva detto in passato sulle sue esperienze di incontri, pensavo... di no.

"So di essere estremamente privilegiato, Kylie" disse imbarazzato. "Non devi difendermi."

Gli sorrisi, il mio cuore in tumulto, mentre guardavo la sua espressione solenne. "Sì, in realtà lo faccio. So quanto lavorate duramente tu e Damian e, a giudicare dal fatto che Leo è raramente a casa, sono sicura che lo fa anche lui. Se nessuno di voi ama vantarsi, forse qualcuno deve farlo per voi. Mi fa incazzare che nessuna donna abbia mai visto il vero Dylan Lancaster perché so che ragazzo incredibile sei davvero."

La sua espressione si trasformò in un sorriso a tutti gli effetti. "Sei l'unica donna che conta davvero per me."

Il mio battito accelerò, mentre mi strizzava l'occhio con coraggio, ma non disse un'altra parola.

Santo cielo! Poteva essere un po' inquietante essere l'unico fulcro dell'attenzione romantica di Dylan Lancaster...

Ma sembrava dannatamente magnifico.

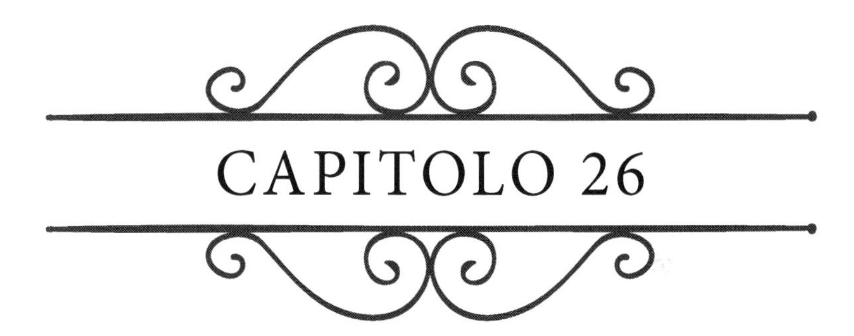

CAPITOLO 26

Dylan

SAPEVO CHE IL tempo stava per scadere, ma non avevo ancora idea di come iniziare la discussione che dovevo avere con Kylie.

Eravamo a Londra da sei giorni, ma nessuno di noi due aveva affrontato l'argomento del nostro futuro insieme.

C'eravamo divertiti insieme per tutta Londra, chiusi in una bolla di felicità che non avrei voluto far scoppiare.

Non che avessi pianificato di lasciarla scappare.

Kylie Hart era mia.

Sarebbe rimasta mia.

Avevamo solo bisogno di sistemare... i dettagli.

"Oh, mio Dio, questo è il paradiso su un cucchiaio" disse Kylie con un gemito sexy.

Non potevo fare a meno di sorridere, quando vidi i suoi occhi chiudersi, mentre dava un altro morso al suo sticky toffee pudding.

Avevamo deciso di rimanere questa sera perché eravamo entrambi stanchi di correre per Londra dalla mattina alla sera tutti i giorni.

Avevo chiesto a uno chef di cucinare la nostra cena, con una richiesta speciale per il dessert.

Avevo portato il pudding sul tavolo della sala da pranzo pochi minuti prima.

"Ti avevo promesso che ti avrei trovato un buon sticky toffee pudding" le ricordai.

"Perché non abbiamo questa roba negli Stati Uniti?" chiese, sembrando contenta perché non era facile averlo sui menu a casa.

Avevo già divorato il mio, ma Kylie stava assaporando il suo a piccoli assaggi, come se non ne avessimo più in cucina.

La guardai dal mio posto sulla sedia di fronte a lei, cogliendo ogni sfumatura che attraversava il suo bel viso.

Amavo il fatto che anche le piccole cose la deliziassero assolutamente e che trovasse quasi sempre qualcosa di cui meravigliarsi ovunque andassimo.

Non c'era una sola cosa che avevo fatto per lei che non avesse notato o per cui non mi avesse ringraziato profusamente.

In un certo senso, lo odiavo davvero perché mi diceva che pochissime persone nella sua vita avevano mai fatto qualcosa per lei o l'avevano apprezzata.

Appena finito, mi aveva rivolto un sorriso splendido che sembrava un pugno nello stomaco.

Santo cielo! Ci sarebbe mai stato un momento in cui mi avrebbe sorriso in quel modo, e non mi sarei sentito come se qualcuno mi avesse tolto il fiato?

A poco a poco, Kylie era riuscita a scacciare la maggior parte dell'oscurità rimanente nella mia anima, lasciando dietro di sé nient'altro che la sua essenza luminosa.

Sia che avessimo discusso della geografia che di altri dettagli, lei almeno sapeva che saremmo stati insieme e che saremmo rimasti insieme, giusto?

Davvero, come poteva pensare diversamente?

Questa donna era parte di me.

Non volevo dormire una sola notte senza il suo corpo caldo e morbido abbracciato al mio.

Non volevo passare un giorno in questa casa senza di lei.

Non volevo mangiare senza che lei fosse seduta a tavola.

Certo, *doveva* saperlo.

No, non ne avevamo *parlato*, ma lei doveva rimuginare idee nella sua testa, suggerimenti che non aveva ancora menzionato.

Sospirò spingendo indietro il piatto. "Suppongo che sia ora per me di iniziare a pensare al matrimonio. Non vedo l'ora che arrivi anche quello, ma questa è stata una settimana davvero magica."

Magica.

Di nuovo quella parola.

Era stata magica perché stavamo insieme o perché pensava che Londra fosse incantevole?

"Oggi hanno consegnato il tuo vestito per il gala pre-matrimonio di lunedì sera" dissi casualmente.

Si accigliò. "Quale vestito? Non ho ordinato nulla."

No, ma l'ho fatto io.

Avevo portato Kylie a fare un necessario giro turistico da Harrods, e mentre eravamo lì, un bellissimo abito da sera aveva attirato la sua attenzione.

Preoccupata che il vestito che aveva portato non fosse abbastanza formale per il gala di mamma, aveva preso la sua taglia ed era pronta a provarlo... finché non aveva visto il prezzo.

Si era allontanata di corsa da quell'abito di Zuhair Murad come se non riuscisse a liberarsene abbastanza velocemente.

Quindi, l'avevo fatto consegnare oggi.

"È nel tuo armadio principale" la informai.

"Dylan Lancaster" disse con un tono basso e di avvertimento. "Cos'hai ordinato? Dio, ti prego, non dirmi che è quel vestito di Harrods."

"Va bene, non lo dirò" risposi gentilmente. "Ma non ti prometto che non è nel tuo armadio."

"No" gemette. "Dylan, quel vestito costava quasi quanto la mia macchina."

"È un regalo" le dissi.

"Mi hai già regalato tutto questo viaggio" sostenne. "Per favore, rispediscilo. Non compro vestiti del genere. Voglio dire, è incredibile, ma hai fatto abbastanza per me."

"Non lo rispedirò indietro" replicai testardamente. "Kylie, che senso ha avere dei soldi se non posso spenderli per te? Il prezzo per le cose che ti ho comprato non è niente per me. Piccole cose. Il tuo ragazzo è un miliardario con più soldi di Dio, e in futuro riceverai regali anche più costosi. Questo è quello che sono, amore. Non chiedermi di non darti tutto ciò che il tuo cuore desidera, perché non posso farlo."

Incrociò le braccia sul petto.

Guardai, mentre apriva la bocca e poi la chiudeva.

E poi lo fece di nuovo.

"Cosa devo fare con te, Dylan Lancaster?" chiese alla fine, suonando completamente esasperata.

Alzai un sopracciglio. "Tenermi?"

Roteò gli occhi. "Non cambierei nulla di te, ma la cosa dei regali *non* sarà facile per me. Non ho mai avuto un uomo che mi regalasse dei fiori, figuriamoci un vestito a cinque cifre e una vacanza di lusso a Londra completamente pagata. Comprese cene costose che non mi sarei mai potuta permettere. Oh, e non dimentichiamo il jet privato."

"Ti piacciono i fiori?" le chiesi, rendendomi conto che non gliene avevo ancora comprati.

"Certo" sbuffò. "Voglio dire, in generale, sì. Ma qui non stiamo parlando di un mazzo di fiori, Dylan."

Potevo iniziare la consegna l'indomani, un diverso tipo di bouquet ogni giorno.

Se l'avessi fatto, avrei potuto vedere cosa le piaceva davvero dalle sue reazioni.

"Dylan!" disse bruscamente.

"Sì."

"Accidenti, mi ascolti?"

Si alzò, prese i nostri piatti e si diresse con passo pesante verso la cucina.

La seguii, ovviamente, perché sapevo che qualcosa non andava.

"Kylie" dissi entrando in cucina. "Cosa diavolo c'è che non va?»

"Niente" disse concisa. "Non importa."

Misi le posate nella lavastoviglie e la chiusi. "Parla con me" pretesi, mettendomi di fronte a lei e bloccandole l'uscita. "Scappare non risolverà questo problema."

Alzò lo sguardo su di me, la sua espressione turbolenta, mentre diceva: "Cosa posso dire? Tu sei tu, e io sono io. Stavo cercando di spiegare che sono a disagio con i regali costosi. Non mi stavi ascoltando. In questo momento, penso che tu sia probabilmente l'uomo più testardo sulla Terra."

"Ti ho sentita" chiarii, sentendo il mio livello di frustrazione aumentare. "Ogni. Singola. Parola. Ma sai cosa mi è rimasto impresso, Kylie?"

Scosse la testa.

"Bene. Te lo dirò. Tutto ciò a cui riuscivo a pensare era il fatto che non avessi mai ricevuto fiori. Mai. Che penso sia la fottuta cosa più triste che abbia mai sentito visto che hai avuto un marito e alcuni fidanzati. In confronto, è più economico per me comprare gli articoli che ho acquistato per te rispetto all'acquisto di fiori per te da parte di un uomo normale. Eppure, vuoi ributtarmi in faccia quei doni. Il mio unico intento era renderti felice e farti sapere che ti apprezzo. Penso che meriti di essere trattata come la donna più importante della mia vita perché lo sei. Non sono come gli altri uomini, Kylie, perché a *me* importa di renderti felice e assicurarmi che tu abbia tutto ciò che desideri o di cui hai bisogno. Infatti, mi sento privilegiato di essere l'uomo che può farlo perché so che *non hai bisogno* che mi prenda cura di te. Scegli di stare con me perché lo vuoi. Ma preferirei che mi concedessi anche di farti dei regali perché mi fa sentire utile, anche se non hai bisogno di quelli o di me."

Mi fissò con un'espressione interrogativa. "Credi davvero di dover fare qualcos'altro per essermi utile?" chiese dolcemente. "E hai ragione, sono regali poco costosi per te, e non volevo sbatterti in faccia un gesto così premuroso. Mi dispiace, Dylan. Forse non sono abituata a qualcuno che si prende cura di me in quel modo."

"Qualcuno dovrà farlo" brontolai.

Mi rivolse un sorriso caloroso e adorante che rese il mio uccello ancora più duro di quanto non fosse già, il che era quasi un'impresa impossibile.

"Quindi, se fai tutte queste cose, cosa posso fare per te?" chiese. "Ti adoro, ma il mio conto in banca non si estende ai vestiti firmati."

Resta con me.

Respira vicino a me.

Avvolgi le tue braccia intorno a me e lasciami annegare felicemente nel tuo affetto.

Le presi il viso tra le mani, mentre le dicevo burbero: "Continua ad adorarmi e sarò l'uomo più felice della Terra, amore."

Mise le mani sotto la mia maglietta e passò quei morbidi palmi sul mio busto in un gesto sensuale che cancellò improvvisamente dalla mia testa tutti i pensieri razionali che avevo.

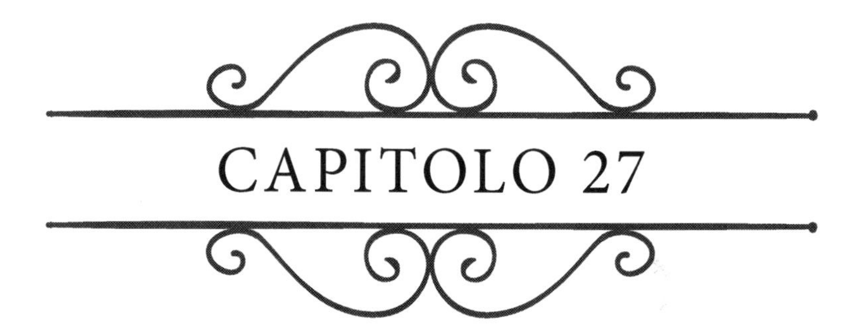

CAPITOLO 27

Kylie

IL CALORE NEL mio petto si diffuse in tutto il mio corpo, atterrando alla fine dritto tra le cosce.

Dio, quanto amavo quest'uomo.

Il modo in cui si prendeva cura di me.

Il modo in cui pensava ai miei bisogni.

Il modo in cui donava così disinteressatamente, senza aspettarsi nulla in cambio.

Assaporai la sensazione della sua pelle sotto le mie dita, mentre sussurravo: "Come ho avuto la fortuna di trovarti, Dylan Lancaster? Non importa cosa sia successo prima di te, perché hai più che compensato ogni pessima esperienza di vita che abbia mai avuto."

Stare con lui mi aveva insegnato com'era essere amati e adorati, e a volte era così bello che faceva quasi paura.

"Questo è il mio obiettivo, piccola" rispose con voce roca, mentre mi afferrava i fianchi.

"Missione compiuta" dissi con un sospiro, mentre gli tiravo la maglietta sopra la testa. "Lascia che ti tocchi, Dylan. Amo il tuo corpo."

Passai le mani sulle sue spalle larghe, sul suo petto, e poi tracciai ogni muscolo duro e solido del suo addome.

Era mozzafiato, con un corpo così stupendo che mi meravigliavo ancora del fatto che ogni centimetro di lui fosse mio.

Spostai la mia mano più in basso e palpai il suo fallo duro, premendo la mia mano sul denim dei suoi jeans.

"Hai un piccolo problema qui" scherzai.

"Tesoro, questo è un grosso problema" gracchiò.

"Lo è" concordai. "Ma penso di poter aiutare."

Fece un respiro udibile, mentre gli aprivo il primo bottone dei jeans.

"Sei l'unica che può" disse con voce grave.

Adoravo quanto apparisse disperato per me. Non importava quante volte io e Dylan facessimo sesso, la volta successiva era sempre altrettanto feroce.

A volte di più.

Più conoscevamo i corpi l'uno dell'altra e ciò che ci piaceva, più diventava sexy.

Era insaziabile, e io avevo bisogno di lui tanto quanto lui aveva bisogno di me.

Liberai il suo membro e mi lasciai cadere sul pavimento, tirando i suoi jeans e boxer alle caviglie.

Se ne liberò con impazienza.

Strofinai la mano lungo il suo enorme cazzo. Non mi stancavo mai di toccare ciò che sembrava seta su un acciaio molto duro.

"Kylie? Tesoro" disse con voce strozzata.

Spinsi il suo sedere contro il bancone, mi chinai in avanti e feci roteare la lingua intorno alla sua punta, assaporando la goccia di umidità che mi stava aspettando.

"Mi ucciderai, cazzo, donna" disse, mentre intrecciava la mano tra i miei capelli.

Il desiderio crudo nella sua voce diede fuoco al mio corpo.

Aprii la bocca e presi quanto più possibile della sua asta, e poi mi tirai indietro lentamente, le mie labbra avvolte intorno a lui con tutta la suzione che potevo creare.

"Cristo! Kylie!" grugnì, stringendo le dita sul mio cuoio capelluto.

Ogni suono di piacere che lasciava le sue labbra mi spingeva a continuare. Gli accarezzai il sedere stretto e sodo mentre lo divoravo, stringendo infine le dita finché non ne presi una natica con entrambe le mani.

"Fanculo!" imprecò, la sua mano che mi guidava la testa mentre mi muovevo su e giù. "Così. Dannatamente. Bello."

Spostai una mano dal suo sedere alle palle, accarezzando con la giusta quantità di pressione che sapevo l'avrebbe fatto esplodere.

"Non. Succederà" ringhiò e mi tirò su.

"Cosa c'è che non va?» gli chiesi in uno stordimento sensuale.

"Anche se mi piacerebbe venire con quelle belle labbra avvolte intorno al mio uccello, ho bisogno di stare molto di più dentro questo tuo dolce corpo" disse con un tono basso e febbricitante mentre mi spogliava rapidamente.

Mi sollevò e tornò in sala da pranzo a grandi passi.

"Non ce la farò ad arrivare in camera da letto" gracchiò, mentre mi piegava sul tavolo.

"Non importa" piagnucolai. "Fottimi e basta."

Non lo fece.

Passò le mani sul mio sedere e poi ne spostò una tra le mie cosce.

Quasi colpii il soffitto quando il suo dito trovò il mio clitoride.

Accarezzò il fascio di nervi scivoloso, l'altra mano sulla mia schiena e poi giù verso il mio culo.

Ansimai quando la mia testa cadde sul tavolo, il mio corpo vicino all'orgasmo, mentre accarezzava le mie pieghe scivolose ancora e ancora.

"Dannazione, Dylan! Scopami!" chiesi, il mio corpo pronto ad esplodere.

Ero bisognosa e disperata di prendere il suo cazzo dentro di me.

Mi avrebbe soddisfatta solo quando avesse percepito che fossi tanto affamata del suo membro quanto lo era lui di darmelo, e non un secondo prima.

Dylan si assicurava sempre che fossi lì con lui, ma in questo momento stavo un po' più avanti.

Quasi piansi di sollievo, quando sentii la punta del suo fallo al mio ingresso.

"È questo ciò di cui hai bisogno, Kylie?" chiese rudemente. "Dimmi."

Il mio cuore batteva forte per l'attesa, il mio corpo pulsava di bisogno.

"Sì. Lo sai che lo è" borbottai.

"Ti darò sempre ciò di cui hai bisogno" replicò con un tono rauco e crudo, mentre si lanciava in avanti e seppelliva il suo cazzo dentro di me.

"Oh, Dio, sì!" gemetti. "Sei meraviglioso."

Le sue mani mi afferrarono i fianchi, mentre iniziava a muoversi con movimenti regolari, ognuno più profondo, più duro di quello precedente.

Sentii la sua mano iniziare ad accarezzarmi la schiena, e poi si chinò in avanti e seppellì il viso nel mio collo, la lingua e la bocca che divorarono ogni centimetro di pelle sensibile che riusciva a trovare.

"Dylan" soffocai, mentre il mio corpo bruciava incandescente.

Quest'uomo mi consumava, mi possedeva ogni volta che mi toccava, finché non ero più sicura dove finisse uno di noi e cominciasse l'altro.

"Vorrei poterlo fare durare a lungo" tuonò, il suo petto contro la mia schiena. "Non è possibile essere lenti con te, Kylie. Mi fai diventare completamente pazzo. Sei la mia sanità mentale e la mia follia."

"Anche tu" mormorai, assaporando il momento di intensa vicinanza in cui i nostri corpi si intrecciarono così tanto che potevo sentirlo dentro la mia anima.

Si raddrizzò, le sue spinte diventarono più urgenti, più frenetiche, perché nessuno di noi due poteva più trattenersi.

"Più duro" esortai.

Mi afferrò i fianchi, e ogni volta che si immergeva dentro di me, il suo cazzo era così profondo che il mio corpo vibrava di soddisfazione.

"Sì!" gridai. "Dylan!"

Il mio climax iniziò a raggiungere il picco, il rilascio così potente che il mio corpo si sentiva come se stesse implodendo.

"Kylie" ruggì, mentre sbatteva in me, trovando finalmente la sua liberazione.

Il mio cuore stava martellando, quando Dylan si sporse in avanti, il petto ansante, e affondò il viso nel mio collo.

Girai la testa e ci scambiammo un bacio veloce e senza fiato, mentre il suo corpo mi copriva come se dovesse proteggermi.

"Mi distruggi ogni singola volta" gli dissi, mentre mi allungavo dietro di me e gli accarezzavo i capelli.

Appoggiò il culo nudo su una sedia e mi tirò in grembo, le sue braccia avvolte intorno a me in modo protettivo.

Appoggiai la testa sulla sua spalla e infilai la mano tra i suoi capelli. "Mi dispiace se ti ho ferito. È qualcosa che non voglio mai fare" borbottai mentre gli toccavo le ciocche di capelli dietro la testa.

"Non avrei dovuto spingerti. Se non ti senti a tuo agio, avrei dovuto ascoltarti" replicò, mentre mi accarezzava la schiena con una mano.

"Non credo che fosse nemmeno il prezzo dei regali" confessai. "Non è che non sappia che sei oscenamente ricco. Forse è solo perché non sono abituata a qualcuno a cui importi abbastanza da pensare di essere premuroso, escluse le mie amiche, ovviamente. Mi fai sentire speciale, Dylan, e questo è così nuovo per me. Lo adoro, ma non sono sicura di come accettarlo come se lo meritassi davvero. Grazie per quell'abito incredibile. Mi sentirò come una principessa. È un sollievo sapere che non mi sentirò vestita male. Probabilmente riuscirò a superare quasi tutti gli eventi, nervosa o meno, dal momento che mi occupo di pubbliche relazioni, ma sapere che sarò vestita in modo appropriato è una spinta di fiducia."

Avrei dovuto imparare a superare le mie insicurezze. Se non lo avessi fatto, sarei finita col ferirlo di più. Non volevo schiacciare la sua natura generosa.

"Sarai la donna più bella, qualunque abito indosserai. Quindi, lo terrai?" chiese speranzoso.

Gli accarezzai il collo e diedi un bacio sulla sua mascella ispida. "Sì, uomo pazzo, generoso, premuroso. Lo terrò."

Se si trattava di scegliere tra l'essere un po' a disagio e fargli del male, avrei scelto di essere un po' a disagio ogni volta.

"Ci sono anche alcune altre cose nel tuo armadio" disse con cautela.

"Tipo... qualcosa che avevo guardato e mi era piaciuto quando ero da Harrods?" domandai.

"Forse non tutto" replicò. "Potrei essermi perso qualcosa."

"Considerando la tua attenzione ai dettagli, in qualche modo ne dubito" dissi con un sorriso. "Ti ringrazierò per quelli, quando li vedrò."

Dal momento che non ricordavo di aver visto qualcosa di più costoso di quel vestito, probabilmente ero al sicuro.

"Non ho idea del perché mia madre abbia deciso che aveva bisogno di tenere un altro gala. Probabilmente perché la lista degli invitati al matrimonio e al ricevimento non includeva nessuno a cui Damian non fosse legato, quindi non voleva che i conoscenti si sentissero offesi. Probabilmente l'ha programmato apposta in un giorno feriale. Non troppo vicino al matrimonio di sabato prossimo, e la folla avrebbe potuto disperdersi presto."

Restammo in silenzio per un minuto, prima che dicessi: "La nostra settimana di visite turistiche è quasi finita."

Onestamente, una volta finito il matrimonio, non ci sarebbe stato davvero motivo per me di restare. Macy sarebbe partita domenica, e Damian e Nic sarebbero partiti per la luna di miele lunedì, non appena il jet di Damian fosse tornato dal viaggio per riportare Macy a casa.

Dato che avevo cancellato il mio biglietto aereo, probabilmente sarebbe stato meglio se fossi tornata con Macy.

Sarebbe stato una specie di spreco per il jet di Dylan fare un altro viaggio.

Noi due non avevamo davvero discusso di nessun tipo di progetto futuro per stare insieme, ma mi fidavo abbastanza di Dylan da sapere che ci *saremmo* visti. Ci volevamo troppo bene per non farlo.

Potevamo sentirci al telefono, fare videochiamate, e Dylan sarebbe tornato nella sua casa al mare.

Avrei solo voluto che non fosse così difficile dire arrivederci.

Mi avrebbe strappato il cuore, soprattutto perché non avevamo programmato di rivederci presto.

Si alzò, le sue braccia saldamente intorno al mio corpo.

Istintivamente avvolsi le braccia intorno al suo collo per mantenere l'equilibrio. "Cosa fai?"

"Ti porto a letto" disse in un baritono sexy. "A meno che tu non abbia gravi obiezioni a questa idea."

Sospirai.

Mi rimaneva così poco tempo con Dylan. Non volevo passarlo a preoccuparmi di cosa sarebbe successo quando non fossimo stati più nello stesso Paese.

Avremmo trovato una soluzione alla fine.

Mentre ero con lui, volevo solo godermi ogni momento.

"Neanche una" lo rassicurai e concentrai tutta la mia attenzione sui piaceri che aveva in serbo per il resto della notte.

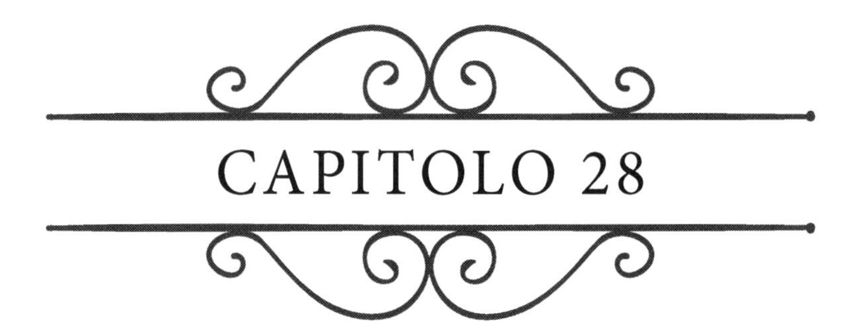

CAPITOLO 28

Dylan

A COSA DIAVOLO STAVO pensando, quando le avevo comprato quel dannato vestito?

"Va tutto bene?" chiese dolcemente Kylie, mentre si sedeva accanto a me sul sedile posteriore della Ghost sulla strada per il gala.

"Bene. Sì. Va tutto bene."

Cos'altro avrei potuto dire?

Non potevo ammettere che mi stavo pentendo della mia decisione di averle comprato un abito che amava, semplicemente perché probabilmente avrebbe attirato tutti gli sguardi maschili al gala.

Il vestito era sembrato perfetto sul manichino.

Semplicemente non ero pronto a vedere lo stesso abito su Kylie o il modo in cui il suo corpo sinuoso riempiva quel dannato indumento.

Se volevo essere completamente sincero con me stesso, il colore blu abbagliante si abbinava perfettamente ai suoi capelli color fiamma e alla sua pelle chiara. Sì, si sarebbe distinta, ma Kylie Hart sarebbe stata notata comunque.

Erano i motivi delle foglie ingannevolmente innocenti sparse nel taglio del vestito che mi avevano quasi sbalordito quando l'avevo vista scendere le scale quella sera.

Bene. Sì. Tutte le zone importanti erano ricoperte da quelle foglie con i lustrini—a malapena. Tuttavia, era *il* modo in cui venivano nascoste che era totalmente inquietante.

Troppa pelle nuda e tutta la sua schiena era esposta. La stoffa aderiva al suo corpo formoso, abbracciandolo come un amante, e una mossa sbagliata in quel vestito avrebbe probabilmente esposto una parte del suo corpo che non doveva essere scoperta.

Feci un respiro profondo e lasciai uscire l'aria di nuovo. Ad essere onesti, era molto chic, e se l'avesse indossato un'altra donna, non avrei battuto ciglio.

Vederlo su Kylie, tuttavia, mi aveva trasformato in un dannato pazzo.

Non si poteva negare che fosse splendida. Non ero contento all'idea che ogni altro ragazzo al ricevimento guardasse la mia donna.

Fanculo! Quando diavolo ero diventato uno psicopatico possessivo?

Avevo accompagnato donne a eventi sociali che indossavano abiti altrettanto rivelatori.

Kylie sembrava sensuale. Bellissima. Elegante. Mozzafiato.

Speravo solo che non avrei voluto prendere a pugni ogni uomo che la guardava nel modo in cui avrei fatto io.

"Sei sicuro di stare bene?" chiese di nuovo, questa volta più esitante.

Cristo! Mi stavo comportando come un bastardo, e lei non aveva fatto niente di sbagliato. Le presi la mano e gliela strinsi. "Sto bene, tesoro. Mi dispiace di essere dovuto andare in ufficio oggi."

Damian non era stato disponibile, e avevamo avuto un problema al quartier generale. Mi ci era voluta mezza giornata per sistemare le cose.

Sebbene avessi programmato di passare più tempo al quartier generale questa settimana, avevo sperato in un altro giorno con Kylie prima che la situazione precipitasse.

"Te l'avevo detto che non c'era alcun problema" disse categoricamente. "Ho sfruttato il tempo per recuperare il lavoro e creare il tuo collage di foto. Se non ti piace, posso disfarlo."

Davvero pensava che non mi piacesse il suo regalo?

Kylie aveva deciso di chiedere a qualcuno di scattare le nostre foto ovunque fossimo andati durante l'ultima settimana, e lei le aveva messe insieme per me oggi. Era uscita, aveva preso le cornici e aveva usato la mia stampante fotografica per mettere tutto insieme.

Il risultato finale era stata una grande raccolta di foto di noi due che aveva messo sulla grande parete della cucina.

Eravamo così dannatamente felici in ogni foto, e mi commosse il fatto che si fosse presa il tempo per metterla insieme.

"La adoro" le assicurai. "È nel posto perfetto. La vedrò più spesso in cucina perché sono in quella stanza molto più delle altre."

Sospirò. "Non abbiamo ancora usato il campo da tennis. Quella zona è incredibile."

Sorrisi. Avevo progettato quel campo da tennis coperto prima ancora di incontrarla. "Perché siamo stati così stanchi a causa di tutti i nostri altri esercizi fisici" dissi, usando un tono di voce che le avrebbe fatto capire che *non* stavo parlando delle nostre visite turistiche.

Si avvicinò. "Li *sceglierei* al posto del tennis ogni giorno."

"Ti ho detto quanto sei bella stasera?" chiesi.

"In realtà, no. Pensi che il vestito sia eccessivo?" domandò.

Cazzo! Non avrei dovuto permettere al mio cervello iperattivo di impedirmi di dirle quanto fosse splendida. "Affatto. Sono solo preoccupato di dover scacciare tutti i lascivi da te."

Sbuffò adorabilmente. "Mi sento bene, ed è un bel vestito, ma non credo che il tuo lavoro sarà così difficile."

"Bene, perché avrò sicuramente qualcos'altro di faticoso da sostenere per tutta la notte" brontolai. "E non potrò distogliere gli occhi da te."

"Sei stupendo anche tu in cravatta nera" mi informò. "Avrò l'accompagnatore più sexy al gala."

Mi sentii un po' più calmo. "Ho un fratello gemello identico" le ricordai.

"Senza offesa per Damian, ma sei molto più sexy tu. Mai una volta ha scosso i miei ormoni femminili."

Sorrisi, sentendomi ancora più calmo. "Com'è possibile se siamo perfettamente uguali?"

"*Sei* diverso" rispose, come se non sapesse bene come spiegarlo. "Anche se sembrate simili, le vostre aure sono diverse. Damian è un po' distaccato finché non lo conosci. Tu irradi energia, passione e sesso rovente, sudato e orgasmico. Forse è la nostra chimica, ma sono stata attratta da te dal primo giorno. Sì, sei stato incredibilmente scortese, ma ero ugualmente... attratta da te. Forse è strano, ma potevo quasi sentire il tuo dolore, e mi ha sconvolta."

Scossi la testa. "Anch'io sono stato attratto da te. Quei primi giorni, forse anche questo mi ha messo a disagio. Quindi, volevo spaventarti. Fortunatamente per me, non sei una che si lascia facilmente intimidire. Sono fortunato che le mie palle siano ancora intatte."

"Sembravano stare bene l'ultima volta che le ho accarezzate" disse con una voce bassa e sexy.

Accidenti! Pensavo che il mio uccello non potesse diventare più duro.

A quanto pareva, mi sbagliavo.

"Stai attenta, amore, o riceverai più di quanto possa aspettarti proprio qui sul sedile posteriore di questa macchina" la avvertii.

Avevo chiuso il divisorio tra l'autista e noi non appena eravamo entrati nel veicolo. Considerando il fatto che era già buio, non sarebbe stato impossibile—"

"Non in *questo* vestito, o in *questa* macchina. Preferirei non incontrare la tua famiglia per la prima volta con l'aria di essere appena uscita da una sveltina sul sedile posteriore di una Rolls" replicò con fermezza. "Non importa quanto sexy possa essere."

Dannazione! Aveva ragione, ma l'istinto divorante alla bocca del mio stomaco era quello di marchiare in qualche modo questa donna come mia prima che quegli altri sfigati avessero qualche idea.

In questo momento mi odiavo perché era essenzialmente colpa mia per non aver avuto la discussione che Kylie e io avremmo dovuto avere molto tempo addietro.

Fino ad ora, non avevo fatto nulla per cementare il nostro futuro o per assicurarmi che ogni bastardo là fuori sapesse che questa donna era mia.

Non solo per una settimana o due.

Non solo per qualcosa a breve termine.

Non solo come fidanzata o amante.

Quello che provavo per lei non sarebbe cambiato, e lo sapevo da tempo ormai.

Certo, *avevo* dato il via al nostro futuro, ma non avevo ancora condiviso quei piani con lei.

La verità era che forse c'era una parte di me che non voleva sentirla dire che non era esattamente quello che voleva anche *lei*.

Volevo assicurarmi che si fidasse di me abbastanza da fare quel salto di fiducia poiché avevo ancora una storia di idiota da superare.

Sebbene Kylie non mi avesse mai incolpato per il mio passato, non sarebbe stato facile per una donna con problemi di fiducia vedermi come quel ragazzo su cui poteva contare per restare.

Avrei voluto avere più tempo, più possibilità per dimostrarle che non sarei mai più stato l'uomo che aveva visto nella foto di un'orgia, scoprendo il culo affinché il mondo intero lo vedesse.

Sfortunatamente, non avevo quel lusso. Dato che non avevamo discusso del nostro futuro e di ciò che volevamo, il suo primo istinto dopo il matrimonio sarebbe stato quello di tornare negli Stati Uniti perché la sua vita era lì. I suoi affari erano lì. La maggior parte dei suoi amici erano lì.

Avrei dovuto mettere da parte la mia apprensione perché lasciarla andare via non era un'opzione.

"Kylie" iniziai, cercando di ignorare il terrore che mi era rimasto in gola. "So che non abbiamo davvero avuto la possibilità di discutere di cosa faremo di noi dopo il matrimonio—"

"Non lo faremo" disse in fretta. "Tutto sarà così folle questa settimana. Possiamo parlarne sabato sera dopo che tutto questo sarà finito?"

"Certo" la rassicurai. "Se è quello che vuoi."

Okay. Quindi, non era andata molto bene.

Non ero sicuro se essere sollevato o preoccupato perché lei era disposta ad aspettare fino a dopo il matrimonio per pianificare il nostro futuro.

Se davvero ne avessimo avuto uno.

Feci un lungo respiro che non mi ero nemmeno reso conto di aver trattenuto.

Forse non era una brutta cosa darle un po' più di tempo per rendersi conto che non sarei tornato ad essere un idiota.

Non ci sarei mai tornato, e non avevo più voglia di schivare l'argomento.

Anche se non potevo affermare che ognuno dei miei demoni fosse stato sconfitto, avevo ucciso la maggior parte di quei piccoli bastardi, e se ne fosse sorto un altro, avrei eliminato anche quello.

Non ero più quell'uomo paralizzato dallo stress post-traumatico, eppure non potevo nemmeno dire di essere il Dylan Lancaster che ero stato prima di due anni addietro.

Ero... diverso. Cambiato dalle mie esperienze e incapace di tornare indietro.

E sinceramente, mi andava bene così.

Ero più cauto, un po' più duro e meno propenso a fidarmi di persone che non conoscevo.

Ma ero anche più saggio e consapevole delle cose che davo per scontate prima che la mia vita venisse sconvolta.

Alcune delle mie priorità erano diverse, ma anche questo mi sembrava giusto.

Ad un certo punto della mia vita, avevo sempre messo la Lancaster International al primo posto, proprio come Damian.

Inoltre, proprio come per il mio gemello, la mia società non sarebbe sempre *stata* al primo posto nella mia vita perché avevo trovato qualcuno che fosse più importante della Lancaster International.

"Ci siamo?" chiese Kylie, mentre entravamo nel lungo viale di Hollingsworth.

"Eccoci qui" confermai. "Sei pronta?"

"Pronta come non sarò mai" rispose. "E tu?"

Non dovetti chiedere cosa intendesse. Non vedevo la mia famiglia da quando avevo ripreso il controllo della mia mente, e cosa diavolo potevo dire alle persone che mi erano state accanto per molto più tempo di quanto avrebbero dovuto?

Mentre raggiungevamo la parte circolare del viale davanti alla casa, vidi Damian, Nicole, Leo e mamma che aspettavano il nostro arrivo.

Le strinsi la mano. "Più pronto di quanto tu possa mai immaginare" le dissi, ansioso di riprendere finalmente il mio posto nella famiglia Lancaster.

CAPITOLO 29

Kylie

RIMASI DIETRO DYLAN, mentre scendevamo dall'auto, dandogli il tempo di salutare la sua famiglia.

Era un momento cruciale per lui e importante poiché era la prima volta che si trovava faccia a faccia con loro da quando aveva iniziato il trattamento e aveva deciso di riprendersi la sua vita.

Damian e Dylan indossavano smoking quasi identici, e il modo in cui sembravano quasi immagini speculari l'uno dell'altro era ancora più sorprendente quando i due erano in piedi fianco a fianco.

Sì, potevo vedere le differenze, ma erano sottili, e mentre i due uomini che si assomigliavano così tanto stavano l'uno di fronte all'altro, nessuno dei due che sembrava sapesse esattamente cosa dire, il mio cuore si strinse.

Vidi la lotta sul volto di Dylan, il desiderio di dire un milione di cose che non era sicuro di come far uscire dalla bocca.

Fu finalmente Damian che si avvicinò, avvolse le sue braccia intorno al suo gemello e lo strinse a sé.

Vidi gli occhi di Dylan chiudersi, mentre abbracciava Damian con lo stesso entusiasmo.

Questa famiglia aveva aspettato troppo a lungo questa riunione, che Dylan tornasse di nuovo a casa dove apparteneva.

Dopo così tanto dolore per tutti loro, vedere Dylan essere così prontamente accettato di nuovo nella famiglia che amava così tanto era incredibilmente dolce per me.

Pensai che il ragazzo biondo che aveva dato a Dylan lo stesso benvenuto fosse Leo, suo fratello minore. Alcuni dei suoi lineamenti erano simili, ma le forti differenze di colore tra lui, sua madre e i suoi fratelli gemelli lo facevano risaltare.

Dylan strinse la sua esile madre in un lungo abbraccio, tenendo l'elegante donna dai capelli grigi come se fosse preziosa per lui, cosa che io sapevo per certo.

Continuai a osservare quando finalmente si trovò di fronte a Nicole, senza evitarla mentre diceva: "Ti devo delle scuse molto grandi."

Nicole, vestita elegantemente con un vistoso abito rosso, scosse la testa. "Non voglio le tue scuse. Non è necessario. Sarai mio cognato. Dammi solo un dannato abbraccio."

Dylan sorrise. "Mi piacerebbe, purché il tuo futuro marito non mi stenda sul pavimento se lo faccio."

"Sii breve" borbottò Damian bonariamente.

Come la donna affettuosa e compassionevole che era sempre stata, Nicole gettò le braccia al collo di Dylan e lo abbracciò come il fratello che non aveva mai avuto. "Sono così felice che tu sia a casa" gli disse.

"Anch'io" replicò lui, mentre l'abbracciava a sua volta.

Subito dopo aver lasciato Nicole, mi prese per mano e mi tirò in avanti. Abbracciai Damian e Nicole prima che Dylan dicesse: "Mamma. Leo. Questa è Kylie Hart."

Leo si fece immediatamente avanti con un sorriso malizioso. "Voglio sicuramente un abbraccio. Nicole non ha menzionato il fatto che la sua damigella d'onore fosse straordinariamente bella quanto lei."

Il suo sorriso arrivò fino ai suoi splendidi occhi azzurri, e capii subito perché Nicole adorava Leo.

"Andiamo, Leo" borbottò Damian. "Non c'è bisogno che torturi Dylan anche tu."

Non ero del tutto sicura di cosa intendesse Damian, ma il bel biondo mi prese tra le sue braccia e mi abbracciò calorosamente.

"Tocca a me" disse con fermezza Isabella Lancaster una volta che Leo mi ebbe lasciata andare.

Mentre mi abbracciava, Isabella sussurrò: "Grazie per esserti presa cura di mio figlio e per tutto ciò che hai fatto per aiutarlo."

"Non sono stata io" replicai a bassa voce. "Ha fatto tutto lui. Avete cresciuto un figlio incredibile e forte, Vostra Grazia."

"Niente formalità in questa famiglia, Kylie" affermò la mamma di Dylan. "Chiamami Bella."

"Rubo la mia migliore amica per un po'" disse Nicole, mentre si avvicinava e mi prendeva per il braccio. "Ci sono alcune persone che voglio che lei conosca."

Isabella sorrise e poi strizzò l'occhio a Nicole. "Prenditi il tuo tempo, cara. Voi due dovete recuperare un po'."

Salutai velocemente Dylan, mentre Nic mi trascinava dentro, portandomi oltre la folla nella sala da ballo e in una stanza tranquilla dall'altra parte della casa che sembrava essere una biblioteca.

"Dimmi tutto" disse, mentre chiudeva la porta. "Oh, mio Dio, sei fantastica, Kylie. Sono sicura che gli occhi di Dylan siano usciti dalla sua testa prima."

"Anche tu sei bellissima" le dissi. "E siamo andati in giro per tutta la settimana. Non c'è molto altro da dire."

Scorsi una radiosa atmosfera di felicità che circondava la mia migliore amica che non avevo mai notato. Dopo tutto il dolore per aver perso sua madre, ero entusiasta del fatto che avrebbe vissuto nella felicità coniugale con Damian.

"C'è molto altro da dire" sostenne, mentre incrociava le braccia e appoggiava il sedere contro una grande scrivania in rovere. "Ho visto come guardavi Dylan quando lui e Damian erano finalmente faccia a faccia. Eri preoccupata, e giuro che ho visto delle lacrime nei tuoi occhi. Non piangi mai, Kylie. Non sei solo attratta da lui. Sei perdutamente innamorata di Dylan Lancaster."

Dannazione! Non ero mai stata in grado di nascondere nulla a Nicole, anche quando lo volevo davvero, il che accadeva proprio ora.

Si stava per sposare. Non aveva bisogno di sapere della mia relazione con Dylan.

"Sputa il rospo" insistette, i suoi begli occhi azzurri fissi sul mio viso.

Cedetti. "Non volevo che accadesse, ma sì, mi sono innamorata di lui. Impossibile *non* innamorarsi di lui. È diverso da qualsiasi altro ragazzo che abbia mai incontrato. È lui che mi ha comprato questo vestito incredibile. Quando eravamo da Harrods, mi è subito piaciuto, ma sono scappata, quando ho visto il prezzo. L'ha fatto recapitare come regalo. Un *regalo*. Solo perché aveva notato che lo guardavo. In effetti, ogni singola cosa che ho ammirato in quel negozio è finita nel mio armadio a casa sua. Chi lo fa?"

Nic sorrise. "All'inizio sono un po' esagerati, ma ti ci abituerai. Dio, Kylie, è ovvio che anche lui è pazzo di te. Pensavo che avrebbe staccato la testa a Leo quando ti ha detto quanto eri bella e voleva un abbraccio. Dylan ti guarda esattamente nello stesso modo in cui Damian guarda me. Non lo vedi?"

Scossi la testa. "Ci vogliamo molto bene, Nic, ma non credo che Dylan sia pronto per grandi impegni. Non dopo quello che ha passato. Mi sono ripromessa che sarei stata d'accordo, a patto che avessimo dato a questa cosa il nostro meglio. Ha sicuramente mantenuto la sua parte di quell'accordo. Dylan dà senza aspettarsi nulla in cambio, e so che non ci allontaneremo del tutto. Sarà davvero difficile lasciarlo dopo aver passato così tanto tempo insieme."

Inarcò un sopracciglio. "Che cosa? Pensi che ti lascerà andare e vi vedrete di tanto in tanto? Non succederà. Gli uomini Lancaster non sono così, Kylie. Amano con tutto il loro cuore, e una volta trovata la donna giusta, non c'è nessun'altra per loro. Loro padre era allo stesso modo, e Bella non si sposerà mai più, tantomeno guarderà un altro uomo, ora che suo marito non c'è più. Credi davvero che Dylan lascerà andare l'unica donna che amerà mai?"

"Non ha mai detto di amarmi" confessai. "Non credo che lo faccia. Devi ricordare quante ne ha passate Dylan, Nic."

"Me ne rendo conto" replicò. "Ma non sono così sicura che voi due non vi siate incontrati esattamente al momento giusto. Penso che foste entrambi pronti. Di certo siete stati entrambi feriti abbastanza da apprezzarvi a vicenda."

"È più di quanto mi aspettassi" dissi, con voce tremante. "Lui è..." la mia voce si spense.

"Travolgente?" concluse. "Conosco la sensazione, ma non scambierei il modo in cui Damian mi ama con nient'altro al mondo. Quando mi guarda, so che sta vedendo l'unica donna al mondo che desidera. Che amerà mai. Prenderei la possessività e la follia che ne conseguono in qualsiasi momento."

"Dio, come gestisci il fatto che non c'è niente in questo mondo che Damian non possa comprare?» gemetti.

"Non può comprare tutto" rifletté. "L'unica cosa che non può comprare è il mio amore, e quando gliel'ho dato, l'ha apprezzato come se fosse il regalo più grande che potessi fargli. I suoi soldi e il suo potere fanno parte di lui, ma è solo una parte di un ragazzo davvero straordinario. All'inizio è stato difficile perché non provenivo dallo stesso background, ma sono solo... soldi. Ed è davvero conveniente che abbia un jet privato che può portarci ovunque" disse scherzando. "Per non parlare di una casa che è piuttosto strabiliante e di una Rolls che mi porterà ovunque io voglia andare. Il pensiero di guidare a Londra è un po' scoraggiante."

La guardai a bocca aperta. "Sei davvero d'accordo con tutto questo" osservai. "Non ti dà più fastidio."

Scrollò le spalle. "Perché dovrebbe? Cosa dovrei fare? Insistere affinché rinunci a tutti i suoi soldi così possiamo prendere un Uber e stabilire un budget per permetterci tutto?"

Sbuffai. "Suppongo che tu abbia ragione. È più facile adattarsi al suo stile di vita."

"I suoi soldi non cambieranno chi sono" disse Nicole con fermezza.

Annuii lentamente. "Hai ragione. Immagino di non aver mai pensato oltre il mio disagio. Dylan e io veniamo da mondi così diversi."

"Ma condividete lo stesso cuore" disse gentilmente Nic. "Che è tutto ciò che conta davvero, Kylie. Devo tornare al ricevimento, ma pensaci. Tutto ciò che voglio è che tu sia felice."

La abbracciai forte prima di tornare nell'enorme sala da ballo, la mia mente vacillante mentre osservavo la folla.

C'erano tavoli da pranzo ovunque e un'enorme pista da ballo.

Guardai il cibo e avevo appena deciso di andare lì per prima cosa, quando un gentiluomo in smoking apparve accanto a me. "Non credo che ci siamo incontrati. Ti andrebbe di ballare?" chiese.

"Non pensarci nemmeno, amico" sentii Dylan ringhiare alle mie spalle. "Questa è presa."

Gli occhi dello sconosciuto si spalancarono, mentre si voltava. "Dylan? Devi essere tu dal momento che il tuo gemello sta per sposare Nicole."

Dylan annuì bruscamente. "Piacere di vederti, Gerald, ma Kylie e io dobbiamo andare. Mi ha promesso *tutti* i suoi balli stasera."

Trattenni un sorriso.

Forse la sfacciata possessività negli occhi di Dylan avrebbe dovuto terrorizzarmi, ma non era così.

Stranamente, un brivido di soddisfazione mi attraversò il corpo perché era molto chiaro che Dylan Lancaster stava audacemente rivendicando... me.

Mi prese la mano e iniziò a trascinarmi verso la pista da ballo.

"Santo cielo! Sei così sexy con quel vestito da far indurire il cazzo" brontolò. "Voglio prendere a pugni chiunque ti guardi."

"Allora, forse è un bene che l'unico uomo che vedo sei tu."

Sembrava leggermente meno infastidito mentre mi abbracciava sulla pista da ballo. "Questo è piuttosto un bene per ogni altro maschio a questo evento."

Risi. "Balla con me, bellissimo."

Non ci volle molto per convincerlo prima che facesse esattamente questo.

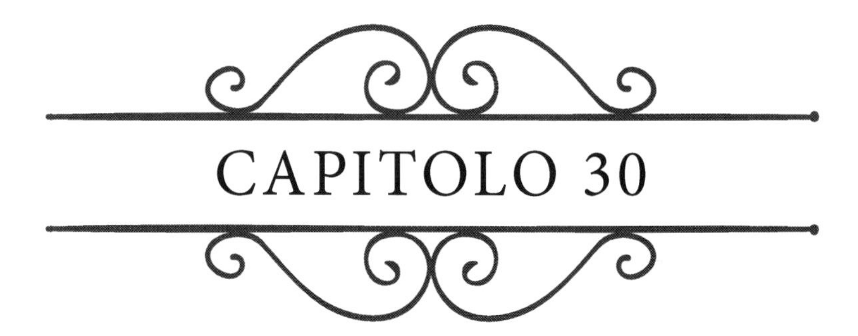

CAPITOLO 30

Kylie

"QUESTO È IL giorno più rilassante che abbia avuto da molto tempo" disse Macy mentre beveva un lungo sorso di champagne.

"La adoro" disse Nicole con un sospiro. "La migliore festa di addio al nubilato."

Non potevamo definirla esattamente una semplice festa dato che festeggiavamo insieme sin dal mattino in diversi luoghi.

Sorrisi, mentre guardavo il tramonto su Londra dalla nostra capsula sul London Eye, un'esperienza che avevo intenzionalmente saltato con Dylan visto che avevamo pianificato di farla per il giorno dell'addio al nubilato di Nic.

Avevamo trascorso la maggior parte della mattinata e del pomeriggio alla spa prima di passare a un incredibile high tea con un sacco di focaccine, le preferite di Nic.

Infine, eravamo venute qui al London Eye per fare un giro privato di trenta minuti con champagne sulla gigantesca ruota panoramica. Avevamo scelto intenzionalmente l'ultima corsa della notte.

La capsula era grande, quindi avevamo molto spazio tutto per noi.

"Mi chiedo che tipo di addio al celibato abbiano avuto oggi i ragazzi" meditai ad alta voce. "Dylan non è più un gran bevitore."

Proprio come noi, Damian aveva deciso di tenere la sua festa di addio al celibato solo insieme ai suoi due fratelli piuttosto che farne una grande festa.

"Dubito che si tratti di un bar" rifletté Nic. "Non è proprio il genere di Damian, e nemmeno Leo è un forte bevitore. Il cibo sarebbe la mia scommessa."

"Odio davvero vedere la giornata finire" disse Macy in tono malinconico. "Non avremo più giorni come questo insieme molto spesso."

"Basterà fare una videoconferenza ogni settimana" replicò Nic categoricamente. "Sto per sposarmi, non sto andando in prigione."

Macy sbuffò. "Le due cose non sono quasi simili?" scherzò.

"Non questo matrimonio" rispose Nic. "Inizierò un nuovo lavoro come avvocato aziendale una volta tornata dalla mia luna di miele. Sembra una sfida, quindi non vedo l'ora."

"Sono felice per te" disse sinceramente Macy. "Avrai una vita fantastica con Damian. È solo che non credo che il matrimonio sarà mai qualcosa per me."

"Mai dire mai" avvertì Nic mentre si versava altro champagne. "Pensavo la stessa cosa una volta."

Macy scosse la testa. "I miei orari sono folli, e poi ho anche il rifugio come volontaria. Ma gli animali mi piacciono più degli uomini la maggior parte delle volte."

Ridacchiai. "Non posso nemmeno dire che non ti terranno al caldo a letto ogni notte perché possono."

Macy sorrise. "Non posso consigliare di usare una tigre o un orso per quello scopo, ma cani e gatti funzionano perfettamente."

"Okay, voi due ciniche donne single" disse Nic con una risata. "Ci sono alcune cose che quegli animali non possono fornire, il sesso caldo e sudato è la prima cosa che mi viene in mente."

"Vibratore" replicò Macy. "Quando non sono troppo esausta per preoccuparmene."

Ridacchiai. "Il che è quasi sempre, ne sono sicura. Il tuo programma è folle."

"Non mi dispiace" rispose. "Finalmente sto facendo qualcosa che volevo fare da quando ho memoria."

Forse non le importava delle sue ore, ma il suo viso mostrava segni di stress. L'istruzione di Macy per diventare una veterinaria e poi per perseguire lo status di veterinaria esotica era stata lunga e ardua per lei. Aveva un disperato bisogno di una pausa.

"Ti ho vista parlare con Leo alla cena della festa di nozze la scorsa notte" disse Nic. "Probabilmente avete molto in comune."

Macy era arrivata a Londra la sera prima e aveva finalmente incontrato il resto della famiglia alla cena informale a Hollingsworth House la notte prima.

Il suo viso si illuminò. "È incredibile" disse seriamente. "Sono una fan del suo lavoro da anni. Vorrei avere il tempo di raggiungere il suo rifugio e il suo centro di allevamento qui. Una cosa è fornire una casa per animali esotici che non possono vivere la loro vita in natura, ma è un processo delicato cercare di riprodurre in cattività per preservare una specie, in modo che non si estingua. Ha fatto cose straordinarie solo per individuare specie estremamente rare per il suo programma di allevamento. Anche alcune cose piuttosto pericolose. Questi animali non si trovano sempre in un territorio amico o in un'area in cui si preoccupano della conservazione."

"Sta avviando un altro rifugio e un programma di allevamento negli Stati Uniti" disse Nic.

Macy annuì. "Fuori vicino a Palm Desert. Si è offerto di farmelo visitare quando sarà completato. È un progetto davvero ambizioso perché ci sono tanti habitat naturali da allestire, ma sono sicura che avrà successo. L'ha già fatto una volta qui."

Sorrisi, mentre guardavo l'animazione sul suo viso, un'espressione che non vedevo da molto tempo. "Sto percependo un po' di adorazione dell'eroe qui?"

Fece una smorfia. "Probabilmente. Ho visto ogni documentario che sia mai stato pubblicato sulle sue missioni. Sfortunatamente, ce ne sono stati solo alcuni e non sono facili da trovare poiché sono stati fatti dalla televisione britannica. Non erano esattamente di alto profilo."

"Leo non ha mai detto che esistessero" disse Nic, suonando perplessa.

"Non credo che sia alla ricerca di alcun tipo di riflettori" rifletté Macy. "Penso che abbia lasciato che una troupe cinematografica lo seguisse solo poche volte per scopi educativi e di sensibilizzazione."

"Suona tipico di lui" osservò Nic con un cenno del capo. "Ti piace? Se non fossi completamente innamorata del mio fidanzato, probabilmente direi che Leo è piuttosto figo."

Come Nic, nemmeno io ero attratta da Leo, ma esteticamente parlando, era decisamente stupendo. Quei capelli biondi selvaggi, gli occhi azzurri peccaminosi e il suo corpo molto in forma lo rendevano uno spettacolo sexy da vedere.

"Potrei aver avuto una piccola cotta per lui una volta, dopo aver visto i suoi documentari" disse Macy, tenendo il pollice e l'indice insieme così da lasciare solo un piccolo spazio nel mezzo.

"Com'è stato vederlo in carne e ossa?» chiesi.

"È persino più figo di quanto non fosse in televisione" ammise. "Più carino di quanto pensassi che fosse. Perlopiù abbiamo solo parlato del suo lavoro. Sapete che non sono brava a conversare."

Le rivolsi uno sguardo curioso. "Perché pensavi che non fosse carino?"

Macy si versò altro champagne mentre rispondeva. "È un ricco miliardario di famiglia aristocratica. Inoltre, ha realizzato cose davvero incredibili in tenera età. Questo di solito si aggiunge a qualcuno con un ego molto grande. Immagino di essere rimasta sorpresa dal fatto che fosse così con i piedi per terra e... gentile."

"Tutta la famiglia è così" dissi con un sospiro. "Bella è così dolce. Mi ha fatta sentire così benvenuta. Per qualche strana ragione, pensa che io sia l'artefice di alcuni dei progressi e della guarigione di Dylan."

"Non penso che si sbagli su questo" replicò Nic, sostenendo la sua futura suocera. "Dylan ha detto che hai persino provato a insegnargli a meditare."

Ridacchiai. "Ci ho provato, e ha imparato alcune tecniche di respirazione profonda, ma la sua meditazione completa è stata un fallimento. Ha detto che avrebbe preferito tenere gli occhi aperti per potermi guardare. A parte questo, tutto quello che ho fatto è stato supportarlo e ascoltare quando voleva parlare. Col tempo siamo diventati amici e compagni. Ha giovato a me quanto a lui. È una sfida come partner di tennis e mi ha portata a cena in posti fantastici. Per non parlare di quella fantastica casa sulla spiaggia che ora ha acquistato dal principe. Quindi il rapporto era tutt'altro che unilaterale."

Gli occhi di Nic si allargarono. "Ha davvero comprato quella casa?"

Annuii. "Ha detto che il suo amico stava pensando di venderla e Dylan non voleva che qualcun altro la comprasse. Così l'ha comprata lui stesso."

"Va bene" disse Nic. "Ora so dove alloggerò quando tornerò lì in visita. Non che l'acquisto fosse davvero un grosso problema per lui, ma quella casa è così bella e rilassante. Una volta che sarà mio cognato, potrò sicuramente chiedergli un favore."

"Sembra davvero carino. Penso che te la presterà ogni volta che vorrai" disse Macy. "Sono ancora sbalordita dalla sua donazione al rifugio per animali, e lui e Damian mi hanno detto la scorsa notte di aver organizzato una donazione ricorrente dalla Lancaster International. Questo è davvero un grosso affare per il rifugio."

"Dylan non me l'ha detto" la informai. "Ma non sono sorpresa."

"Nemmeno io" disse Nic con un sospiro.

"Allora" disse Macy. "Dylan sembra assolutamente pazzo di te, Kylie. Tornerò in Inghilterra per un altro matrimonio?"

Quasi soffocai sul mio champagne. "Dio, no" risposi. "Non abbiamo ancora parlato del futuro."

"Penso che dovresti inserire il matrimonio nel tuo programma, però" dissero Nic a Macy.

Informai subito Macy di tutto ciò che le era sfuggito, incluso il passato di Dylan, quando Nic mi fece un cenno di incoraggiamento. Dopotutto, non stava più esattamente nascondendo quello che era successo.

"Quindi, non iniziare a sentire le campane del matrimonio" conclusi. "Dylan si sta ancora abituando ad essere di nuovo un magnate miliardario in questo momento. Non è pronto per un impegno."

"Tu sei pronta?" chiese Macy.

"Lo amo" risposi con una nota di disperazione nella mia voce. "Ma la sua vita è qui, e la mia è a Newport Beach. Ha bisogno di tempo. È stato in un luogo buio per due anni, non per colpa sua."

"Forse è una ragione in più per stare insieme" disse Macy pensierosa. "Sembra davvero che... vi guariate a vicenda."

Riflettei per un minuto.

Era così?

"So che mi ha guarita" ammisi. "Ha trasformato tutte le mie vecchie insicurezze sugli uomini solo facendomi sentire… speciale.

E voluta. Mi fido di lui e non davo la mia fiducia a un uomo da molto tempo."

"Penso che tu l'abbia guarito per le stesse ragioni, Kylie" disse gentilmente Nic. "Dopo quello che gli è successo, credi davvero che potrebbe cedere facilmente la sua fiducia a un'altra donna? Forse è stato un po' più facile per lui perché ha una famiglia che gli ha mostrato cosa fossero la fiducia e l'amore incondizionato, ma comunque non ha motivo di fidarsi di una donna."

"Le ha fatto passare l'inferno" concordò Macy.

"Lo so" dissi, il mio cuore pieno di dolore. "Giuro che, se non fosse morta, l'avrei schiaffeggiata. Non so come qualcuno possa fare questo a un ragazzo solo per facilitarsi la vita. So che non stava bene di testa. Dylan me l'ha detto. Non meritava di morire, e nemmeno suo figlio, ma la sua crudeltà continua a mettermi al tappeto."

"Anche a me" dissero Nic e Macy contemporaneamente.

"A volte, mi sento impotente riguardo a quello che posso fare per togliere quel dolore" confessai.

Nic sorrise dolcemente. "Penso che tu l'abbia già fatto solo essendo te stessa. Continua ad amarlo, Kylie. Sarà più che sufficiente."

Emisi un lungo respiro prima di condividere: "Dato che lo amo più di quanto avessi mai ritenuto possibile, è l'unica cosa che posso fare."

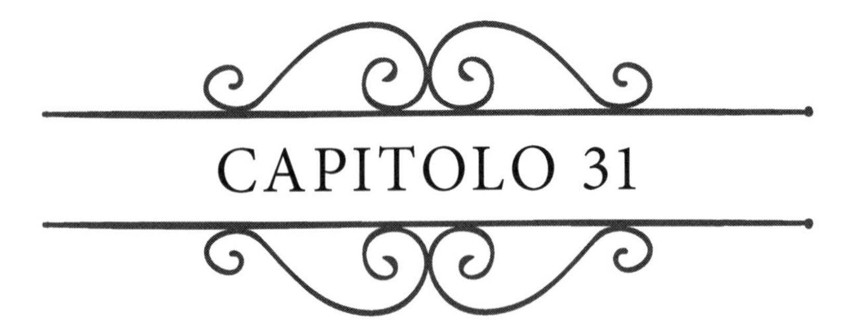

CAPITOLO 31

Dylan

"LO AMMETTO: È stata sicuramente una serata interessante" commentò Damian, mentre eravamo nel soggiorno di casa sua. "Non sono sicuro di chi sia stata l'idea di creare un'escape room, ma è stato divertente. Non sapevo nemmeno che esistesse."

Dato che nessuno di noi era un frequentatore di pub, Leo e io avevamo deciso di portare Damian nel suo ristorante italiano preferito, seguito da un'esperienza di escape room in una vecchia stazione della metropolitana che era stata abbandonata.

"Ce l'abbiamo fatta con largo anticipo" sottolineò Leo. "Nulla è troppo difficile quando metti insieme tre cervelli Lancaster per risolvere un mistero."

Tutti e tre avevamo dovuto lavorare in squadra per seguire gli indizi e risolvere il mistero.

Era stato estremamente divertente, e farlo insieme era stato il punto centrale dell'intrattenimento.

"È stata una serata fantastica" disse Damian. "Il miglior addio al celibato che potessi aspettarmi. Chissà come è andata la giornata di addio al nubilato di Nicole. Le ragazze dovrebbero tornare a casa tra poco. Ha detto che non sarebbe tornata troppo tardi; lei e Macy se ne sono andate abbastanza presto."

Sapevo esattamente cosa stavano facendo, ma non avevo intenzione di condividerlo. Macy e Kylie avevano lavorato duramente per mantenere segreta la giornata di Nicole, in modo che Damian potesse scoprire tutto quando lei glielo avesse raccontato.

"Solo altre trentasei ore e sarai un uomo sposato, Damian" commentò Leo. "Come ti senti?"

"Onestamente?" chiese senza aspettarsi una risposta. "Sarò dannatamente felice quando sarà finalmente mia moglie. Non che ci serva quel pezzo di carta per impegnarci, ma sarebbe bello renderlo ufficiale. Aspetto con ansia anche la luna di miele. Nicole non ha avuto la possibilità di viaggiare molto, quindi è davvero eccitata."

"Non sei nervoso?" domandò Leo.

Scosse la testa. "Affatto. Nessun ripensamento. Non c'è altra donna per me."

Cristo! Sapevo com'era quella certezza, e un giorno, quando Leo finalmente si fosse innamorato di qualcuno, l'avrebbe capito anche lui.

Potevo dire che Damian stava iniziando a diventare impaziente, e dal momento che Nicole non aveva niente in programma per l'indomani, tranne eventuali problemi dell'ultimo minuto, ero abbastanza sicuro che il mio gemello sarebbe stato felice di fare il grande passo già domani se avesse potuto.

Tuttavia, dubitavo che l'idea sarebbe passata con Nicole o mia madre.

In America, probabilmente ci sarebbe stata una cena di prova l'indomani, ma Nicole aveva deciso di saltarla dato che normalmente non si faceva qui e aveva optato per la cena informale di famiglia a Hollingsworth House la sera prima.

Come previsto, il matrimonio sarebbe stato un mix di tradizioni, ma io e Leo eravamo già stati informati che la festa di nozze si sarebbe tenuta, e che Nicole sarebbe stata l'ultima a raggiungere l'altare anziché la prima.

Dal momento che Kylie era riuscita a superare bene il gala, non avevo dubbi che si sarebbe sentita completamente a suo agio anche al ricevimento di nozze.

Ad essere sincero, mi aveva sorpreso solo un po' al gala. Se era stata nervosa, non si era notato. Era stata in grado di conversare con chiunque si fosse avvicinato a lei, e con così tanto fascino e calore che non aveva mai avuto bisogno di parlare del tempo.

Forse mi ero dimenticato del fatto che era un'esperta di pubbliche relazioni e che parlava molto per vivere.

Avrebbe potuto essere preoccupata di dire la cosa sbagliata dentro di sé, ma in realtà, era riuscita ad affascinare ogni persona che aveva incrociato il suo cammino.

E sì, ero stato lì a guardare ogni singola persona che le si avvicinava—se non ero accanto a lei—perché avevo frequentato quella folla per la maggior parte della mia vita, quindi conoscevo ogni singolo uomo presente che poteva porre un mano su di lei.

"Allora, quando dovrebbe tornare negli Stati Uniti Kylie?" chiese Leo.

Damian inarcò un sopracciglio, ma rimase in silenzio.

"Non ne sono sicuro" dissi a Leo. "Se faremo a modo mio, starà qui per un po'. Abbiamo deciso di non parlarne fino alla fine del matrimonio, ma so cosa voglio. Lo so da un po' ormai. Non sono sicuro però di come si senta lei al riguardo."

"Cosa vuoi?" chiese Leo.

"La voglio per il resto della mia vita" confessai.

"Posso dire che ti sei innamorato di lei" mi informò Leo. "Quando la guardi hai negli occhi lo stesso sguardo pazzo che Damian ha quando guarda Nicole. Ma sei davvero pronto a prendere questo impegno, Dylan? Ne hai passate tante."

"Dubito molto che starei bene come sto ora se non fosse stato per lei" condivisi. "Avevo già iniziato il trattamento quando ha varcato la porta di quella casa di Beverly Hills, ed ero determinato a mettere la testa a posto. Ma è come se Kylie mi avesse afferrato e tirato fuori da quel buco nero molto più velocemente di quanto avrei fatto da solo. All'inizio, è stata un diversivo. Poi è stata di supporto. Dopodiché, una compagna che ascoltava. Alla fine, la donna senza la quale non potevo vivere. Non c'è mai stato un momento in cui non fossi fisicamente attratto da lei, ma è sempre stato molto di più."

"Penso che sia pronto, Leo" aggiunse Damian. "Capisco la tua preoccupazione, ma non possiamo cronometrare il momento in cui arriva la donna giusta, e quando lo fa, non possiamo perderla perché il tempismo non è del tutto giusto."

Leo si accigliò. "Non è che non mi piaccia. Mi piace. È solo che non voglio più vederti così. Accidenti! Gli ultimi due anni sono stati un inferno per te, Dylan. Se solo avessi saputo—"

"No, fratellino" dissi alzando la mano. "Ti dirò la stessa cosa che ho detto a Damian... nessuno avrebbe potuto aiutarmi. Ho dovuto capire che valeva la pena salvarmi. Tu e Damian ci avete provato. Anche mamma l'ha fatto. Non stavo ascoltando. Qualcosa dentro di me alla fine è dovuta scattare prima che volessi chiedere aiuto. Sono solo grato che siamo tutti qui insieme in questo momento. Il passato è finito e voglio andare avanti con la mia vita. Se Kylie decidesse che è disposta a prendermi, sarei più felice di quanto non sia mai stato in tutta la mia vita."

"E se non lo fa?" chiese Leo con apprensione nel suo tono.

Scossi la testa. "Non è un'opzione. Sono innamorato di lei. Troverò un modo per stare con lei, qualunque cosa ci voglia. Non lascerò che la geografia mi ostacoli. Non crederò mai che noi due non ci completiamo. Devo solo trovare un modo per mettere insieme la connessione."

Leo scosse la testa. "Cazzo. Senza offesa, ma sono felice di essere single. Non ho alcun desiderio di diventare così intenso con una femmina."

Damian ridacchiò. "Verrà il tuo turno, prima o poi."

"No, se posso evitarlo" brontolò Leo. "E la maggior parte delle donne pensa che io sia pazzo perché trascorro la maggior parte del mio tempo in luoghi remoti. È incredibilmente improbabile che io incontri una donna che capisca davvero perché faccio quello che faccio."

Mi accigliai. "Forse dovresti frenare un po' il tuo viaggio e rilassarti. Non stai mai nello stesso posto per molto tempo. Non ricordo nemmeno che tu abbia avuto una ragazza regolare. Ce l'hai avuta? Me la sono persa?"

"Due" condivise. "E non mi mancano affatto. Non sono durate a lungo, quindi non siamo mai arrivati alla fase dell'incontro con la famiglia. Nessuna delle due capiva la mia ossessione di salvare le specie sull'orlo dell'estinzione, o perché, essendo un ricco miliardario di una famiglia importante, avevo ignorato un ruolo nella Lancaster International. Immagino che nella mente della maggior parte delle donne, essere un uomo d'affari avrebbe molto più senso di quello che faccio io."

"Damian e io lo abbiamo sempre capito" gli dissi solennemente. "Hai sempre avuto qualcos'altro che ti ha motivato, Leo, una passione diversa dalla nostra ma altrettanto importante."

Leo sorrise. "Ma la mia non mi ha mai fatto scopare così spesso come la vostra" scherzò.

Probabilmente sarebbe stato sorpreso di sapere che non ero stato in tanti letti quanto pensava. "Allora forse dovresti iniziare a passare un po' più di tempo in un luogo che ha almeno una rete telefonica."

"Lo farò, per un po' almeno" disse. "Partirò per l'America dopo il matrimonio, così potrò finire di sistemare la mia nuova struttura lì. La zona non è esattamente una metropoli, ma l'acqua calda e un ripetitore saranno abbastanza vicini."

"Come va laggiù?" chiese Damian.

"Finora tutto bene" rispose con nonchalance. "Ho alcuni problemi da risolvere, ma sto facendo progressi."

"Quindi, questo significa che chiamerai più spesso?" domandò Damian.

"Finché avrò la rete, chiamerò" disse Leo e poi voltò gli occhi nella mia direzione. "Sono con te, Dylan, e spero che tutto vada liscio con Kylie. Se hai bisogno di qualcosa, sarò a solo una telefonata in questo momento."

Ingoiai il rimpianto che mi salì in gola.

Mi ero perso così tanto tempo con entrambi i miei fratelli.

Niente era veramente cambiato tra tutti noi, ma quel vuoto di tempo rimaneva ancora.

"Verrò a vedere il tuo nuovo rifugio. Spero che Kylie sarà con me."

"Anche io e Nicole vorremmo venire" aggiunse Damian. "Porteremo mamma."

Leo sorrise. "Fantastico. Vedrò se riesco a trovare un posto in cui vivere che non sia troppo scandalosamente primitivo."

Damian e Leo avevano iniziato a discutere di qualcos'altro, ma la mia mente vagava.

Non importava quanto cercassi di togliermi dalla testa il mio futuro con Kylie, tornava sempre.

Non avevo idea di quando volesse partire per tornare negli Stati Uniti, e non potevo costringerla a restare se avesse sentito di *dover* andare.

Sarei partito e sarei andato con lei in un baleno, ma avevo già promesso a Damian che sarei rimasto a lavorare fuori dal nostro quartier generale qui a Londra mentre lui era via. Glielo dovevo per averlo scaricato negli ultimi due anni. Diavolo, gli dovevo ancora di più, anche se era tutto quello che aveva chiesto.

Quando avevo detto a Leo che non avrei permesso alla geografia di ostacolare la mia felicità, intendevo sul serio.

Ma se non fosse stato solo un problema geografico?

E se Kylie non fosse stata pronta per un impegno?

E se non lo fosse stata, avrei potuto davvero biasimarla?

Mi ero scervellato per affrontare qualsiasi problema avesse potuto sollevare e avevo trovato una soluzione per ogni singolo ostacolo.

Tranne uno…

Non potevo costringerla ad amarmi e a desiderare di passare il resto della sua vita con me.

Se non mi amava, e non era quello che voleva, ero completamente fottuto.

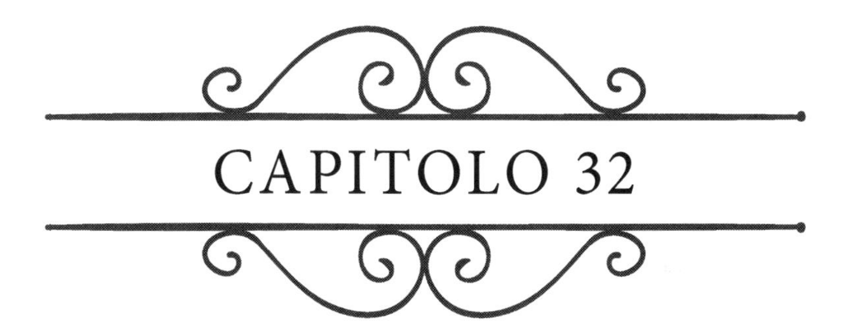

CAPITOLO 32

Kylie

"TI HO DETTO quanto sei bella oggi?" disse una sexy voce baritonale vicino al mio orecchio.

Mi girai e sorrisi a Dylan. Mi si avvicinò di soppiatto, mentre i miei pensieri vagavano durante il ricevimento di nozze.

La cerimonia era stata perfetta, e il tempo non avrebbe potuto essere migliore se l'avessimo ordinato.

Nicole era apparsa radiosa nel suo splendido vestito avorio, con i capelli raccolti in un elegante chignon che si adattava all'abito in stile vintage.

La cerimonia era stata breve, ma struggentemente dolce, mentre Damian e Nicole si erano scambiati reciprocamente le promesse.

Gli misi le braccia intorno al collo. "Me l'hai detto un paio di volte, ma grazie... ancora."

I vestiti che io e Macy avevamo indossato erano semplici ma belli. Erano blu intenso con una scollatura a cuore e maniche corte con spalle scoperte.

Il mio cuore batteva forte, quando lui mi sorrise e mi chiese: "Ti va di passeggiare fino al lago? La folla sta finalmente iniziando a diradarsi. Penso che i nostri doveri qui siano finiti."

Il ricevimento era iniziato subito dopo il matrimonio di mezzogiorno, quindi eravamo prossimi alla conclusione.

Annuii. "Lasciami andare solo un momento al bagno prima di andare."

Dylan mi aveva già portata al lago nascosto tra gli alberi, e non era lontano, ma dovevo davvero fare pipì.

Diedi una rapida occhiata agli altri ospiti, mentre mi affrettavo verso casa, ma non avevo notato Macy, Nicole o Damian.

Oh beh, Dylan e io non saremmo stati via a lungo, e avevo il mio cellulare infilato nel braccialetto d'argento che indossavo.

Mi diressi verso il bagno proprio accanto alla biblioteca e mi occupai rapidamente dei miei bisogni, fermandomi poi per spalmarmi un po' più di crema solare dal tubicino che avevo messo nella mia borsa prima di uscire.

Questa parte della casa era tranquilla e vuota, quindi mi fermai di colpo, proprio fuori dalla porta del bagno, quando sentii la voce di Nicole che diceva: "Questo non mi sembra affatto giusto, Damian. Non posso firmare questi documenti per vendere l'ACM a Dylan senza prima discuterne con Kylie. Siamo socie."

Tutto il mio corpo si irrigidì, mentre mi avvicinavo alla porta della biblioteca. Era parzialmente socchiusa, ma non riuscivo a vedere Nicole e Damian. Erano ovviamente proprio dietro l'apertura, vicino alla scrivania della biblioteca.

Stanno firmando documenti?

Non era possibile che avessi sentito Nicole correttamente, vero?

Non *poteva* vendere l'ACM. *A Dylan?*

"Non sei mai stata legalmente partner, Nicole" disse Damian in tono rassicurante. "Dylan sta acquisendo l'intera azienda. Farà bene con Kylie. Sai che lo farà."

Come? Sarebbe stato abbastanza magnanimo da restituirmi il mio vecchio lavoro?

Rimasi lì, paralizzata, tutta la mia vita e tutto ciò per cui avevo lavorato che si sgretolarono sotto i miei piedi.

Tecnicamente, vendere era affare di Nicole. Non *avevamo* ancora stipulato un accordo legale, né le avevo ancora dato un centesimo, quindi difficilmente potevo irrompere in biblioteca e dirle che non aveva il diritto di vendere la sua attività a Dylan Lancaster.

Con quello che avevo risparmiato per avere una mia società avrei potuto acquistare solo una piccola parte dell'ACM, ma ero contenta così perché sapevo che avrei potuto continuare a pagare Nicole per avere una percentuale maggiore nel tempo.

Forse non sarei mai arrivata alla metà della proprietà che lei avrebbe voluto legalmente cedermi per niente, ma sapevo che avrei potuto continuare ad acquisire pian piano la società che amavo come se fosse la mia.

Quella era stata la soluzione che avevo programmato di prospettare a Nicole una volta tornata dalla luna di miele, poiché in nessun modo avrei accettato la metà dell'ACM gratuitamente.

Ero stata *io* a non voler essere associata come partner legale finché non avessi elaborato i dettagli.

Sapevo che la mia proposta sarebbe stata respinta da Nicole perché sarei stata la socia di lavoro in futuro, ma avremmo potuto contrattare le cose. In qualche modo. Ora, poiché avevo esitato a raggiungere ciò che volevo, qualcuno me lo aveva strappato via proprio quando quell'obiettivo era stato così vicino che potevo quasi assaporarlo.

Perché? Cosa diavolo voleva lui dall'ACM? Sì, la Lancaster International si occupava di acquisire piccole società che stavano annaspando e trasformarle in grandi società internazionali. Ma l'ACM non aveva problemi finanziari.

Come aveva detto in precedenza, la nostra linea di fondo poteva essere migliore e c'era un enorme potenziale di crescita per l'ACM, ma l'azienda non aveva bisogno di essere salvata.

Aveva visto un'opportunità, quando mi aveva aiutata con alcuni problemi di lavoro?

Voleva trasformare l'ACM in un'enorme azienda di pubbliche relazioni internazionale?

"Oh, mio Dio" sussurrai, mentre mi portavo la mano alla bocca.

"Lo farò" disse Nicole in tono triste.

Il dolore del tradimento di Dylan mi spezzò il cuore come se fosse stato tagliato da un coltello incandescente.

Mi aveva ingannata.

E mi ero felicemente lasciata ingannare.

Non conoscevo le sue motivazioni esatte, ma importava davvero? Sapeva quanto l'ACM e questa partnership avessero significato per me.

Le lacrime mi sgorgarono dagli occhi e, poiché non avevo altra scelta, fuggii.

La partnership non era mai stata veramente mia. Era solo un piano che non era mai stato concretizzato. Non avevo mai avuto i soldi per realizzarlo.

Corsi verso l'ingresso principale, le lacrime che iniziavano a rigarmi le guance mentre finalmente colpivo la porta.

Corri! Corri!

Dovevo scappare.

Non avevo intenzione di affrontare Dylan Lancaster e lasciargli raccontare più stronzate di quante ne avesse già dette.

Avrei parlato con Nic più tardi. Eravamo amiche da molto tempo, e anche se mi sentivo tradita, era la sua attività, i beni lasciati da sua madre da vendere.

Forse le sue intenzioni erano buone, ma dal momento che stava iniziando una nuova professione come avvocato aziendale, mantenere l'ACM era troppo per lei.

Ero appena scappata fuori quando sentii qualcuno chiamare il mio nome.

"Kylie! Aspetta!"

Leo.

Mi raggiunse proprio mentre avevo individuato la Ghost nel gruppo di auto lungo il vialetto.

Aprii la portiera della macchina.

"Mi dispiace, Leo. Devo andare" dissi con un singhiozzo soffocato.

Saltai in macchina.

"Non così" insistette. "Cosa c'è che non va?»

Scossi semplicemente la testa e chiusi la portiera.

"Devo tornare a casa, per favore" dissi all'autista.

"Sì, signorina" acconsentì, mettendo immediatamente in moto l'auto.

Il mio battito era ancora accelerato, mentre chiudevo gli occhi e cercavo di non sentire il suono della voce di Leo che continuava a chiamare il mio nome.

Mentre la Ghost si allontanava lungo il vialetto, il suono della voce di Leo dietro di me alla fine svanì.

Un milione di pensieri mi riempivano la testa.

Un milione e una domande mi attraversavano la mente.

Perché Dylan si era intromesso nell'ACM quando sapeva dannatamente bene quanto quella società e quella partnership significassero per me?

Perché si era comportato come se gli importasse di me e aveva dato così tanto quando alla fine avrebbe finito per tradirmi?

Era stato tutto per il sesso e solo per il sesso?

Gesù! Il ragazzo meritava un Academy Award per quelle performance, perché ero dannatamente convinta che ci fosse molto di più nella nostra relazione oltre al *solo* sesso bollente.

I ricordi balenavano nella mia mente.

Ogni gesto premuroso.

Ogni volta in cui mi aveva detto che ero bella.

Ogni volta in cui mi aveva detto che teneva a me.

Ogni sguardo.

Ogni tocco.

Niente aveva senso tranne il dolore che stavo cercando di superare in quel momento.

Sapevo che se avessi lasciato entrare Dylan Lancaster, avrebbe avuto il potere di distruggermi.

Non avevo mai pensato che sarebbe successo.

L'avevo amato.

Mi ero fidata di lui.

Cazzo! Avrei voluto passare il resto della mia vita con lui.

No, non aveva mai detto di essere innamorato di me, ma speravo che un giorno l'avrebbe fatto.

Questa era la storia della mia vita. A volte ero scopabile, ma *mai* amabile.

Dio, ero davvero stata così stupida da credere che sarebbe finita diversamente questa volta?

Per rendere le cose ancora peggiori, mi ero permessa di innamorarmi follemente, quindi non era solo rifiuto quello che provavo. Era un'agonia emotiva totale.

Mi asciugai con rabbia le lacrime sul viso.

Dopo che mio marito era morto e avevo fatto un lungo giro su quelle montagne russe emotive attraverso l'inferno, avevo giurato che non avrei mai più pianto per un uomo.

E non l'avevo fatto.

Finora.

Dylan Lancaster mi aveva spezzata, e non avevo idea se sarei mai riuscita a rimettere insieme i pezzi questa volta.

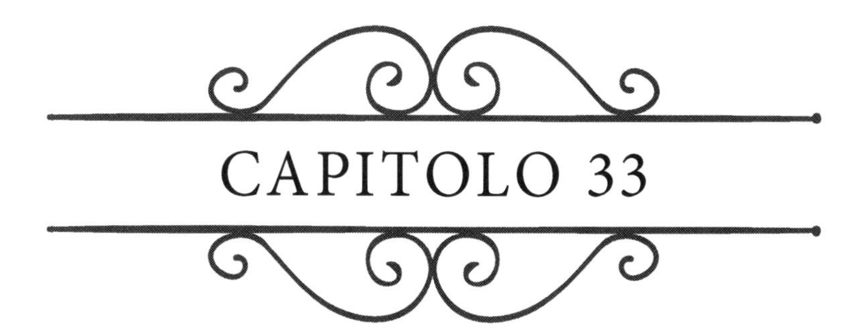

CAPITOLO 33

Dylan

ERO LEGGERMENTE PREOCCUPATO, non vedendo Kylie tornare dalla casa dopo che erano trascorsi dieci minuti.

Ero un po' inquieto quando avevo attraversato Hollingsworth e ancora non avevo visto alcun segno di lei dopo venti minuti.

Una volta trascorsi trenta minuti, e aver camminato per la casa e per i terreni immediati senza trovarla, ero abbastanza frenetico.

Dove diavolo poteva essere andata? Era solo andata in bagno, per l'amor del cielo.

Sapeva che la stavo aspettando.

"Qualcuno di voi ha visto Kylie?" chiesi a Damian e Leo quando li trovai vicino ai tavoli da pranzo, la maggior parte degli ospiti ormai andata. "Non riesco a trovarla e non risponde a nessuna delle mie chiamate o messaggi."

"Cazzo!" imprecò Leo guardandomi. "Perché mi sento come se stessi attraversando un grave caso di déjà vu? Stavo giusto chiedendo a Damian se sapesse perché Kylie era andata via in lacrime. È stato quasi come la volta in cui Nicole se n'era andata così all'improvviso dal gala. Stesso viso in lacrime. Stessa espressione devastata."

La paura iniziò a rimbombarmi nelle orecchie quando chiesi: "Di cosa diavolo stai parlando?"

"Se n'è andata circa venticinque minuti fa" rispose Leo. "È volata fuori dalla porta di casa piangendo. Mi ha detto che doveva andarsene e poi è saltata sulla Ghost prima che potessi fermarla."

"Kylie non è il tipo di donna che scoppia in lacrime per niente" lo informai.

"Beh, stava decisamente *piangendo* oggi" replicò Leo sulla difensiva.

"Dove andrebbe? Perché sarebbe andata?" dissi con voce roca. "Stavamo andando a fare una passeggiata al lago. È solo andata in bagno."

Tirai fuori il cellulare dalla tasca e mandai un messaggio al mio autista.

La sua risposta arrivò un attimo dopo.

"Gli ha chiesto di riportarla a casa" li informai. "Sono quasi arrivati."

Abbassai lo sguardo, mentre ricevevo un secondo messaggio.

"Merda! Gli ha chiesto di restare in attesa una volta arrivati perché vuole andare a Heathrow. Che diavolo sta facendo?" ringhiai, mentre gli scrivevo di nuovo.

Una volta che lui ebbe confermato, mi rimisi il cellulare in tasca.

Avrebbe potuto facilmente chiamare un Uber o un taxi. Chiedere al mio autista di temporeggiare e di non portarla da nessuna parte non mi avrebbe fatto guadagnare molto tempo.

"Devo andare" dissi ai miei fratelli. "Non sono sicuro di cosa sia successo, ma vuole andare a Heathrow. Se finora non ha risposto ai miei messaggi o alle mie chiamate, ovviamente non ha intenzione di farlo."

"Cosa pensi sia successo?" chiese Damian burbero. "Kylie non è un tipo volubile."

Mi passai una mano tra i capelli con frustrazione. "Non ne ho idea. Stava bene solo pochi minuti prima. Come ho detto, è solo entrata in bagno prima che facessimo una passeggiata al lago."

"Qualcuno deve averle detto qualcosa" rifletté Leo. "Sembrava piuttosto sconvolta."

Fanculo! Mi stava uccidendo non sapere cosa c'era che non andava in lei. Kylie non si arrabbiava per niente. Non riuscivo nemmeno a immaginarla sconvolta per qualcosa che qualcuno le aveva detto.

Sarebbe venuta direttamente da me se qualcuno avesse detto qualcosa di offensivo, e il fatto che non mi avesse parlato mi preoccupava *davvero.*

Tutti quelli a cui teneva veramente erano proprio qui a questo evento.

Anche tutti quelli con cui avrebbe voluto parlare di un problema erano qui.

Perché diavolo era scappata così?

"Ecco" disse Damian burbero, mentre frugava nella tasca. "Prendi la Ferrari."

Lanciò le chiavi e io le presi. "Grazie."

"Chiamaci" disse Leo mentre mi allontanavo.

"E non guidare come un pazzo" aggiunse Damian.

Come se avessi davvero seguito quel consiglio.

In questo momento, il mio unico scopo era arrivare da Kylie prima che avesse la possibilità di scappare più lontano di quanto non avesse già fatto.

Il percorso dal Surrey a Londra venne fatto a tempo di record, ma quando entrai nel vialetto proprio dietro alla Ghost, mi resi conto che Kylie doveva aver fatto le valigie anche più velocemente di quanto avessi fatto io alla guida perché era alla fine del vialetto con la sua borsa e il trolley.

Il mio autista era in piedi accanto alla Rolls come se non avesse assolutamente idea di cosa fare perché gli avevo detto nel mio messaggio di non portare Kylie da nessuna parte.

Apparentemente, lei aveva deciso di prendere in mano la situazione e chiamato un taxi.

Misi il veicolo in modalità parcheggio e saltai fuori dall'auto, cercando di costringermi a essere calmo, mentre mi avvicinavo a lei.

"Stai andando da qualche parte?" chiesi, la mia voce ruvida.

Non disse una parola, né riconobbe la mia presenza. La sua testa rimase abbassata mentre guardava il telefono.

Scrutai il suo viso, cercando qualche accenno di come si sentiva. Non stava piangendo, ma i suoi occhi erano rossi e gonfi, e il solo sapere che aveva pianto fece sì che una morsa invisibile iniziasse a stringersi intorno al mio petto.

Si era tolta il vestito formale e ora indossava un prendisole casual e un paio di sandali, ovviamente così sarebbe stata più a suo agio in viaggio.

Disperato, le strappai il telefono dalla mano e cancellai rapidamente il taxi che stava aspettando, quindi le restituii il telefono. "Non farò questa discussione a Heathrow come ha fatto Damian, quindi parleremo proprio ora."

Cristo! Non avrei attraversato la stessa scena che Damian aveva vissuto con Nicole. Non avevo la pazienza per questo e, conoscendo Kylie, non si sarebbe preoccupata di venire a trovarmi. A giudicare dalla sua espressione in questo momento, sarebbe salita sul suo aereo e probabilmente non si sarebbe guardata mai indietro se le avessi dato una scelta.

La presi in braccio, la gettai sulla spalla e mi diressi verso casa prima che avesse la possibilità di trovare un altro passaggio.

Chiamai il mio autista per portare i suoi bagagli all'interno, mentre salivo i gradini.

"Cosa diavolo stai facendo?" urlò. "Accidenti a te, Dylan Lancaster, mettimi giù."

Be', almeno adesso *mi* stava parlando, anche se mi stava imprecando contro.

Non mi fermai finché non raggiunsi il soggiorno, dove finalmente la rimisi in piedi. "Puoi dirmi cosa ti ha spinta ad andartene in quel modo? Hai tolto diversi anni alla mia dannata vita. Non hai risposto ai miei messaggi o alle mie chiamate. Nessuno sapeva dove fossi. Che diavolo è successo?"

Incrociò le braccia sul petto, e i suoi occhi mi lanciarono pugnalate, mentre rispondeva: "Sai cos'è successo. Perché non mi hai semplicemente detto che stavi acquisendo l'ACM invece di farlo alle mie spalle? Avevi intenzione di ridarmi il mio vecchio lavoro o semplicemente di coinvolgere una squadra completamente nuova per creare una sorta di super azienda di pubbliche relazioni?"

Dannazione! Come ne aveva sentito parlare?

Mi schiarii la gola. "Non avevo intenzione di fare nessuna di queste cose." Credeva davvero che volessi rubarle la società? Perché diavolo avrei dovuto farlo?

"Allora perché?" chiese con un singhiozzo soffocato. "Perché dovresti farmi questo? Sai quanto quella società e quella partnership significhino per me."

Mi passai la mano tra i capelli, così sbalordito che lei avesse mai pensato che avrei fatto qualcosa per ferirla intenzionalmente che mi sentivo ferito anch'io. Era dannatamente ovvio che non si fidava di me e che invece di chiedere, aveva semplicemente scelto di pensare al peggior scenario possibile e scappare, proprio come faceva sempre quando non si fidava di qualcuno.

"Fare cosa?" Ringhiai, così stanco di non dirle esattamente come mi sentivo che semplicemente rinunciai a provare a danzare più intorno all'argomento. "Sì, stavo acquisendo l'ACM da Nicole, non per rubartela, ma per potertela donare come regalo di fidanzamento, se lo avessi accettato. Nicole non vuole o non ha più bisogno di gestire quell'azienda, né pensa di avere il talento per svilupparla per la crescita futura. È un avvocato aziendale e vuole tornare a fare ciò che ama fare, ciò per cui è stata addestrata, ma non vuole che l'ACM vada a nessuno tranne te. A quanto pare, hai rifiutato la sua offerta di regalarti semplicemente quella partnership. Quindi, ho deciso di acquistare l'intera azienda e donarla a te. Fanculo alla partnership. Per espanderti a livello internazionale, hai bisogno di controllo, non di un partner occulto con cui confrontarti ogni volta che vuoi prendere una decisione. Nicole ha detto che sarebbe entusiasta se tu avessi il controllo completo dell'azienda. Non vuole possederla, e non ne ha bisogno per mantenere vivo il ricordo di sua madre. L'unica ragione per cui ci tiene ora è per te."

Andai al tavolo della sala da pranzo, presi i documenti che c'erano e glieli porsi. "Leggi tu stessa questa copia del contratto. I fondi vengono da me, ma la proprietà esclusiva della società sarà tua. Se rifiuti, la vendita non sarà finalizzata. Qualunque cosa tu abbia sentito è stata fraintesa o semplicemente errata. Avrei sperato ormai che ti rendessi conto che preferirei morire piuttosto che ferirti, Kylie. A quanto pare, non lo capisci. Né ti fidi di me."

Infilai una mano nella tasca dello smoking e tirai fuori una scatolina di velluto nera. "Se hai bisogno di ulteriori prove, questo è l'anello con cui avevo programmato di propormi al lago. Ho pensato che sarebbe stato un posto romantico in cui chiedere." Aprii il coperchio e sentii il rapido respiro di Kylie. "L'ho fatto fare su misura. Non è la tradizionale pietra centrale diamantata perché pensavo che lo smeraldo avrebbe avuto un aspetto migliore con il colore della tua pelle e quei capelli color fiamma, ma ero disposto a fare tutti i cambiamenti che volevi." Chiusi la scatolina e me la rimisi in tasca. "Annullerò la vendita e il trasferimento dell'ACM e le cose torneranno esattamente come prima. Forse era un'aspettativa ridicola sperare che ti saresti fidata di un ragazzo con il mio passato in un così breve periodo di tempo."

Rivolsi lo sguardo al suo viso, osservando i suoi occhi spalancati e l'espressione stupita.

Accidenti! Non si aspettava davvero alcun tipo di impegno, soprattutto non una proposta di matrimonio, a quanto pareva.

"V-volevi che ti sposassi?" chiese con voce stupita e confusa. "Perché?"

Misi le mani nelle tasche dei miei pantaloni da smoking, mentre mi trovavo di fronte a lei. "Tutti i soliti motivi. Penso che sia abbastanza ovvio che ti amo e non voglio passare un altro momento della mia vita senza di te." Feci un respiro profondo prima di continuare: "Una volta ti ho detto che ero felice prima che arrivasse Charlotte, ma c'era sempre una parte di me che era irrequieta, come se qualcosa mancasse nella mia vita. Quella sensazione è sparita, Kylie, perché quella parte di me che mancava eri *tu*. Il mio cuore, la mia stessa anima, ha sempre cercato la tua, e ora che sei qui, quella sensazione instabile non esiste più. Quindi non chiedermi di smettere di cercare di farti mia. Potrebbe farmi impazzire essere separato da te, ma almeno dimmi che c'è una possibilità che tu possa fidarti di me un giorno. Che in futuro potresti imparare ad amarmi come io ti amo già."

Rimase in silenzio, mentre un fiume di lacrime iniziava a scenderle lungo le guance, e i suoi splendidi occhi erano così turbolenti che non riuscivo nemmeno a iniziare a distinguere tutte le emozioni che vi scorgevo.

Il dolore mi rodeva le viscere perché non l'avevo mai vista piangere in questo modo, e la sua tristezza mi divorava.

"Accidenti! Non piangere, Kylie" le dissi.

Se non provava le stesse cose, non era colpa sua.

Fece qualche passo e si lasciò cadere sul divano, mentre sussurrava: "Sei davvero innamorato di me e vuoi sposarmi?"

"L'ho appena detto, no?" chiesi, il dolore allo stomaco che si intensificava. "Non sono sicuro del motivo per cui una di queste cose dovrebbe essere sorprendente. Non ho cercato di nascondere ciò che provo per te, Kylie. Non sono il padre che ti ha deluso e ha stupidamente ignorato la tua esistenza a meno che non fosse conveniente per lui riconoscerla. Non sono nemmeno il tuo defunto marito, che era abbastanza idiota e insicuro da aver bisogno di più conferme da un'altra donna quando aveva già il meglio che un uomo potesse mai chiedere. Non sono nemmeno uno di quegli altri uomini che non hanno mai capito quello che avevano. Sono solo io, Dylan Lancaster, quell'uomo che è sempre stato abbastanza intelligente da sapere che se tu fossi mia, sarei il bastardo più fortunato del pianeta."

Se non fossi già stato in agonia, sarei sicuramente precipitato all'inferno nel momento in cui Kylie Hart, la donna il cui bicchiere era sempre mezzo pieno, nascose il viso tra le mani e iniziò a singhiozzare come se tutto il suo mondo stesse andando in pezzi.

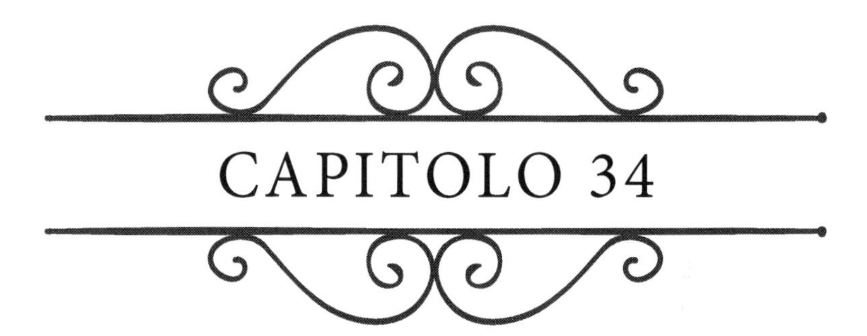

CAPITOLO 34

Kylie

COSA DIAVOLO AVEVO appena fatto?

Dylan Lancaster aveva deposto il suo cuore ai miei piedi, e io ero stata così sciocca da calpestarlo.

Guardando indietro, era ridicolo che non avessi avuto la *minima* idea di come si sentiva, e che non mi fossi fidata abbastanza del mio istinto da rendermi conto che non mi avrebbe mai fatto del male.

Forse la proposta era un po' scioccante, ma Dylan non era uno che faceva le cose a metà.

Ero stata così dannatamente preoccupata di proteggere il mio cuore che non avevo badato al suo.

"Mi dispiace così tanto" dissi tra i singhiozzi.

Mi tirò in piedi e tra le sue braccia.

Avvolsi le braccia intorno al suo collo e appoggiai la testa sulla sua spalla, furiosa con me stessa per quello che gli avevo appena fatto. "Perché ho fatto questo? Ti meriti molto di meglio, Dylan.

Ho la fortuna di trovare questa fantastica relazione con l'uomo più incredibile che abbia mai conosciuto, e riesco a rovinare tutto. Chi lo fa? Chi scappa senza chiarire tutti i fatti? Quale donna idiota ferisce un uomo che non ha fatto altro che prendersi cura di lei? Cosa diavolo c'è che non va in me?»

"No, Kylie" replicò in un rassicurante tono baritono, mentre la sua mano mi accarezzava i capelli. "Conosco la tua storia e tu conosci la mia. Faremo entrambi degli errori. Sei saltata alla conclusione sbagliata perché sei stata ferita così tante volte prima."

Trattenni un singhiozzo, alzai la testa e lo guardai negli occhi, mentre gli dicevo: "Ma non sono mai stata ferita da te. Avevi ragione. Non sei nessuno di quegli altri uomini. Questo non ha niente a che fare con te, Dylan. Non mi hai mai dato una sola dannata ragione per *non* fidarmi di te. Ti amo. Lo so da un po' di tempo ormai. Quando ho sentito Damian e Nicole in biblioteca che parlavano di venderti l'ACM, sono andata nel panico. Dio, inconsciamente, forse volevo solo una scusa per scappare. Ero così perdutamente innamorata di te e così preoccupata per quello che sarebbe successo dopo la fine del matrimonio. Non hai mai detto di amarmi, ma nemmeno io ti ho mai detto quelle parole. Forse stavo solo aspettando che qualcosa rovinasse tutto, perché va sempre a finire così per me. E avevo bisogno di un motivo per andarmene prima che *tu mi* dicessi che non ti sentivi allo stesso modo."

Mi scrutò, mentre mi chiedeva: "È per questo che non volevi parlarne mentre andavamo al gala?"

Annuii. "Non sapevo come avrei gestito una conversazione sulla nostra relazione che sarebbe diventata molto più casuale. Con me negli Stati Uniti e tu qui a Londra, sapevo che non avremmo potuto avere quello che abbiamo adesso."

"Oh sì, possiamo" disse burbero. "Se mi ami e vogliamo stare insieme, è solo geografia, amore, e possiamo risolverlo. Ho detto a

Damian che sarei stato qui per il prossimo mese mentre lui e Nicole saranno in viaggio, ma che probabilmente avrei vissuto negli Stati Uniti dopo il suo ritorno. Posso gestire la mia parte di lavoro per la Lancaster dall'ufficio di Los Angeles con viaggi occasionali a Londra. Ho comprato quella casa sulla spiaggia per un motivo. La ami e spero che ci vivrai con me."

"Dylan" dissi, sentendomi stordita. "Non voglio portarti via dalla tua famiglia. Ti hanno appena riavuto. E hai mai provato a fare il pendolare da Newport Beach a Los Angeles? Sarebbe un incubo con il traffico."

"Dodici minuti in elicottero" rispose immediatamente. "E non è che non possa salire sul mio jet e andare a trovare la mia famiglia."

Okay, a volte dimenticavo che il trasporto veloce non era davvero un problema per lui.

Giocherellai con il suo papillon, mentre pensavo: "Non è stato davvero difficile lavorare da remoto per me. Potremmo passare del tempo anche qui. Spero che alla fine l'ACM sarà in grado di ottenere contratti nel Regno Unito. So di aver sbagliato oggi, e non ti biasimerei se volessi prenderti un po' più di tempo adesso per pensare a quella proposta di matrimonio. Ma voglio che tu sappia quanto ti amo, Dylan, e che non c'è nessun altro al mondo per me tranne te."

Il mio cuore batteva forte mentre aspettavo la sua risposta.

"Te l'avevo detto che se fossi scappata, ti avrei ritrovata" mi ricordò con voce roca. "Perché non c'è nessun'altra nemmeno per me."

Le lacrime mi scorrevano ancora lungo le guance, mentre Dylan tirava fuori dalla tasca quello splendido anello, apriva il coperchio e me lo infilava al dito dicendo: "Sposami."

Il mio respiro si fermò, mentre la grande pietra smeraldo centrale, circondata da diamanti più piccoli, luccicava sul mio dito. Era grande, bella, mozzafiato e appariscente, ma non del tutto esagerata, e non c'era un solo cambiamento che avrei voluto apportare. "È una domanda?"

"No. Ho il terrore di darti un'opzione in questo momento."

Sorrisi e iniziai ad asciugarmi le lacrime dal viso. "Sembra abbastanza giusto, ma mi fido di te. Non sei tu, Dylan. Sono io. Cercherò di assicurarmi che non accada di nuovo. Forse ho solo bisogno di tempo per abituarmi ad avere un uomo come te. A volte, il modo in cui ti amo è davvero spaventoso."

Avvolsi le mie braccia intorno al suo collo, e il mio cuore si sciolse in una pozzanghera quando vidi il modo avido e adorante in cui mi guardava, anche dopo che ero stata una tale idiota.

"Ti ci abituerai" mi assicurò. "Perché ti amerò sempre allo stesso dannato modo."

Il mio cuore era così pieno che riuscivo a malapena a prendere fiato. "Dovremo parlare di te che compri la mia società, però. Non sono sicura di come mi senta al riguardo. Ho sempre fatto tutto da sola, Dylan."

"Ne discuteremo più tardi" rispose poco prima che la sua bocca scendesse sulla mia.

Infilai le mani nei suoi capelli e ricambiai l'abbraccio febbrile.

Il mio cuore stava galoppando fuori controllo quando finalmente lasciò le mie labbra e fece scorrere la sua bocca calda lungo il mio collo.

Il mio corpo chiedeva a gran voce di essere connesso a quest'uomo nel modo più intimo possibile. "Fottimi, Dylan. Per favore. Ho bisogno di te."

Non me ne fregava niente dei dettagli, di dove saremmo andati a vivere, o dei miei affari.

L'unica cosa di cui avevo bisogno in questo momento era lui.

Rabbrividii, quando le sue mani arrivarono sotto il mio prendisole e lisciarono le mie cosce, raggiungendo finalmente il punto in cui poteva agganciare i pollici nelle mie mutandine.

Me ne liberai con un calcio una volta che me le aveva tirate giù e guardai, il mio cuore che batteva, mentre liberava il suo cazzo molto eretto dai pantaloni dello smoking.

Mi sollevò e la mia schiena colpì il muro del soggiorno con un piccolo tonfo.

"Non posso aspettare adesso, amore" grugnì. "Meglio la prossima volta."

La mia urgenza era grande quanto la sua, mentre stringevo le gambe intorno alla sua vita. "Scopami e basta, Dylan." Ansimai, il battito del cuore che mi rimbombava nelle orecchie. "Ho. Bisogno. Di. Te."

Un brusco movimento dei fianchi lo fece seppellire dentro di me mentre ringhiava. "Sono tuo, Kylie. Lo sarò per sempre."

Il mio corpo rispose selvaggiamente allo sguardo duro e selvaggio sul suo viso.

"Dimmelo" chiese, mentre affondava dentro di me. "Dimmi che mi ami."

Appoggiai la testa contro il muro e chiusi gli occhi mentre la sua bocca divorava la pelle sensibile del mio collo. "Ti amo, Dylan Lancaster. Ti amo."

In questo momento, avevo bisogno di lui così.

Feroce.

Incontrollato.

Esigente.

Avido.

"Di nuovo" ordinò con un gemito.

L'accoppiamento frenetico mi aveva già fatto raggiungere il culmine.

Infilai le mani nei suoi capelli e afferrai le ciocche per sorreggermi.

"Ti amo" gridai.

Le sue mani mi afferrarono il sedere più forte. "Non scappare mai più da me in quel modo. Mi ha quasi ucciso, donna."

"Non lo farò. Non lo farò" promisi, mentre gli davo baci brevi e affettuosi sul viso.

Dylan era la mia vita, e sapevo che ci avrei pensato due volte prima di fare qualcosa per ferirlo di nuovo.

Sarebbe potuto succedere involontariamente in futuro, ma l'espressione sul suo viso quando aveva pensato che non lo amavo sarebbe rimasta tatuata nella mia memoria per sempre.

Non c'era niente che non avrei fatto in futuro per assicurarmi di non rivedere mai più quell'espressione.

"Dannazione! Ti amo, Kylie. Non ne avrò mai abbastanza" disse con voce stridula contro la mia pelle. "Sei fottutamente mia."

"E tu sei mio" risposi ferocemente mentre gli mordicchiavo il lobo dell'orecchio.

Incapace di trattenermi ancora, il mio orgasmo prese il controllo del mio corpo.

Dylan mi seguì poco dopo e catturò il mio ultimo gemito lussurioso sbattendo la sua bocca sulla mia per un bacio frenetico.

Rimanemmo così per alcuni minuti, le nostre fronti sulle spalle l'uno dell'altra mentre riprendevamo i nostri sensi.

Alla fine, quando le mie labbra poterono formare le parole, dissi: "Lasciami stare con te, Dylan. Lascia che ti ami. Lasciami essere lì per ogni momento felice della tua vita e anche per quelli difficili. Non scapperò mai più."

"Grazie al cielo!" disse con fervore. "Non darò mai per scontato quell'amore, tesoro. Ho vissuto troppo dannatamente a lungo senza."

"Mi sento esattamente allo stesso modo" mormorai mentre iniziava a portarmi verso la camera da letto, le mie gambe ancora avvolte intorno a lui.

Ero assolutamente convinta che a prescindere da cosa sarebbe successo in futuro o da come avremmo finito per sistemare le cose, Dylan si sarebbe sempre assicurato che io sapessi che ero totalmente e completamente amata.

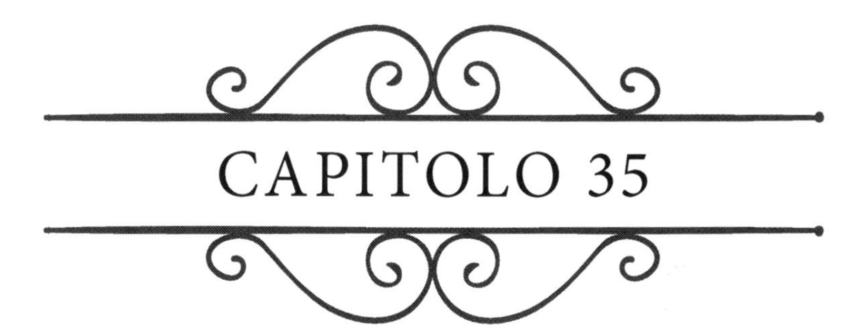

CAPITOLO 35

Macy

LASCIAI CADERE IL cellulare sulla scrivania della biblioteca, il cuore così pesante che non riuscivo a muovermi dalla sedia.

Non c'erano rimasti molti degli invitati al matrimonio di Damian e Nic là fuori, quindi ero andata alla ricerca di un posto tranquillo per fare una chiamata al rifugio per controllare Karma.

L'anziana tigre del Bengala era malata da molto tempo, ma pensavo che ce l'avrebbe fatta ad aspettarmi fino al giorno in cui fossi tornata negli Stati Uniti.

Ora, non ero sicura che sarei arrivata in tempo per essere lì con lei prima che morisse.

Non dovrebbe davvero importare. Non è che non abbia mai perso un animale.

Le lacrime iniziarono a colare sulle mie guance, e non mi presi la briga di controllarle poiché ero sola.

Il problema era che mi ero troppo legata emotivamente ad alcuni dei pazienti animali di cui mi prendevo cura, un problema che avevo sempre cercato di migliorare.

Avevo cercato di rimanere più distaccata, più clinica, ma Karma era sempre stata speciale.

Era stata estremamente maltrattata quando era venuta al rifugio, e poiché una delle sue gambe era stata deformata, aveva avuto bisogno di molte cure.

Forse noi due avevamo legato perché avevamo percepito il dolore l'una dell'altra. Era stata estremamente cauta nel fidarsi di qualcuno, ma alla fine si era ripresa. Almeno per me, lo aveva fatto. Semplicemente non era così pazza di nessun altro, specialmente dei maschi, cosa che capivo perfettamente.

L'avevo confortata.

Mi aveva confortata.

Sì, forse avevo oltrepassato alcune linee professionali frequentando Karma molto più di quanto avrei dovuto, ma non me ne ero pentita. Non aveva visto altro che tortura e dolore per la maggior parte della sua vita felina. Si era meritata un po' di pace e gioia nei suoi anni da anziana.

"Macy?" disse alle mie spalle una voce baritonale preoccupata.

Mi girai sorpresa.

Leo Lancaster.

Mi asciugai le lacrime sul viso, imbarazzata. Era l'ultima persona che volevo mi trovasse a piangere per una tigre malandata.

Non che non fosse un bravo ragazzo, ma a Leo piacevano la scienza e la conservazione. Non riuscivo a vederlo come il tipo di persona che avrebbe capito.

"Ehi" dissi debolmente. "Ti serve la biblioteca? Posso andare—"

Si accigliò. "Stai piangendo" replicò, affermando l'ovvio. "Va tutto bene?"

Dio, adoravo quel suo accento inglese sexy, e il fatto che sembrasse il soggetto del sogno erotico di ogni donna non guastava.

Alzai le spalle. "Scusa. Ho appena scoperto che probabilmente perderò un paziente prima di poter tornare in California. Ero un po' turbata. Mi occupo di lei da molto tempo."

Infilò le mani nelle tasche dello smoking. "Cane? Gatto? Furetto?"

Uhm... forse avevo trascurato di dirgli che tipo di veterinaria ero. "Tigre del Bengala" confessai. "Sono una veterinaria di animali esotici."

Alzò un sopracciglio. "Un po' più grande di quanto mi aspettassi e un po' più selvaggia. Probabilmente non è nemmeno così facile coccolarla."

"In realtà, Karma è molto affettuosa. È venuta da noi dopo essere stata maltrattata per la maggior parte della sua vita. La sua gamba è deformata. Era schiacciata. Ha sempre avuto bisogno di molte cure, e abbiamo legato molto, anche se non avrei dovuto permettere che accadesse. Forse suona davvero stupido essere così legate—"

"Non è così" interruppe. "Capisco, Macy. Anche io ho avuto perdite che mi hanno oppresso."

Guardai il suo viso, ma non notai alcun segno di compassione in quei suoi splendidi occhi azzurri.

"Volevo davvero essere lì con lei mentre moriva. Non si fida davvero di nessun altro. Pensavo che ce l'avrebbe fatta almeno qualche altra settimana. Ha vent'anni e lotta contro il cancro da molto tempo" spiegai, con la voce rotta dall'emozione.

"Vieni qui" disse Leo e aprì le braccia.

In generale, sarei stata l'ultima donna a gettarmi tra le braccia di un maschio sconosciuto, ma mi sentivo così persa e lui sembrava così... confortante.

Avvolse immediatamente le braccia potenti intorno a me, e io scattai.

Iniziai a piangere, un grande, brutto pianto che non riuscivo a fermare.

"Ci fermeremo a prendere le tue valigie da Damian, così posso preparare il mio jet per volare" disse in un tono baritono rassicurante una volta che i miei singhiozzi rallentarono. "Avevo programmato di partire per gli Stati Uniti domani, ma non c'è niente che mi impedisca di andarci adesso. Possiamo provare ad arrivarci prima che lei se ne vada."

Mi tirai indietro per guardarlo. "Lo faresti? Sul serio?"

Ogni momento era importante, e partire prima dell'indomani avrebbe potuto fare la differenza.

"Non è proprio un inconveniente" mi assicurò.

Dio, volevo davvero accettare la sua offerta, ma non conoscevo nemmeno Leo Lancaster. Era solo un altro invitato al matrimonio, il nuovo cognato della mia migliore amica.

Sì, avevamo parlato del lavoro che aveva svolto come biologo della fauna selvatica, ma volare da sola con lui poteva crearmi... disagio, e io ero la regina dell'imbarazzo quando si trattava di uomini.

Ero molto meno a disagio con gli animali.

Ma Leo era stato così... carino.

È un volo di dodici ore. Dormirai per la maggior parte *del tempo. Qual è la cosa peggiore che potrebbe accadere se difficilmente vi vedrete?*

Ed era altamente probabile che potessi essere a casa con Karma nel momento della sua morte, che era qualcosa di cui avevo un disperato bisogno.

Non ero stata pronta a salutarla, quando ero partita per Londra.

Non ritenevo di doverlo fare.

Sbattei le palpebre, mentre continuavo a guardarlo e vedevo la sincerità nel suo sguardo.

Accidenti, era alto.

Sorrise mentre diceva: "Sono stato in luoghi remoti per molto tempo, quindi non sono sicuro di quanta conversazione civile possa fare. Sono un po' solitario."

Mi allontanai da lui. "Va bene. Andremo a letto." Le mie guance arrossirono. "Voglio dire, noi... dormiremo."

Oh, buon Dio, Macy, smettila di parlare.

Se avessi dovuto parlare con Leo Lancaster, avrei fatto molto meglio ad attenermi alla biologia della fauna selvatica.

Non avevo dubbi che stesse scherzando sul fatto di non essere un buon conversatore. Era colto, raffinato ed era sembrato perfettamente a suo agio nel chiacchierare con una varietà di persone al ricevimento.

Io, invece, ero l'epitome dell'ansia sociale nella sua forma peggiore.

Mettetemi in un ambiente clinico con i miei pazienti animali e potrei parlare senza problemi con qualsiasi altro professionista.

Lanciatemi in mezzo a una folla di persone che non conosco, e non saprei cosa dire per la maggior parte del tempo.

Non avevo la raffinatezza di Nicole come avvocato aziendale o il dono di Kylie di comunicare come esperta di pubbliche relazioni.

Sono solo dodici ore. Pensa a Karma.

Mi stampai un sorriso sul viso e dissi a Leo: "Sono pronta ad andare, se tu lo sei."

Annuì e fece strada fuori dalla biblioteca.

EPILOGO

Kylie

Tre Settimane Dopo...

“È TROPPO PRESTO PER alzarsi dal letto la domenica mattina, tesoro. Cosa fai?» chiese Dylan incuriosito.

Alzai lo sguardo e vidi il mio bel fidanzato che vagava per la cucina in nient'altro che un paio di boxer neri.

Il mio cuore ebbe un fremito, quando il suo splendido sguardo dagli occhi verdi catturò il mio.

Gesù! Mi sarei mai abituata al modo in cui mi faceva battere forte il cuore ogni volta che entrava in una stanza?

“Preparo pancake britannici” lo informai. “Ho pensato che forse potremmo iniziare a fare una domenica Pancake ogni tanto. Tua madre mi ha insegnato a farli la scorsa settimana quando sono andata a trovarla nel Surrey. Ho solo chiesto la ricetta, ma in qualche modo, prima che me ne rendessi conto, stavamo cucinandone una serie. È rimasta davvero entusiasta."

Dylan prese una bottiglia d'acqua nel frigo, tolse il tappo e bevve un sorso.

Aggiunsi: "Penso che lei speri che tu mi metta incinta il prima possibile."

Girai la testa sorpresa, quando Dylan tossì dopo essersi quasi soffocato con la sua acqua.

"Cristo! Non puoi fare questo a un uomo quando sta cercando di bere" brontolò.

Sbuffai. "Almeno lo stai ascoltando per interposta persona. Bella non va tanto per il sottile."

Bevve un altro sorso prima di posare la bottiglia, e alzò un sopracciglio, mentre mi guardava. "È sempre stata così. E cosa le hai detto esattamente?" chiese.

Gli sorrisi. "Cosa potrei dire? Difficilmente potrei dire a tua madre che ti stai allenando come un campione ogni singolo giorno, anche più volte al giorno, per quell'evento futuro."

Si avvicinò dietro di me e avvolse le sue braccia intorno alla mia vita. "Questo evento sarà nel nostro futuro?" chiese con voce roca mentre mi baciava il lato del collo.

I bambini erano qualcosa di cui Dylan e io non avevamo parlato... ancora.

"Dimmelo tu" risposi, mentre smettevo di mescolare il contenuto della scodella davanti a me e mi giravo per guardarlo in faccia. "Il mio voto sarebbe sì, ma prima vorrei sposarmi ed essere una coppia per un po'. In questo momento, voglio solo stare con te."

Mi sorrise. "Speravo che non sarebbe stato un *no*. Ma se lo fosse stato, mi sarebbe stato bene anche quello. Ho te, e sarà sempre più che sufficiente."

Avvolsi le mie braccia intorno al suo collo con un sospiro. "Penso che ci vorrà un po' di tempo per capire come accadrà. Mi sarebbe stato bene se anche la tua risposta fosse stata *no.*"

"Sarei felice di insegnarti esattamente come si fa" offrì.

Scossi la testa. "Prima ti farò mangiare, e ho detto a tua madre che non ne avevamo ancora parlato."

"Sarà assolutamente implacabile" avvertì. "Damian ha detto che non ha smesso di accennare ai nipoti dal momento in cui ha capito che era pazzo di Nicole."

Sorrisi. "Penso di poter gestire la pressione. Continuerò a ricordarle che non sono ancora nemmeno sposata."

"Un problema a cui spero che possiamo rimediare abbastanza presto" brontolò. "Abbiamo già una data?"

Dylan era sicuramente il figlio di sua madre. Era implacabile nel cercare di fissare una data per il nostro matrimonio quanto lei nell'avere dei nipoti. "Tarda primavera?" chiesi.

Scosse la testa. "Dovrei rapirti e portarti a Las Vegas se ci volesse così tanto tempo."

Risi. "Onestamente, non credo che mi opporrei, ma la tua famiglia non sarebbe felice. Se lo facciamo prima, non sarà all'aperto. Farebbe troppo freddo."

"Possiamo avere un bel matrimonio all'interno. Ci sono un'infinità di posti in Inghilterra tra cui scegliere, Kylie. Non dobbiamo farlo a Hollingsworth solo perché Damian e Nicole lo hanno fatto. In effetti, non mi dispiacerebbe fare qualcosa di diverso, visto che il nostro matrimonio è unico" disse pensieroso.

"Piacerebbe molto anche a me" replicai. "Fammi controllare alcuni luoghi online e vedere se posso andare a dare un'occhiata."

"Portami con te quando restringi la lista ai posti che vuoi vedere di persona" chiese.

Il mio cuore si strinse nel petto. "Non andrei mai senza di te. Ora lasciami finire quei pancake."

Con riluttanza mi lasciò andare e andò alla macchinetta del caffè. Guardai, mentre metteva la mia miscela preferita nella macchina.

Dio, mi stupiva che Dylan non ci pensasse due volte a fare le cose per me. Lo faceva automaticamente come avrebbe fatto per se stesso.

"Lo sai che non devi cucinare per me, vero?" chiese. "Anche tu sei occupata. Te l'avevo detto che potevo assumere qualcuno o semplicemente far venire uno chef per la cena."

Cucinavo ancora per Dylan ogni sera, ma lo facevo perché volevo, non perché sentivo di *doverlo* fare. "Voglio farlo" gli dissi. "Ti prendi cura di me tutto il tempo. Mi piace fare l'unica cosa che non puoi fare bene da solo. Anche a me piace prendermi cura di te."

Sorrisi mentre lanciavo un'occhiata all'enorme mazzo di rose che mi aveva regalato venerdì sera.

Non era la prima volta che mi portava dei fiori, e sapevo che non sarebbe stata l'ultima.

Faceva così tante cose premurose per me, e anche se non era facile trovare qualcosa che potessi fare per un uomo che aveva tutto, cercavo di ricordargli che lo amavo e che pensavo a lui ogni singolo giorno.

Presi il bollitore dai fornelli, misi il suo tè preferito nella piccola teiera e ci versai sopra l'acqua bollente in modo da immergerlo.

Si accostò e mise la mia tazza di caffè abbastanza vicino da poterla raggiungere. "Ti prendi cura di me solo stando qui con me" mi informò. "Qualsiasi altra cosa tu voglia fare è un bonus."

Si meritava quanti più bonus poteva ottenere, per quanto mi riguardava.

"Questo è quasi pronto" gli dissi mentre si sedeva sull'isola. "Dopo la scorsa notte, penso che tu abbia bisogno di sostentamento."

Mi rivolse un sorriso sexy. "Ti rendi conto che sarò completamente ricaricato dopo questo."

“Questo era il piano, bellissimo” scherzai.

Mi lanciò un’occhiata infuocata prima di chiedere: “Hai preso una decisione sul mio regalo dell’ACM? In caso contrario, acquisterò un altro dono di fidanzamento appropriato.”

Oh, Signore. Poteva essere spaventoso. “C’è così tanto che voglio fare con l’ACM, a partire da un ufficio nel Regno Unito in modo da poter diventare internazionale. Penso che avrei bisogno dell’aiuto di una brillante mente imprenditoriale per le consulenze” gli dissi.

“Allora immagino sia conveniente che tu ne abbia una estremamente a portata di mano.” La sua voce era disinvolta, ma l’espressione era pensierosa. “Sarò lì con te ad ogni passo, tesoro» giurò mentre si alzava e si avviava a me. “Non che tu abbia davvero bisogno di me, ma sarò qui se sarà necessario. Stai dicendo che accetterai il mio regalo?”

Annuii. “Sì. È un po’ ridicolo non accettare. Ci sposeremo, tu sei Dylan Lancaster con più soldi di Dio e l’ACM significa molto per me.” Spensi il fuoco, saltai tra le sue braccia e lo abbracciai. “Grazie per il regalo di fidanzamento più incredibile che una donna potrebbe mai ricevere.”

Gli abbassai la testa e lo baciai, il cuore che danzava perché ero stata abbastanza fortunata da trovare quest’uomo che amavo così tanto e che avrebbe fatto qualsiasi cosa per rendermi felice.

“Grazie al cielo” borbottò. “Non morivo dalla voglia di trovare un altro regalo che ti rendesse felice come l’ACM.”

“Ti amo, Dylan” gli dissi. “Qualsiasi altra cosa è solo un bonus anche per me. Ma penso che dovremmo chiarire una cosa.”

“Ti amo anch’io, tesoro” rispose. “Cosa dobbiamo chiarire?”

Lo guardai negli occhi mentre gli dicevo: “Ho *già* aperto le braccia, ho catturato esattamente quello che volevo, e lo sto guardando. L’ACM è importante, ma non così vitale come il ragazzo con cui voglio passare il resto della mia vita.”

"Potrei essermi perso tutta quella parte della cattura" replicò con un tono roco. "Vorresti catturarmi di nuovo solo per farmi ricordare di cosa si trattava?"

Scossi la testa. "Sei già mio, Dylan Lancaster, e non ti lascerò andare. Una replica è impossibile, ma dopo aver finito questi pancake, sarei più che felice di ricordarti che sono tua."

Mi rivolse un sorriso malizioso, mentre mi stringeva le braccia al collo. "Dannazione, donna" ringhiò, i suoi occhi pieni di sensuale urgenza, mentre iniziava ad abbassare la testa per baciarmi. "Se *questo* è il tuo piano dopo che ci saremo ricaricati, penso che dovremo fare qualche altro pancake."

Fine

VENITE A TROVARMI SU:

http://www.authorjsscott.com
http://www.facebook.com/authorjsscott
https://www.instagram.com/authorj.s.scott

Potete scrivermi all'indirizzo
jsscott_author@hotmail.com

Potete anche twittarmi
@AuthorJSScott

LIBRI DI J. S. SCOTT

disponibili in italiano

Serie L'Ossessione del Miliardario

L'Ossessione del Miliardario – Simon
Il Cuore del Miliardario – Sam
La Salvezza del Miliardario – Max
Il Gioco del Miliardario – Kade
Il Miliardario Fuori Controllo – Travis
Il Miliardario Smascherato – Jason
Il Miliardario Indomito – Tate
La Miliardaria Libera – Chloe
Il Miliardario Impavido – Zane
Il Miliardario Sconosciuto – Blake
Il Miliardario Svelato – Marcus
Il Miliardario Non Amato – Jett
Il Miliardario Celibe – Zeke
Il Miliardario Indiscusso – Carter
Il Miliardario Inarrivabile – Mason
Il Miliardario Sotto Copertura – Hudson
Il Miliardario Inaspettato – Jax

I Sinclair

Un Miliardario Fuori dal Comune (I Sinclair Vol. 1)
Un Miliardario Inavvicinabile (I Sinclair Vol. 2)
Il Tocco del Miliardario (I Sinclair Vol. 3)
La Voce del Miliardario (I Sinclair Vol. 4)

Printed by Amazon Italia Logistica S.r.l.
Torrazza Piemonte (TO), Italy